KB261609

본문 중에 태평양의 파도를 묘사하는 부분에서 인용되었던 일본의 판화. "태평양을 생각하면 그 성마른 바다를 뾰족뾰족하게 표현해낸 일본의 판화가 떠오른다. 태평양의 진면목을 잘 잡아낸 그림이었다. 그렇다. 태평양은 뾰족한 바다이다. 깡통따개의 이빨 같은 파도를 만들어내는 해류의 영향 때문이다."

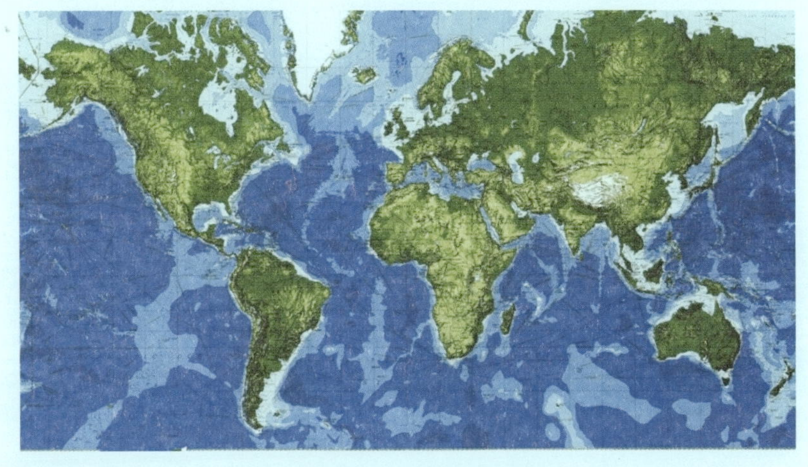

ARCTIC OCEAN
RUSSIA
KAZAKHSTAN
MONGOLIA
N. KOREA
S. KOREA
JAPAN
NORTH
PACIFIC
OCEAN
BELARUS
UKRAINE
GEO.
UZB.
KYRGYZSTAN
TAJIKISTAN
CHINA
TURKEY
TURKM.
AFG.
IRAN
PAKISTAN
NEPAL
BHU.
SYRIA
IRAQ
JOR.
KUWAIT
BANGL.
Taiwan
EGYPT
QATAR
U.A.E.
INDIA
BURMA
LAOS
PHILIPPINES
SAUDI
ARABIA
OMAN
THAILAND
VIETNAM
CAMBODIA
SUDAN
ERITREA
YEMEN
DJIBOUTI
ETHIOPIA
MALDIVES
SRI
LANKA
BRUNEI
MALAYSIA
Equator
SOMALIA
Equator
SINGAPORE
UGANDA
KENYA
INDONESIA
PAPUA
NEW GUINEA
SOLOMON
ISLANDS
DEM. REP.
OF THE
CONGO
RWANDA
BURUNDI
TANZANIA
SEYCHELLES
SAMOA
MALAWI
COMOROS
ZAMBIA
MOZAMBIQUE
FIJI
ZIMBABWE
MADAGASCAR
INDIAN
OCEAN
AUSTRALIA
SWANA
LESOTHO
SWAZILAND
SOUTH
AFRICA
NEW
ZEALAND
Antarctica
60
120
180
60
120
180
60
30
0
30
60
GREECE
LEB.
ISRAEL
C.A.R.

위대한 항해사 케르소종이 그려낸 바다의 초상

대양의 노래

올리비에 드 케르소종 지음

허지은 옮김

옮긴이 · 허지은
연세대학교 졸업. 프랑스 파리 라 빌레트 국립건축학교에서 유학.
현재 전문 번역가로 활동하고 있음.
번역한 책으로는『줄리아의 즐거운 인생』『인생벌레 이야기』
『위로』『손을 씻자』『롱기누스의 창』『왕자의 특권』
『초콜릿을 만드는 여인들』『아름다운 하루』등이 있음.

대양의 노래
올리비에 드 케르소종 지음

•

초판 1쇄 발행일 2010년 10월 25일

•

옮긴이 · 허지은
펴낸이 · 김종해
펴낸곳 · 문학세계사

•

주소 · 서울시 마포구 신수동 345-5(121-110)
대표전화 · 702-1800 ㅣ 팩시밀리 · 702-0084
mail@msp21.co.kr www.msp21.co.kr
출판등록 · 제21-108호(1979.5.16)
값 11,000원

ISBN 978-89-7075-503-8   03860
ⓒ 문학세계사, 2010

Ocean's Songs

Olivier de Kersauson

Translation from the French language edition of :
OCEAN'S SONGS by Olivier de KERSAUSON
Copyright ⓒ LE CHERCHE MIDI EDITEUR
Korean Translation Copyright ⓒ Munhak Segye-Sa Co., 2010

This Korean edition was published by arrangement with
LE CHERCHE MIDI EDITEUR through Chantal Galtier Roussel Litterary
Agent, Paris and Sibylle Books Literary Agency, Seoul

이 책의 한국어판 저작권은 Chantal Galtier Roussel과 시빌 에이전시를 통해
프랑스 LE CHERCHE MIDI 출판사와 독점계약한 문학세계사에 있습니다.
저작권법에 의해 한국내에서 보호를 받는 저작물이므로
무단전재 및 복제를 금합니다.

Sydney
france info
france
info
france
i info
TECHNOLOGY

Ocean's Songs

대양의 노래

*차 례

서문

　이 책의 가닥을 잡은 것은 나의 삼동선(＊하나의 선체 외에 두 개 혹은 세 개의 선체로 구성된 배를 다동선(Multihull)이라고 하며, 두 개의 선체로 구성된 배는 쌍동선(catamaran), 세 개로 구성된 배는 삼동선(trimaran)이라고 한다) '제로니모'가 샌프란시스코 항구에 닿았을 때였다. 스무 살도 채 안 되어 보이는 청년 두 명이 내 배에 올랐다. 미국인 선원이 소개해준 그들은 세르게이 브린과 래리 페이지, 후에 구글(Google)이라는 검색 엔진을 고안해낸 젊은이들이었다. 웃음이 가득한 앳된 얼굴의 이 젊은이들은 30미터짜리 삼동선이 어떻게 작동하는지 궁금하기도 했지만 무엇보다 배 위에서 연을 날려보겠다는 계획을 실현하기 위해 제로니모에 올랐다고 했다.

　호기심을 숨기지 못하는 그들은 내가 등을 돌리자마자 배에 설치된 트램펄린에서 여섯 살짜리 어린애들처럼 풀쩍풀쩍 뛰기 시작했다. 나는 그들에게 당장 바보짓을 그만두지 못하겠느냐고 호통을 쳤다. 더 자세한 것은 기억이 나지 않지만 갑판장의 말을 빌리자면 내가 대단히 퉁명스럽게 굴었다고 한다. 쌍둥이 형제 같은 두 젊은이가 얌전해지자 우리는 출항준비를 했다. 아무튼 그들은 궁금한 것이 있

＊표시는 옮긴이 주.

으면 곧 풀어버려야 직성이 풀리는 성격의 젊은이들이었다.

정오 무렵, 속도를 높인 제로니모는 대양의 첫 파도를 넘었다. 뱃전에 선 두 젊은이는 항해의 황홀함에 취한 듯했다. 그로부터 4년이 지난 후에도 나는 그들이 남긴 첫인상을 그대로 간직하고 있었다. 그들에게 아부를 하려는 것은 아니지만 페이지와 브린은 어린애들 같고 별나고 똑똑하면서도 호기심이 강한 데다가 예의가 바른 젊은이들이었다. 아무튼 우리는 서로의 안녕을 빌며 작별을 했다.

확실히 그 두 젊은이들은 사람들이 지식에 쉽게 접근할 수 있도록 해줌으로써 인류에 큰 공헌을 했다. 4년이 흐른 뒤 스케이트 선수 같은 옷차림의 그들은 대적할 상대가 없는 강력한 검색 엔진으로 세계를 지배하게 되었다. 말하자면 나는 장차 양 손에 전세계를 움켜쥘 두 남자를 배에 태웠던 것이다. 그러나 내가 경험한 세계는 그들의 세계와는 전혀 달랐다. 나의 세계는 인간의 막대한 노력과 희생을 요구하는 세계였다. 그날, 일생을 바쳐 이 세계를 누비고 다닌 나와 그 세계를 간단하게 집안으로 끌어들인 그들이 한 배에 타고 있었다.

가끔 북극성을 쳐다보고 있노라면 집안에서 볼 수 있는 플라네타리움(*별자리투영기, 일반인들도 천문학, 우주과학 등에 관련된 영상을 볼 수 있도록 만든 반구형의 스크린을 갖춘 기기)을 개발하고 지식을 '비물질' 적인 것으로 만든 그 두 젊은이들이 생각난다. 그들 덕분에 피레네 산맥의 기슭에 위치한 프랑스의 포나 울란바토르 같은 벽지에서도 세계의 위성사진을 쉽게 볼 수 있게 되었고 구글어스(Google Earth) 덕분에 마테호른 봉우리나 앙코르와트의 신전, 혹은 파리의 변두리를 하늘에서 내려다볼 수도 있게 되었다. 페이지와 브린은 집안에서 세계 여행을 할 수 있는 도구를 개발했다. 육분의(*六分儀, 태양, 달, 별 같은 천체와 지평선 사이의 각을 측정하는 기구)에 의존하여 바다 위를 달려온 나

1, 2. 삼동선 제로니모
(Geronimo)
3. 다선체 요트인
  삼동선의 구조.

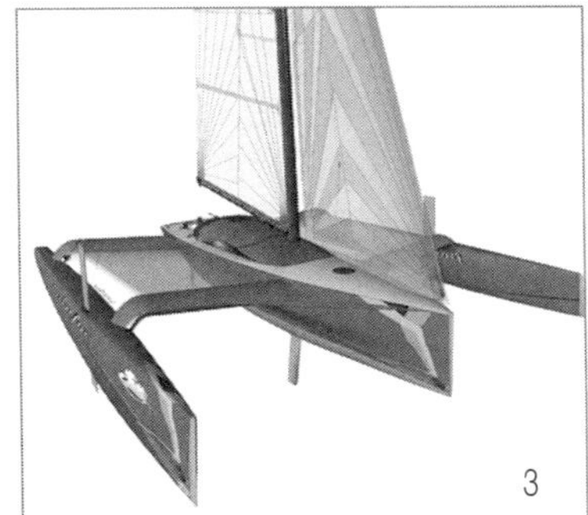

와는 달리, 그들은 세계라는 거대한 책의 페이지를 뒤적이다가도 시간을 놓치지 않고 소젖을 짜는 일이 가능할 수 있도록 해주었다. 세계를 축소하여 집안으로 배달해준 것이다. 눈 깜짝할 새에 추억이 집으로 배달되는 세상이지만, 나는 그 추억을 찾아 솔잎 아래를 뒤지며 인생을 보냈고 태평양의 거친 물살을 이해하는 데에 전 생애를 바쳤다. 그런데 그들은 10년도 채 걸리지 않아 시간을 파괴하고 하나의 제국을 건설했던 것이다. 제국이라는 표현이 이상한가? 그러나 그럴 수밖에. 세상이 비물질화될수록, 그들은 더 많은 부를 축적하게 될 테니까. 지나온 나의 여정을 보여주는 지도들은 하나도 빠짐없이 압정으로 벽에 꽂혀 있다. 나는 그 지도를 따라 낯선 곳에 이르렀다. 그런데 반문화적인 캘리포니아 출신의 풋내기들이 상상을 초월하는 이런 일들을 해내다니! 그들은 번개 같은 정보과학의 힘을 빌려 지식 검색의 속도를 놀라우리만큼 높여 놓았다. 그러나 내가 아는 세계는 바람과 파도의 힘에 좌우되던 세계이다. 내가 하고자 하는 이야기는 그런 세계의 이야기라는 점을 미리 밝혀둔다.

나는 나의 배와 내가 건넌 바다를 이야기하고 싶었다. 내 발로 걸어본 땅, 내가 사랑한 사람들, 그리고 낯선 문화가 남긴 관능적인 인상들. 바다에서 맛본 기쁨을 묘사하고 싶었다. 속도에 취해 배를 달리던 순간들, 여러 책에서 엿본 모든 사물들의 냄새와 아름다움을 실제로 경험한 감동. 바람의 힘으로 나아가는 세상. 검색 엔진이 없는 세계. 나는 경첩이 하나뿐인 문이 달린 세상을 경험했다. 향료 상인들이 다니던 길을 가 보았고 장미의 향기를 가슴 속 깊이 들이마셔 보았다.

또한 나는 바스코 다 가마(Vasco da Gama)나 마젤란(Magellan) 같은 바다의 주인들을 접하며 자랐고 종려나무 기름으로 불을 밝히는 사람들이 사는 서인도제도와 산호초가 부서진 가루와 칼날처럼 예리한 폴리네시아의 암초들과 작은 거룻배들을 내 두 눈으로 직접 보았다.

나는 이 책을 통해 세상의 구석구석을 이야기하고 싶었다. 이제 세상은 간편한 신발을 신고도 탐험에 나서는 사람들의 것이 되었다. 구글은 세상을 하나의 지구촌으로 좁혀 놓았다. 그날, 나는 잉카의 문명을 모든 사람들의 양 손바닥 아래 가져다 놓을 두 젊은이를 배에 태웠던 것이다.

스무 살 때, 나는 어깨 위에 세상의 모든 비극을 짊어질 준비가 되어 있었다. 1944년생인 나의 기억 속에는 전쟁이 남긴 생생한 파멸의 흔적이 고스란히 보존되어 있다. 모두들 "전쟁 때였으니까……"라고 했고 나는 막연하게 사람들이 전쟁이라는 말을 쉽사리 버리지 못하리라는 예감을 했다. 내 주변에는 1940년 6월 이후 독일치하의 굴욕을 견뎌내야 했던 사람들뿐이었다. 어린아이들이었던 우리는 집안의 어른들이 대답하고 싶어하지 않는 질문들을 퍼부어댔다. 그때 우리는 대여섯 살짜리 꼬마들이었다. 처음으로 우리에게 대답을 해준 사람은 드 샤토브리앙 삼촌이었다. 삼촌은 당시 소련에 속해 있었던 우크라이나의 라바러스카에서 5년 동안이나 감옥살이를 하다가 탈출을 하고도 프랑스의 고향 집에 돌아갈 방법을 찾지 못해 전쟁으로 폐허가 된 베를린을 떠돌아다녔다. 전쟁이 끝난 후 삼촌은 공산당에 가입했고 프랑스 고등상업학교의 독일어 교수로 재직했다. 삼촌은 대단히 똑똑한 사람이었다. 1956년 당시 열두 살인가 열세 살이었던 나와 두 살 터울의 내 형에게 처음으로 전쟁과 그 공포에 관해 이야기를 들려준 사람이 바로 이 삼촌이었던 것이다. 그러나 밥상 앞에서는 아무도 전쟁 이야기를 하지 않았다. 너무나도 큰 고통을 겪었던 가족들은 삼촌의 이야기에 대꾸조차 하지 않았다.

말하자면, 전쟁은 시간의 교차로를 막 빠져나와 먼지처럼 공기 중에 떠돌고 있었던 것이다.

한 예로, 배급표를 본 기억이 난다. 어린 시절에 나는 건강이 나빴기 때문에 내 몫으로 한 달에 바나나 한 개를 탈 수 있었다. 그러나 스무 살이 되자 축복은 순순히 굴복하는 자들의 것이 아니라 쟁취하는 자의 것이라는 생각이 들었다. 나는 굴욕적인 느낌을 벗어나고 싶었다. 지인들에 둘러싸인 채 '모범적인' 삶을 사는 데 만족하고 싶지 않았다. 나는 바다로 나가는 것만이 나를 구원하는 길이 되리라는 사실을 깨달았다. 나의 형은 알제리 전쟁에, 삼촌들은 인도차이나 전쟁에 참전했었고, 1940년 전쟁은 우리 모두의 정신 속에 잔재하고 있었다. 나는 평화의 시대가 오고 있다는 것을 느꼈다. 생기를 되찾을 날이 오리라는 것을, 공포의 시대가 지나가리라는 것을.

1962년, 열여덟 살이 된 나는 스스로에게 이렇게 말했다. "네 인생은 네가 결정하는 것이다." 나의 동맥을 타고 흐르는 피가 펄떡거리는 것이 느껴졌다. 이것은 속박에서 벗어남을 의미하는 신호였다. 굴레를 벗어난 나는 그때부터 지금까지 어디에도 매이지 않고 살아왔다. 나는 내가 원하는 대로 살고 싶었다. 이미 십팔 년이라는 세월 동안이나 멍청한 선생들이 지휘하는 끔찍한 학교에 묶여 있었으니 이제 나만의 시간을 누릴 때가 되었다고 생각했다. 굶주려 있었고 왕성한 호기심을 걷잡을 수 없었던 나는 멍에를 벗었다. 마음 속에는 단 하나의 욕망만이 불타오르고 있었다. 세계를 달려보자.

당시로서는 내가 쓸모 있는 인간인지 아닌지는 아무런 상관이 없었다! 우리 세대는 '죽음의 기사단'에 대한 공포를 겨우 떨쳐버린 세대였다. 1914년 이후로 십대를 겨우 넘긴 젊은이들을 괴롭혔던 그 위협적인 공포를.

나의 의지와 마음은 단 한순간도 흔들려본 적이 없었다. 그런 것들과는 거리가 멀었다. 오히려 이전 세대의 젊은이들처럼 죽음이 나를 삼켜버리도록 내버려두지는 않겠다고 단단히 마음을 먹고 있었다. 전쟁이 남긴 혼란과 파괴가 끝나가고 있었다. 다시 태어나는 느낌이었다. 1914년 이래로 나의 부모님은 답이 없는 질문을 떨쳐버리지 못했다. 이 불합리한 세상은 어디를 향해 가는 것일까? 그러나 그 어떤 속박도 그 어떤 고뇌도 나를 막을 수 없었다.

나는 일찍이 대학을 그만두었다. 내가 학문에 대해 불가지론자적인 견해를 갖고 있는 것은 아니다. 오히려 그 반대라고 할 수 있다. 그러나 나를 가르쳤던 선생들은 자꾸만 과거로 돌아가려고 했다.

나는 선생들이 지금 세상에서 무슨 일이 일어나고 있는지 알려주기를 바랐다. 이미 지나간 역사가 아닌, 지금 내 눈앞에서 벌어지고 있는 생생한 사건들을 설명해 주기를 바랐다. 과거는 십자군 전쟁에 나섰던 조상 고드푸아 드 부용 이래로 우리 가족사에 고스란히 새겨져 있었으므로.

나는 이미 전투적인 성향을 타고난 것이었다. 추상적인 사색은 내 취향이 아니었다.

급기야 나는 이런 생각을 하기에 이르렀다. '대학도 중고등학교나 마찬가지다. 교회법을 가르치는 선생들은 다른 것을 할 능력이 없는 작자들일 뿐이다.'

알아들을 수 없는 엉터리 라틴어를 지껄이는 선생들이 강요하는 속박의 굴레를 벗어나려는 열여덟 살짜리 청년을 누가 막을 수 있었으랴.

열여덟 살에는 구름과 평야와 암초에 부딪쳐 되밀려오는 파도와 바람과 별이 총총한 하늘을 동경한다. 그렇게 나는 떠났다. 그리스의 겨울은 좀더 포근할 것이라 믿으며 어느 날 히치하이크를 감행했던 것이다.

대형 화물차를 얻어 타고 유고슬라비아를 가로질렀다. 언제나 배가 고팠다. 운전수의 가족들이 비쩍 마른 고양이 같은 나를 재워주고 먹여주었다. 아직도 생각하면 감동이 밀려오는 옛 추억이다. 그 다음으로는 역시 히치하이크로 독일 국경을 넘었다. 오스트리아 영화 제작팀의 트럭을 얻어 타고 베를린으로 가는 길을 달렸다. 그런데 동베를린과 서베를린 국경의 찰리 검문소를 지나 동베를린에 도착해 보니 여권이 사라지고 없는 것이 아닌가. 여덟 시간 동안 경찰서에 붙잡혀 사람이 할 짓이 아닌 절차를 밟았다. 독일 경찰들도 얼이 빠진 프랑스 청년이 골치 아팠던지, 결국 나는 풀려날 수 있었다. 세월이 흐른 후에 난 이 사건이야말로 나의 모험담 중에서도 꽤나 충격적인 것이었다고 고백할 수밖에 없다.

아무튼 나는 다카우 수용소를 꼭 보고 싶었다. 집안 사람들이 수용소 내에서 벌어진 만행에 대해 조용조용 이야기를 나누던 목소리들이 내 안에 울려 퍼지고 있었다. 직접 가서 그 비극의 현장을 눈으로 확인한 나는 강한 충격을 받았다. 그리고 살아야겠다는 결심을 확실히 하게 되었다. 야만스러운 인간들이 수백만의 목숨을 앗아갔던 그 현장을 두 눈으로 직접 본다는 것이 나로서는 어마어마한 쇼크였다. 그 사람들이 받았던 굴욕의 증거를 내 눈으로 확인한 것이었다.

삼촌 생각이 많이 났다. 전쟁 전에 폴란드 대사관의 직원으로 근무했던 우리 삼촌이야말로 치명적인 혼란을 겪은 장본인이었다. 삼촌은 뛰어난 지식인이었지만 청춘을 도둑맞고 말았다. 다른 청년들과 함께 알제리 전쟁에 휘말렸던 맏형의 생각도 났다. 친가 쪽, 외가 쪽 삼촌들은 모두 인도차이나 전쟁에서 큰 상처를 입고 돌아왔다.

이런 혼란들이 이제 좀 사라졌으면. 증오로 얼룩진 유럽, 베르사유 조약 이후로 서로 등을 돌린 유럽, 그리고 이 모든 종말의 조짐이 싫었던 나는 모험을 찾아 바다로 떠났다. 최초의 혼돈에서 빠져나온 인물처럼, 마음 속으로는 내 강한 성격을 굳게 믿으며.

내가 알고 있었던 세계는 이미 결정된 세계, 다시 말해 죽은 세계였다. 나는 나를 지식으로 이끌어줄 나만의 언어를 만들어야 했고 그 어떤 교리에도 복종하는 일 없이 그 언어를 사용해야 했다. 나는 아프리카와 폴리네시아를 꿈꾸었다. 그곳으로 가는 가장 좋은 방법은 배를 타고, 그것도 경주에 참가해 가는 방법이었다. 나에게 배는 세상에 놓인 장애물을 넘을 수 있는 수단이었다. 이런 생각이 어떤 분명한 계시처럼 느껴졌다. 얼마 후 내가 난바다의 역사에 뛰어들게 되리라는 사실을 그땐 알지 못했다. 돛을 매는 밧줄과 씨름하는 이들과 동고동락하게 되리라는 것을, 탐험가 무리에 합류하게 되리라는 것을, 무엇보다 그 세계를 벗어나지 못하리라는 것을.

가족들은 나를 붙잡아 당시의 표현을 빌리자면 '밝은 현실'로 다시 데려오려고 무진 애를 썼다. 여섯 형들 중 한 형처럼 IBM에 취직해 경력을 쌓으라는 권유도 받았다. 그러나 나는 그런 쪽으로는 전혀 관심이 가지 않았다. 1960년대 초반은 '현대'라고 규정된 시기였다. 하지만 지나치게 현대적으로 치달았던 나머지 현실은 어딘지 모르게 우스꽝스러워지고 말았다.

그 시대는 모든 작업이 쉬워지고 약속으로 충만했던 때였으며 파멸에서 빠져나오고 있던 시절이었다. 공중에서 줄타기를 하는 것 같은 분위기가 만연했고 과학에 대한 광적인 신뢰가 팽배했다. 그렇지만 이것 역시 나의 관심을 끌지 못했다. 내 주변 사람들은 테팔 프라이팬이나 컬러 텔레비전과 같은 놀라운 기술 발전에 감탄을 연발하며 입에 침이 마르도록 신기술을 찬양했다. 그런 그들에게 나는 혼자서 다림질을 척척 해내는 다리미는 왜 나오지 않는 거냐고 대꾸했다. 현대 문물에 대한 추종에 비위가 상했기 때문이다.

1940년 전쟁의 흉터

일곱 살 때, 나는 우리 아버지 세대에게 흉터를 남긴 고통의 세월이 끝났다는 느낌을 강하게 갖게 되었다. 유난히 친했던 형 이브와 나는 공포라는 단어의 의미를 아주 어린 나이에 일찌감치 이해했다. 우리 부모님은 두 분 다 전쟁 고아이다. 집에서는 아무도 죽음이나 전쟁에 관한 이야기를 입에 올리지 않았지만 그러한 침묵과 더불어 다락에 보관된 그 시대의 삽화나 거실 원탁 위에 세워둔 누렇게 바랜 조부모님 사진과 행방불명된 삼촌들의 사진이 모든 것을 대신 말해주고 있었다. 전쟁은 꾸며낸 이야기가 아니었다.

이상한 일이지만 여덟 살 때부터 나는 장차 전쟁에 나서게 될 것이라는, 열여덟에서 스무 살 나이의 청년들에게 희생을 요구하는 이 규칙에서 빠져나갈 수 없을 것이라는 생각에 사로잡혀 있었다.

그때는 어디를 가나 냉전이라는 말이 들렸으며 일간지에는 늘 인도차이나 전쟁에 관한 뉴스가 실리던 때였다. 십이 년 혹은 십삼 년 후면 나도 전쟁에 동원될 것이라는 생각을 떨쳐버릴 수 없었다. 언젠가는 전장으로 향하는 열차에 올라 출발을 알리는 역장의 호루라기 소리를 듣게 되리라는 생각. 그것은 마치 전투병이라는 운명을 향해 출발할 각오로 끊임없이 페달을 돌리며 사는 것과 같았다. 장부에 적힌 빚 독촉이 다가올 것만 같은 느낌. 대가를 치러야 할 것만 같은 느낌. 평화를 누리는 대가일까? 서부전선의 음산한 소나무 숲이나 인도차이나의 축축한 어느 아열대 정글에서 갚아야 할 청구서가 날아들 것만 같았다. 나의 잠재의식 속에는 날카로운 발톱과 무시무시한 아가리를 가진 그 무엇이 들어 있었다. 무서운 얼굴을 한, 피가 눈까지 차오른 포유류들의 세계가. 나는 기꺼이 낙하산부대 대원으로 입대 전 훈련을 받으며 준비를 했다. 이왕이면 정예부대의 일원이 되고 싶었다.

낙하산부대에 배속된 내 모습을 오랫동안 상상했다. 그 상상은 1967년 에릭 타발리(*Eric Tabarly(1931~1998), 프랑스의 유명한 항해사, 프랑스 요트계의 아버지라 불린다. 프랑스 국영 TV인 프랑스 2에서 2005년 '가장 위대한 프랑스인 1백인'으로 선정)와 함께 배에 오를 때까지 계속되었다. 언제나 전쟁이라는 말이 귓전에 맴돌았다. 그 어느 것보다 강력한 원심력이었다. 갚아야 할 빚이 남아 있다는 느낌을 지울 수 없었다. 그러나 결국 전쟁은 완전히 끝이 났다. 그것은 하나의 계시였다. 나를 놓아주지 않았던 불안의 끝이자 은밀한 투쟁의 끝이었으며 나의 미래에 대한 불안한 의문의 끝이었다.

그러나 운명처럼, 아직도 나는 파리의 거리를 걷다가 빗물받이 홈통에 걸린 플라스틱 조화를 발견하게 되면 충격을 받는다. 그 아래에는 대리석으로 만든 조그마한 비석이 있다. 잊지 말라는 뜻일까. 망각에 대한 도전일까. 1944년 8월 20일, 독일군의 총탄 아래 쓰러진 저 농과대학생은 몇 살이었으며 저 인쇄공과 저 하사와 뿔테안경을 쓴 저 공증인과 11구의 모자제조인은 대체 몇 살이었을까? 내가 태어난 이듬해에 조국을 위해 죽은 젊은이들. 이런 사실이 언제나 내 마음을 흔들어놓았다. 전쟁의 혼란 속에 이런 이미지들을 투영해 왔던 이 모든 것들이 나의 성격에 영향을 주었다. 그렇지만 그런 성격을 극복할 수 있었던 이유가 있었다. 내게는 불평을 하면 안 된다는 의무가 있었다. 살아 있었으므로. 그러나 현실적으로 우리 세대의 젊은이들은 아버지들의 희생과 피를 흘려 얻은 이 자유를 기억하려는 노력을 더 이상 하지 않는다. 씁쓸하다.

이상하게도 1914년의 전쟁과 1940년의 전쟁은 내게 너무나도 강한 영향을 주었다. 실패를 겪어 나약해지고 낙심이 될 때마다, 나는 늘 부모님 집 근처에 살던 소작인 가족을 떠올렸다. 베르뎅 전투에서 네 아들을 잃은 집이었다. 불안이 엄습하거나 번민에 사로잡힐 때 그들을 떠올리면 이 정도 일로 괴로워하는 것은 옳지 못하다는 생각이 들었다.

확실히 이런 점은 집안 내력인 것 같다. 내가 물려받은 유일한 내력, 절대로 불평하지 않는다는 점.

그러나 나는 50년대 소설에 흔히 나오는 영혼의 은밀한 움직임 같은 것에는 관심이 없었다. 전 유럽에 팽배했던 갈등이 내 유년시절에 깊은 낙인을 찍었기 때문에 그 어떤 위험이 닥쳐도, 또 어떤 희생이 강요되어도 자유를 빼앗기지는 않겠다는 의지를 갖게 된 것이다. 나의 내면에는 언제나 적을 피해 달아날 수 있도록 만반의 준비를 해야 한다는 생각이 자리잡고 있었다. 영원히 잊을 수 없을 것 같은 어린 시절에 들었던 이야기가 떠오른다.

나의 삼촌과 삼촌의 부하들이 항복한 베를린에서 무허가 노점상인 한 명을 발견했다. 무너진 도로 위, 뼈대만 남은 러시아 탱크 두 대 사이에서 담요를 걸치고 군화 몇 벌과 항아리에 든 고기파이를 팔고 있었다. 도시는 잿더미였다. 다음날 나의 삼촌과 부하들은 누더기를 걸친 늙은 노점상인 앞을 다시 지났고 그제야 그가 신은 군화를 알아

보았다. 소식이 끊긴 친구의 것이었다. 군화 옆에 놓인 고기파이는 아주 신선한 것이었다고 했다. 우리 집안에는 늘 이런 영웅담과 놀라운 운명에 관한 이야기가 오고갔다. 우리 남자아이들의 꿈은 딱 하나였다. 우리도 영웅이 되자. 그러나 전쟁이 끝난 시대에 영웅이 되려면 어떻게 해야 하는 것인지 알 수가 없었다. 영웅이었던 아버지 세대의 기대에 부응하려면 어떻게 해야 하는 것일까? 우리 세대는 참전이라는 책임이 주어지지 않았던 첫 세대였다. 우리의 목숨을 앗아갈 사람은 그 어디에도 없었다. 우리에게 주어진 의무는 단 하나였다. 우리 아버지들이 그러했던 것처럼 혼란스러워하지 말아야 했다. 그리고 웃어야 했다.

이렇게 소년 시절에 어렴풋이 느꼈던 전쟁의 비극에서 해방된 나는 세상과 바람과 파도와 난바다에 마음껏 매료될 수 있었다. 나는 위험을 감수해야 할 의무를 잊지 않았고 무엇에도 굴하지 않고 앞으로 나아가는 성향을 간직했으며 낙담에 빠지지 않았고 전의를 잃지 않았다. 열아홉 살이 된 나는 보다 적극적인 휴가를 가지기로 결심했다. 일상에서 휴가를 내기로. 이제는 그 어느 누구도 내가 원하지 않는 일을 내게 강요하지 않도록. 나는 결단코 그 어떤 조직에도 속하지 않을 작정이었다. 어떤 대가를 치르게 되더라도. 혁명가의 기질이 있어서 그랬던 것은 아니었다. 나는 대중을 선동한다거나 테이블 위에 올라가서 "동지들이여, 우리는 착취당하고 있습니다!" 같은 연설을 할 위인이 못되었다. 언제나 선조들이 걸어온 길을 따르려 노력했을 뿐이었다. 세계를 여행하는 것. 나이를 한참 먹은 후에도 납으로 만든 장난감 병정을 좋아하는 사람들도 있다지만, 나의 관심은 바다의 공국과 배뿐이었다.

바다는 때로 공격을 가하지만 절대로 상대를 속이는 법이 없다. 바다는 항해사가 쏟아 부은 수고에 조용히 보답을 해준다. 바다에서 나는 언제나 행복했다. 내게 바다는 힘의 원천이다. 다른 사람들의 눈에는 결핍으로 비추어질 수 있는 모든 것들이 내게는 전혀 그렇게 보이지 않는다. 바다는 인간의 욕구를 엄격히 제한하기 때문에 바다에 나간 사람들은 금욕주의자가 된다. 바다는 동양의 침술처럼 사람의 기(氣)에 작용한다.

나는 단 한 번도 유행이라는 개념에 신경을 써 본 적이 없다. 내가 좋아하는 장 뒤투르가 말했다. "나는 유행이라는 바람에 몸을 맡겨 본 적이 없다. 내가 감기에 걸리지 않는 비결이 바로 이것이다."

스무 살에

스무 살이 되자, 나는 수많은 사람들이 빼앗겼던 것을 지킬 수 있다는 확신을 갖게 되었다. 그 어느 누구도 내 목숨을 앗아가지 않을 것이며 내가 원치 않는 전장으로 보내지 않으리라는 확신이었다. 나는 자동으로 움직이는 에스컬레이터 위에 서 있었다. 내 인생은 나만의 것이었다. 나는 모든 것을 할 권리가 있었으나 모든 것을 해야 할 의무도 있었다. 나의 꿈을 좇아 끝까지 갈 수 있었던 것이다. 나의 꿈이 전쟁으로 깨지지 않으리라는 확신이 있었다. 결국, 내가 감수해야 할 위험은 없다는 것이 나의 생각이었다.

우리 세대의 젊은이들이 모두 그렇겠지만, 내가 조심해야 할 것은 단 하나뿐이었다. 바로 제도 때문에 시간을 도둑맞는 것이었다. 더

군다나 내게는 살아 있다는 특권이 있었다. 나는 전쟁에서 돌아온 일가친척들을 많이 보았다. 얼마나 많은 사람들이 정신적으로 심리적으로 큰 상처를 입었던가. 하지만 나를 위험에 빠뜨릴 사람은 아무도 없었다. 이로써 나는 나의 사고와는 전혀 다른, 더할 나위 없이 저속한 실존주의에 빠지지 않고 더 멀리 갈 수 있는 에너지를 얻게 되었다. 내게는 다가오는 위험을 견뎌내는 것이 아니라 그 위험에 맞설 수 있는 기회가 있었다! 내가 어쩔 수 없이 맞닥뜨린 위험은 견딜 수 없어도 내가 선택한 모험은 얼마든지 감당할 수 있을 것 같았다. 어떻게 보면 내게는 위험을 감수할 의무가 있었다. 그렇다. 그것은 의무였다. 위험을 감내해야 하는 '암묵적인 의무'. 그 때문이었을까. 다선체 선박이 첫선을 보였을 때, 그 배는 위험한 수준이었고 전복될 가능성도 대단히 높았다. 에릭 타발리가 "다선체 선박으로는 절대 혼 곶(＊Cape Horn, 남아메리카 대륙 최남단에 위치한 곳. 칠레의 티에라델푸고 제도에 속함)에 가지 않겠다."고 선언했을 정도였으니까. 그러나 나는 다선체 선박으로 혼 곶까지 무려 다섯 번이나 항해를 했다. 내게 필요한 것은 그런 것이었다. 그것은 위험이자 도전이었지만 발전이며 모험이기도 했다. 투쟁이란 그런 것이며 살아 있는 것이란 바로 그런 것이다.

나는 늘 우리의 세상이 잘못되어 있다고 느껴왔다. 생명보험을 파는 세상. 죽는 날이 되어서야 주머니에서 조커를 꺼내는 세상! 이런 점이야말로 세상이 잘못된 증거가 아니고 무엇이겠는가. 모든 것에 대한 두려움 때문에 우리는 힘들게 살고 있다. 우리의 사회는 두려움 위에 세워진 사회이다.

내게 주어진 의무는 내 스스로가 나에게 부여한 윤리적인 것이다. 나는 일생 동안 벗어나고 도망갈 터널을 팠다. 내가 육지에서 경험한 모든 것은 이런 마음가짐으로 한 것이었다.

내가 바다를 탐험하는 이유는 항해를 꿈꾸지만 실현할 수 없는 모든 이들을 대신해야 할 책임이 있기 때문이라는 생각을 늘 해왔다. 내게 주어진 이 여건이 행운이라는 사실을 나는 잘 알고 있다. 그러므로 나는 기품 있고 당당하게 위험을 무릅쓰고자 한다.

바다로 나가다

바다로 나가는 것은 모든 가능성을 향해 떠나는 것이지만 이것은 절대로 회피가 아니다. 정반대로 끊임없는 채찍질과 구속이 따르는 과정이다. 파도를 넘겠다는 결정은 정복을 결심하는 것이며 정복하기 위해서는 떠나야 한다. 무한한 공간에 대한 어마어마한 욕망이 불타오른다. 바다는 세상의 심장이다. 대양을 찾아 떠나고 싶은 욕망은 절대적인 색채에 몸을 적시러 가고 싶은 욕구이다.

나는 세계 방방곡곡을 찾아 떠나지 않으면 안 될 것 같다는 느낌에 사로잡혀 있었다. 세상의 모든 바다를 찾아 떠나야 했다. 모든 항구를 만나야 했다…… 나에게는 생사가 달린 문제였다. 세상에 태어난 이상, 그 세상을 달려보아야 했다.

내가 십대였을 때에는 세상이 대단히 넓었다…… 그 시절은 아직 구글의 세상이 아니었다. 시간에 대한 생각도 달라서 여행은 항상 긴 것으로 여겨졌다.

바다가 없는 세상은 왠지 갑갑하게 느껴진다. 부식토와 적토와 도시의 냄새가 난다. 바다가 없는 곳은 매력도 느낄 수 없다.

육지는 내 관심 밖이다. 물론 바다가 감싸고 있는 육지라면 이야기가 다르다. 그런 땅은 아름답다. 바다에서 불어오는 산들바람에 흔들리는 밀밭, 익어가는 밀 냄새와 바다에서 밀려온 신선한 바람이 섞이는 곳, 그런 곳은 정말로 좋다.

나의 일

그동안 해 왔듯이 배의 돛을 올리고 지구상의 바다를 누비는 것, 그것이 나의 일이요 천직이다. 직업이라는 말을 어떻게 해석하느냐에 따라 다르겠지만, 내가 생각하는 천직은 돈을 벌기 위한 것이 아니라 명예를 얻기 위한 것이다. 투르 드 프랑스 자전거 경주에 참여한 사람들도 직업을 가지고 있고, 낚시꾼도 직업이 있다. 결국 모든 사람들은 자신이 하는 일을 사랑하고 노력을 기울인다…… 훌륭하게 되기 위해서는 훈련이 필요하다. 용기가 없으면 지혜로워질 수 없다. 나로서는 '용기는 없지만 지혜롭다'는 사람을 믿을 수 없다. 그런 머리는 아무짝에도 쓸모가 없다! 지혜로워지려면 용기가 있어야 한다. 그리고 용기는 지혜의 산물이다.

나는 탁월한 취향을 가진 사람들이 좋다. 어차피 해야 할 일이라면 열정적으로 해야 한다.

바다의 초상

인도양

사십 년 간 계속된 나의 모험을 받아 준 모든 바다들 중에서 유독 인도양만이 내게 고약하게 굴었다. 인도양에 들어갈 때마다 나는 내 안에 은밀하게 사무친 한으로 불끈 달아오른다. 인도양에 대한 감정은 거의 몸으로 느껴지는 증오에 가깝다. 때로는 이 바다가 나에게 일종의 징벌을 내리는 것이 아닌가 하는 생각이 들기도 한다.

인도양은 문을 꽉꽉 걸어 잠근 바다이다. 그 문을 열어줄 때에는 내 면전에다가 수없이 많은 공소장을 대고 흔들며 협박을 한다. 인도양의 힘을 입증할 수 있는 증거는 턱없이 부족하지만 이 바다가 얼마나 비열한지 일일이 예를 들어 나열하자면 끝이 없을 정도이다. 인도양은 늘 뱃사람들을 괴롭힌다. 뱃사람들의 진술을 바탕으로 보고서를 작성한다면 그 양이 정말로 엄청나리라.

번개와 천둥이 번갈아 치는 폭풍우의 순간을 이야기해보려고 한다. 나의 공격에 관한 인도양의 변론은 잠시 후에 들어보기로 하자. 바다에 나가는 순간, 그때까지도 잠잠하던 인도양은 본색을 드러내

어 나를 남위 45° 지점으로 소환해 가서 흠씬 두들겨 팬다. 단 한 번
의 예외도 없었다. 이 바다는 선천적으로 악하다. 내가 보는 인도양
은 이 빠진 틈새 사이로 뜨뜻한 바람이 불어 커피 메이커처럼 쉬익
쉬익 소리를 내는 저 심술궂은 아가리 같은 홍해로부터 남극해의 냉
동 창고이자 얼음제조기인 로스해에 걸쳐 있는 좀먹은 침대시트이
다. 위도상으로 보다 남쪽에서는 바다가 거대하게 부풀어 오를 수 있
지만 모든 것을 지배하는 인공위성 덕분에 인간이 바다에 총을 겨누
고 있는 셈이니 인도양은 감시하에 있는 바다라고 해야 하겠다.

그러나 이 바다는 어디까지나 뱃사람들을 기만하는 적이라는 사실
을 명심해야 한다. 엷은 색으로 위장하고 있지만 카멜레온 같은 이
바다는 갖가지 속임수로 뱃사람을 포로로 삼는다. 일단 먹잇감을 확
보하고 나면 그 거친 본색을 드러낸다. 물론 넓은 모잠비크 동해안을
따라 항해를 하면 열대의 섬세한 분위기가 물씬 느껴진다. 거기에서
부터 남아프리카 공화국의 해안을 따라가는 내리막길이 시작된다.
잘 익은 빵처럼 갈색을 띤 아프리카 해안이 시작되는 것이다. 그러나
세계일주의 여러 가지 코스 중에서 남극을 거쳐 오는 직행 해로를 택
하면 인도양은 즉시 카드 세 개를 내밀고 하나를 선택해보라며 이죽
거리기 시작한다.

아프리카 대륙의 아름다운 흉터가 그려진 카드 두 개 대신에 선택
한 방향으로 배를 몰아가다 보면 인도양은 순식간에 모습을 바꾸어
냉혹한 면모를 드러낸다. 이제 바다는 차갑고 거칠다.

인도양은 시들어가는 나라이다. 뱃사람들을 맞는 천한 여자들이
기다리는 허름한 주막이다. 젖가슴이 축 처진 음탕한 여인. 내가 가
진 인도양에 대한 감정은 경멸뿐이다. 자, 길고 긴 삼 주 동안 몸을
잔뜩 오그리고 버텨야 하는 이 험한 바다, 독특한 매력 하나 없는 이

무뚝뚝한 바다에 오신 것을 환영한다.

어디를 보아도 망망대해뿐인 이 바다에서는 손가락이 얼어붙고 온몸이 오들오들 떨린다. 구 모양의 지구본이 평면이 되는 곳. 최고의 성능을 자랑하는 배로 최고의 속력을 내어 달리고 또 달려도 그저 광대하다는 느낌뿐인 곳. 이곳에서 인간은 인간의 것이 아닌 척도로 측정된다.

고통의 나라, 거친 바람의 나라, 인간의 근육이 갑판 위의 험한 일로 석고처럼 단단해지는 곳. 교수대와 팔다리를 묶어 찢는 수레바퀴의 나라. 매번 모험을 감행할 때마다 우리는 이전의 기록을 깬다. 그러나 그럴 때마다 마치 행성 하나가 소멸하는 것 같은 고통을 겪는다. 교신을 주고받지만 그 외에는 세상과 단절된다. 동면하는 곰처럼 지낼 수밖에 없다. 인도양 위의 인간은 가을 사냥철의 사냥감 같은 신세가 된다. 위성전화가 있어도 소용없다. 저 침묵하는 분노의 나라에서는. 그렇다면 왜 인도양을 찾아 떠나는 것일까?

인간은 자신에 대한 분노를 표현하고 싶어하기 때문이다. 물론 누구의 눈에도 띄지 않는 곳에서. 그리고 인도양에서 살아나올 수만 있다면, 자신과의 고독한 싸움을 했던 그는 스스로를 친구 삼아 바람이 세차게 부는 어느 날 저녁 나약한 적들을 향해 마음껏 고함을 치며 스스로를 사랑한다고 말할 수 있기 때문이다.

인도양을 크레타의 미로와 비교하는 경우가 있다. 그러나 내가 보기에 인도양을 건너는 것은 프로메테우스의 형벌과 닮았다. 인도양은 끊임없이 다시 시작해야 하는 곳, 저항하는 파도들이 감당하기 힘들 정도로 끝없이 몰려오는 곳이기 때문이다.

경기 첫 주에 드넓은 바다 위를 매끄럽게 달렸던 여유는 하나의 추억으로 남았을 뿐이었다. 곧 우리는 살을 에는 듯한 바람에 갇혀 거대한 포효소리를 피할 수 없는 신세가 되었다. 고데기로 곱슬곱슬하게 말은 듯한 파도를 내세우던 인도양의 위선적인 교태는 이미 자취를 감춘 지 오래이다. 가증스러운 것, 모순투성이. 인도양은 제 머리를 절대 빗지 않는 단정치 못한 바다가 아닌가. 가슴을 풀어헤친 헤픈 모양새. 항해를 하는 입장에서는 단정치 못한 바다 위를 달리는 것보다 더 불쾌한 것은 없다. 물론 항해를 시작한 지 처음 몇 시간 동안만큼은 인도양도 생선 기름을 배불리 먹은 에스키모처럼 순하게 미소를 짓는다. 손놀림이 굼뜨고도 무기력하다.

인도양은 매번 이렇게 나를 속였다! 이 바다는 자신의 본모습이 드러나지 않게 위선을 떠는 가증스러운 바다이다. 인도양을 오가는 화물선들은 그 음흉함에 치를 떤다.

생긴 모양을 보면 인도양은 장터에 끌려나온 동물과 비슷하다. 무엇인가를 포기한 가엾은 짐승의 모양새를 하고 있다. 그러나 이런 것이 이 바다의 가장 가증스러운 면이다. 인도양은 아프리카에 팔꿈치를 괴고 하수처럼 구불구불 흘러 아래로 내려간다. 북쪽으로는 낙타의 등처럼 혹이 나 있다. 나는 늘 인도양이 태어나자마자 부모에게 버림을 받은 게 아닐까라는 생각을 해 왔다. 온 세상을 대상으로 아시아와 아프리카, 양쪽 부모에 대한 원한을 풀고 있는 게 아닐까.

나는 오랫동안 인도양의 정체에 대해 궁리를 해 보았다. 본 모습을 밝히기 위해. 시간이 갈수록 인도양은 못돼먹은 머슴의 인상으로 굳어져 갔다. 내치고 싶은 마음이 굴뚝같지만 녀석 없이는 기록도 세계 일주도 불가능하기에 어쩔 수 없이 데리고 있어야만 하는 눈엣가시, 계륵.

그렇다. 내게 인도양은 카페의 밉상스런 보이 같은 존재이다. 포도

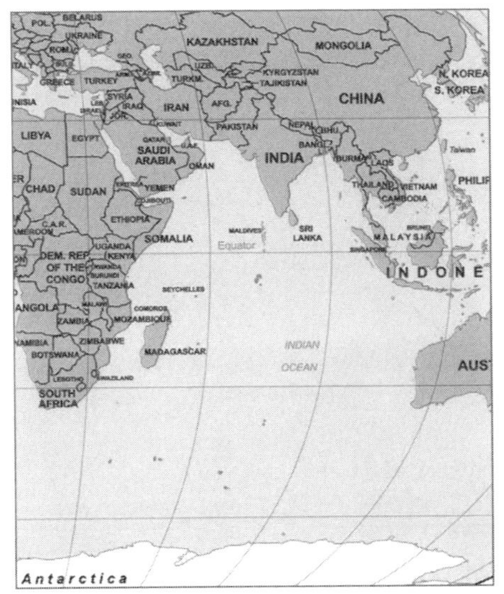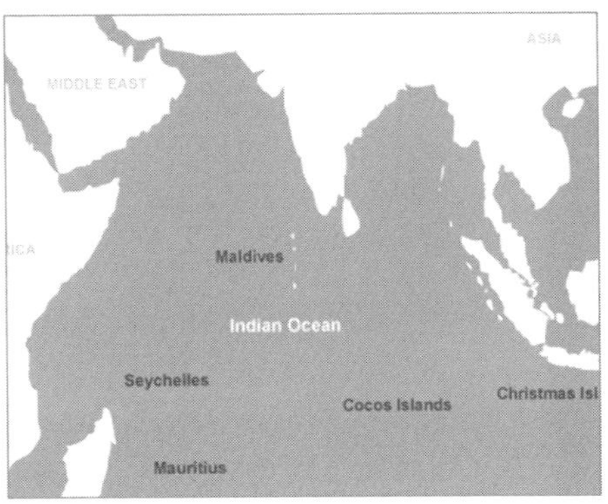

인도양의 지도.

주를 찾으러 지하실에 내려간 주인의 발소리에 귀를 기울이다가 올라오는 기척이 나면 갑자기 층계의 전등을 꺼버리는, 그 검은 속이 훤히 보이는 치사한 놈. 내가 자빠지는 소리를 놓치지 않으려고 왼손을 귀에 대고서 오른손으로는 재빨리 지하실 전등 스위치를 끄는 야비한 녀석.

채광창으로 배 밑바닥에 길게 뻗은 내 꼴을 훔쳐보고는 주방으로 들어가 제복의 주름을 펴면서 낄낄거리는 놈의 속셈을 나는 훤히 꿰고 있다.

인도양은 항해사들을 전혀 배려하지 않는다. 세월이 지나면서 나는 인도양을 소설 속의 주인공처럼 생각하게 되었다. 말하자면 홍당무의 엄마 르픽 부인 같은 부류이다. 나를 내 집에서 쫓아내고 항해 길에서도 해코지를 하는 표독스러운 아줌마. 장장 40년 동안 인도양은 나를 홍당무처럼 구박했다. 늙은 르픽 부인이 어린 줄 르나르를 닭장에 가두었던 것처럼, 인도양은 나를 폭풍우가 몰아치는 골방에 처넣었다. 다른 자식들을 편애하면서 나한테만 고약하게 군다는 생각을 떨쳐버릴 수가 없었다. 우리를 한 번도 감싸주지 않은 치사한 바다. 그나마 나는 그 바다에서 탈출할 수가 있었다. 그러나 얼마나 많은 항해사들이 그 바다에 목숨을 내놓았던가.

그러고 보면 인도양이 나를 토해낸 것 같기도 하다. 어쨌거나 인도양이 추한 속성을 드러내었던 때를 일일이 열거하기란 불가능하다. 2003-2004 쥘 베른 경기대회? 정말로 비열했다. 2005년 도하에서 출발한 세계일주대회? 그렇게 고약할 수가 없었다! 나는 2005년에 열렸던 그 세계일주대회에 관한 쓸쓸한 추억을 간직하고 있다. 출발한 지 엿새째 되던 날, 우리는 거대한 통나무와 충돌했다. 쓰나미 때 뿌리가 뽑힌 나무였을까? 배의 오른쪽 선체를 잡아주는 접합재가 타격을 입은 듯했다. 하는 수 없이 호주의 퍼스에 우리의 삼동선을 정박시켜야 했다. 삼동선을 수용할 만한 시설이 전혀 갖추어지지 않은 항구였다. 지방 도시의 소규모 비행장에 콩코드 비행기를 착륙시키는 꼴이었다.

결국 우리는 시드니에서 경기를 포기하기로 결정했다. 배의 손상이 너무나 컸고 그 상태로 항해를 계속했다가는 뉴질랜드와 혼 곶 사이 어디쯤에서 전원 사망이라는 비극을 맞게 될 것이 뻔했기 때문이다. 나는 계속해서 글을 썼다. 인도양은 사람을 지쳐 나가떨어지게 하는 가혹한 바다라고.

2003년 2월 10일에도 우리는 30일째 시간과의 전투를 벌이고 있었다. 혼 곶까지는 정확히 4,995마일. 남쪽으로 내려가야 목적지까지의 거리를 좁힐 수 있었지만, 방법이 없었다. 제자리에서 맴을 돌다가 죽을 것만 같았다. 어떻게 해야 하나? 좋다. 차라리 우리를 체리

씨처럼 매번 뱉어내는 지점으로 들어가자. 인도양과의 관계는 지긋지긋할 정도로 영원하다. 엉겁결에 인도양에 들어갔다면? 출구는 늘 있다. 하지만 빗장을 세게 밀어야 한다. 인도양은 사람을 한눈으로 흘겨보며 털이 부숭부숭한 손으로 열쇠를 흔드는 악마라는 사실을 잊지 말아야 한다. 이번에는 이 악마가 등에 달라붙었다. 우리를 움켜잡은 억센 발밖에는 보이지 않았다.

멧돼지 털로 뒤덮인 넓적다리, 그리고 어딘가에 있을 것만 같은 뾰족한 귀. 인도양은 안하무인의 바다, 자신의 악마적인 모습을 꼭 빼닮은 바다를 제멋대로 주무른다. 40노트의 속도로 순조롭게 항해를 하고 있노라면 갑자기 50노트의 돌풍이 몰아친다. 마치 악마놈이 제 사타구니를 건드리는 돛대의 끝을 느끼기라도 한 듯이.

이번엔 사탄의 꼬리를 건드린 걸까. 항해사로서는 세상에서 가장 벗어나기 힘든 지점으로 밀려가버렸다. 적의로 가득한 곳. 바다는 인간을 원하지 않는다. "어서 썩 꺼져버려!" 우리는 악마의 손에서 열쇠를 빼앗아 달아났다. 인도양. 한번 그 손아귀에 걸려든 항해사는 바로 빠져나올 수 있으리라는 희망을 버려야 한다.

인도양은 그렇게 자신을 성가시게 군 대가를 꼭 받아내고야 만다. 시간을 잡아먹어 벌을 내리는 식으로. 인정사정 봐주지 않는 공무원처럼 세금을 징수해 가고야 마는 것이다. 성마른 인도양은 항해사들의 용기와 정신력을 요구하는 바다이다. 그 대신 주는 것이 무엇이냐고? 자신을 정복하러 오는 이들을 괴롭히는 것이다. 항해사는 인도양의 먹잇감이다. 옴짝달싹할 수가 없다. 나는 언제나 죽음이 인도양의 거대한 날개에서 비롯될 것 같다는 느낌을 받아왔다. 나를 피가 나도록 물어뜯은 이 거대한 육식 바다에 대해 앞으로도 좋은 말을 해줄 생각은 눈곱만치도 없다.

인도양은 항해사들을 팽팽하게 당겨진 줄 위로 내몰아 공중곡예를 시킨다. 이는 마치 파우스트의 계약서에 서명을 하는 것과 같다. 우리의 영원한 젊음을 바칠 테니 잔인한 네놈과 타협하게 해 다오. 내 여권에는 나의 지나온 길을 증명해주는 스탬프들이 찍혀 있다. 영원히 지워지지 않을 흔적이다. 40년 동안 나는 인도양에게 등짝 전체를 내주었고 바다는 그 위에 벌겋게 달은 인두로 낙인을 찍었다.

태평양

태평양은 적도 지방을 지나는 순간부터 상당히 적대적으로 돌변하기 때문에 친구라고 하기에는 어딘가 꺼림칙한 구석이 있다. 인도양처럼 항해사들을 박해하는 바다는 아니지만 40년 태평양 항해를 해오면서 힘들었던 경험이 적지는 않다.

크기로 치면 대서양의 두 배인 태평양은 세계에서 가장 거대한 바다이다. 거리로 보나 난폭함으로 보나 더운 것으로 보나 추운 것으로 보나 단연 최고다. 사람들의 눈에 태평양을 따라 내려가는 뱃길은 문명과 멀어져가는 긴 여행으로 비추어질 것이다. 사람들은 표정으로 이렇게 말한다. 참, 멀기도 멀다.

태평양은 욕심이 많다. 한 번 횡단에 고기압권 두 곳과 저기압권 다섯 곳을 견뎌내야 하는 경우가 많다. 기상의 향연이랄까, 그 종류도 다양하다. 이런 기상조건을 겪은 후에는 속을 몽땅 게워낼 수밖에 없다. 거우 빠져나왔나 싶으면 이번엔 방향을 가늠할 수도 없는 풍랑이 몰아친다. 귀를 쩡쩡 울리는 것이 바그너의 음악 같다. 태평양을 건너노라면 망치로 흠씬 두들겨 맞은 느낌이 든다. 특히 높은 물결이 유리처럼 산산이 부서지는 투아모투 제도에서는 그 느낌이 훨씬 더 강해진다. 북태평양의 바다는 잔인하기 그지없다. 한번은 5월에 도쿄를 떠나 샌프란시스코로 향하는 항해길에 오른 적이 있었다. 출발하기가 무섭게 굴속 같은 안개가 자욱이 깔렸다. 뱃머리 앞으로 펼쳐진 수심 6,000미터의 거대한 태평양은 어디서 생겨났는지 도무지 알 길이 없는 엄청난 파도로 우리를 위협했다. 태평양을 형용사로 설명하는 것이 과연 가능할까. 태평양을 생각하면 그 성마른 바다를 뾰족뾰족하게 표현해낸 일본의 판화가 떠오른다. 태평양의 진면목을 잘 잡아낸 그림이었다. 그렇다. 태평양은 뾰족한 바다이다. 깡통 따개의 이빨 같은 파도를 만들어내는 해류의 영향 때문이다.

광대한 태평양은 때로는 거칠고 때로는 냉혹하지만 인도양처럼 가짜 웃음을 지으며 절대 권력을 휘두르지는 않는다. 배를 한 척이라도 발견했다 하면 자존심에 상처를 입은 듯 날뛰는 인도양과는 다르다는 말이다.

그에 반해 태평양은 단순하고 정직하다. 선량한 책임의식을 가지고 있는 바다, 우리가 이해할 수 있는 물리법칙에 따르는 바다이다. 남아프리카공화국의 케이프타운을 출발해 호주의 프리맨틀에 닿기 위해 항해를 할 때, 즉 인도양을 건널 때 경험하는 엘리자베스 시대의 잔혹함이 태평양에는 없다.

그럼에도 불구하고 태평양은 본성과는 다르게 불친절해 보인다. 2004년 4월, 우리는 남대서양에서 북대서양을 향해 떠났다. 힘든 항해였다. 혼 곶을 거치는 고약한 항로를 택했기 때문이었다. 열하루 동안 애를 먹다가 남태평양 쪽으로 돌아갈 결심을 했다. 고백하지만 그때 처음으로 '왼쪽 문'으로 나가버리고 싶은 유혹에 시달렸다. 타히티, 태양, 그리고 살아남을 수 있다는 확신이 있는 곳으로.

'오른쪽 문'은 무엇이기에? 수난이 기다리는 문. 그것은 바다에서 겪을 수 있는 온갖 시련으로 통하는 문, 오랜 고행으로 이어진 문이었다. 지옥이 내려다보이는 난간에 매달려 보낸 열하루. 그러나 나는 그곳으로 또다시 돌아가게 되리라. 풍랑의 법칙, 바다의 카오스, 그러나 예정보다 앞선 석방을 보장해줄 수정안 표결 따위는 꿈꿀 수도 없는 곳. 100노트의 속도를 내고 있었지만 몇 시간이나 뒤지고 있던 우리에겐 선택의 여지가 없었다. 우리는 바늘구멍을 빠져나가고 있었다. 이런 유혹은 단독으로 세계일주 항해를 했던 1989년에 이미 경험해보았다. 현기증이 날 정도의 고독감. 거대한 대양의 손바닥 안에서 벗어날 수 없을 것 같은 예감. 보잘것없는 우주선을 타고 정해진 궤도를 빙글빙글 도는 하찮은 위성이 된 듯한 느낌. 태평양은 인간에게 이러한 태고적의 순수함을 되찾게 해준다. 자유로운 동시에 괴물에게 잡힌 듯한 감정. 태양을 따라가는 동물의 거죽을 뒤집어 쓴 것 같은, 그리고 그대로 잠이 들어버릴 것만 같은, 세상에 마지막으로 남겨진 인간이 된 것만 같은 느낌.

요즘 내가 일 년 중 일정 기간을 타히티에서 보내는 것도 바로 그런 감정에서 비롯된 것 같다. 어쩌면 내게 금지되었던 폴리네시아를 되찾고 싶었던 것인지도 모르겠다. 그러나 폴리네시아 쪽 태평양은 결코 만만한 바다가 아니다. 상냥하지도 않다. 물론 그 위도에서 어머니의 품속 같은 푸근함을 경험해 본 적도 있다. 그러나 2004년 쥘 베른 경기대회에 참여했을 때에는 전혀 그렇지가 못했다. 4월 5일, 제로니모는 위도 58° 04′, 경도 98° 12′ 지점을 통과하고 있었다. 브

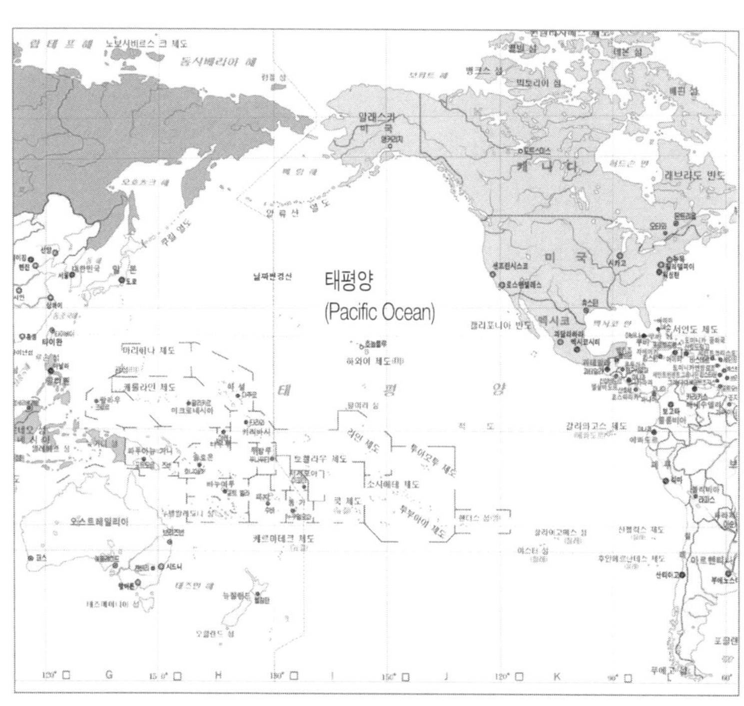
태평양
(Pacific Ocean)

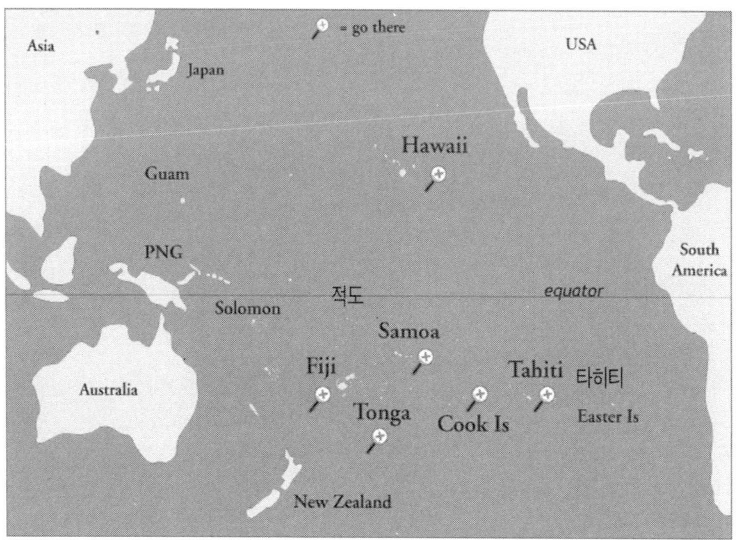
Asia
Japan
= go there
USA
Hawaii
Guam
PNG
South
America
적도
equator
Solomon
Samoa
Fiji
Tahiti
타히티
Australia
Tonga
Cook Is
Easter Is
New Zealand

레스트를 떠난 지 38일째 되는 날이었다. 혼 곳까지 1,000마일이 채 남지 않은 그 지점에서 우리는 몸을 혹사해 가며 피로와 두려움으로 점철된 하루하루를 버텨내고 있었다. 이미 열흘 전부터 돛을 올리지 않았다. 살다 살다가 그렇게 흔들려보기는 또 처음이었다. 살아남아야 한다는 것 외에는 아무것도 생각할 수 없는 며칠이 흘렀다. 이런 것이 항해였단 말인가? 만약 그렇다면 이런 일 따위는 당장 그만두는 것이 낫겠다는 생각이 들었다.

팀원들의 얼굴을 보며 나는 속으로 혼잣말을 했다. 아, 이것이 엄연한 현실이로구나, 여기를 벗어나지 못하게 될 것만 같다. 여기서 이렇게 다 죽는 것인가! 그게 언제가 될까? 지금 당장? 아니면 다음 번 파도에 휩쓸릴 때일까?

나는 팀원들의 모습을 아직까지 잊지 못한다. 피로에 지친 모습으로 온도가 3도밖에 되지 않는 갑판 위에 서서 얼음장 같은 바다 속으로 감시 레이더를 내려뜨리던 그들. 우리는 우울한 분위기에 사로잡혀 있었다. 어디에 와 있는지 알 수가 없었다. 이 지옥 같은 곳을 벗어난다 해도 뚱보가 될 리는 없는 체질들이지만, 팀원들은 비쩍 말라갔고 신경이 곤두서 있었다. 그들은 프로였다. 열하루 동안 계속된 이 유폐를 훌륭하게 견뎌낼 만한 저력이 있는 사나이들이었다.

암담한 중에 한 가닥 희망이 보였다. 바로 보름달이었다. 육지 사람들이라면 당장에 밭으로 나가 무를 심었으리라. 칠흑 같은 열다섯 밤을 보낸 우리에게 그 보름달은 축복 중의 축복이었다. 그러나 만족할 줄을 모르는 파도는 선실의 둥근 창을 깨버렸다. 침낭이 스펀지처럼 물을 먹었다. 남은 것은 비웃음뿐. 우리는 갑판에서 서로 마주칠 때마다 엄지를 치켜세웠다. 근사한 경험을 하고 있는 중이라는 듯, 혹은 그렇게 믿고 싶어서.

나는 난생 처음으로 바다에서 음악을 들었다. 팀원 중의 누군가가 워크맨을 빌려주었던 것이다. 배의 울부짖음을 듣지 않기 위해, 배의 갈비뼈가 부서지는 소리가 고막을 울리지 않도록 나는 볼륨을 크게 높였다. 이런 속담이 있다. "뱃길은 세 배로 힘들고 두 배로 멀다." 기가 막히게 잘 맞아떨어지는 말이 아닌가.

혼 곶을 지나면서 우리는 브루겔(*악마나 지옥의 장면 등을 즐겨 그린 네덜란드 화가)의 그림 속에 나오는 것 같은 나라를 떠났다. 파도가 30 노트로 일렁이고 기세 좋게 따귀를 후려치는 나라를. 나는 혼 곶을 일곱 번 넘었다. 혼 곶은 에베레스트 산 정상과 비슷하다. 왜, 날씨가 좋으면 헬리콥터를 타고 산 정상에 올라가 차를 마실 수 있지 않은가. 그러나 2004년 4월에 경험한 혼 곶을 넘는 항해는 나와 나의 팀원들의 기억 속에 학살 게임으로 남아 있다. 아무 생각도 할 수 없는 것이, 꼭 바보가 된 것만 같았다. 제로니모는 몇 차례나 물 밖으로 튕겨 나왔다. 테니스 코트만 한 배가 바다의 힘에 밀려 물 밖으로 튕겨 나오는 장면을 상상해 보라. 우리는 카오스 상태의 바다에서 밀려나 보기에도 안쓰러운 속도로 느릿느릿 걸음을 옮겨야 했다. 나는 배가 부서질지도 모른다는 강박관념과 팀원들을 이토록 흉한 곳으로 이끌었다는 죄책감에 시달려야 했다.

일단 험난한 지점을 빠져나오고 나면 바다 사나이들이 누리는 가장 큰 행복은 부츠를 벗고 맨발로 갑판 위를 걷는 것이다. 그것이야 말로 지옥을 빠져나왔다는 뜻이므로. 2004년의 경기는 내 항해 역사상 가장 길었던 싸움이었다. 열하루 동안 코치도, 심판도 없이 링 위에서 싸우고 또 싸웠다. 불카누스처럼 망치질을 멈추지 않는 거대한 바다와의 사투. 기가 죽어 꼼짝 못하던 열흘. 드디어 분노에 휩싸인 차가운 바다와의 싸움이 끝났다. 암흑의 세상을 뒤로 하고 살아 있는 사람들에게로 돌아왔다.

그 모험 후에 남은 것은 우리가 견딜 수 있는 한계는 어디까지일까 라는 의문이었다. 물론 내가 생각하는 항해는 고통의 수위를 높여 나가는 마조히스트적인 훈련이 아니다. 그저 투쟁을 계속할 뿐! 우리는 둥둥 떠다니는 얼음들 사이에 갇힌 채 열하루를 견뎌냈다. 매순간이 배가 뒤집힐 것만 같은 위기의 순간이었다. 당최 앞으로 나아갈 수가 없었다. 쓰레기통에 처박혀 버릴 것만 같았다. 그 일은 우리에게나 배에게나 엄청 굴욕적인 일이다. 그 해에는 아무것도 용서되지가 않았다. 그 항해를 마친 후 나는 완전히 지쳐버렸다. 나는 패배자였다.

돌이켜 생각해보면 그 길은 모든 희망을 앗아버리는 길이었다. 긴 여정 중 수평의 직선 코스는 단 몇 시간뿐인 길. 사람을 미치게 만드는 이등변 삼각형으로 이루어진 오르락내리락의 기하학적인 길. 그러나 그 동안 우리의 경쟁자들은 브레스트를 향해 하루에 500마일을 나아가고 있었다. 여러 해가 지난 후, 나는 우리를 붙잡아 두었던 그 손이 혹시 우리의 절망을 그린 소설을 쓴 그 손과 같은 것이 아닐까 생각해보았다. 일기예보 파일에서 얻은 정보가 그렇게 엉터리였다니. 호주의 태즈메이니아 섬에서부터는 악조건이 계속되었다. 가끔 한 줄기 바람이 10노트의 속도로 불어주었다. 비참했다…….

축복의 순간은 잠깐이었고 재앙은 끊이지 않았다. 멈출 줄 모르는 망치질을 당하는 것 같았다. 물론 항해가 언제나 멋질 수 있다는 보장은 없다. 그러나 그 항해는 최악이었다. 처절할 정도로 절망적이었다. 우리 팀은 거의 한 달여 동안 자갈과 흙덩이가 깔린 경사로를 따라 내려갔다. 배가 곧 숨을 거두려 하는 자동차처럼 헐떡거렸다. 세상 천지에 우리뿐이었다.

쥘 베른 경기의 원칙은 시간을 거슬러 가는 것. 당시로서는 경쟁자들도 우리와 같은 상황을 겪고 있을 것이라는 상상을 할 틈조차 없었다. 그럴 수 있었다면 조금이나마 여유를 되찾을 수 있었을 텐데. 한치의 동정심을 바랄 수가 없는 처지였으니. 한참이 지난 오늘에서야 고백하지만, 잠시나마 나는 브라질에서 기권을 하고 싶은 유혹에 시달렸다. 다 잊어버리고 싶었다. 그러나 최악의 상황은 거기서 끝이 아니었다. 불행이라는 놈이 문을 두드렸을 때, 우린 문을 활짝 열어주었다. 예의라는 것을 모르는 그놈은 제멋대로 우리를 유린했다.

브레스트를 떠날 때만 해도 나는 태평양에서의 빛나는 항해를 꿈꾸었다. 최악의 상황이 닥칠 줄은 전혀 예상치 못했다. 옛날 영화의 촬영감독이 다시 나타나 파도가 노예선을 강타하는 장면을 연출하고 있는 게 아닌가 하는 착각이 들었다. 영화의 한 장면 같았다. 이 일을 시작한 이후로 그런 충격적인 순간은 단 한 번도 겪어본 적이 없었다. 배가 한 마리 야수처럼 사지를 뻗더니 이음매들이 우지끈 소리를 내며 부러졌다.

이 충격으로 나는 마음에 큰 상처를 입었고 팀원들 역시 모두 절망에 빠졌다. 배의 손상 정도는 우리가 고쳐볼 수 있는 수준의 것이 아니기 때문이었다. 그해 유독 태평양은 우리를 괴롭혔다. 그러나 이상하게도 나는 태평양을 원망하고 싶지 않았다. 40년 전부터 막연하게 예상해 왔고 여러 차례 실제로 겪어 본 결과 내게 그 바다는 조화로운 바다로 남아 있기 때문이다. 그런 바다를 비난하고 싶지는 않았다. 대서양의 파도들은 훨씬 더 질서정연한 편이다. 움직임을 예상할 수 있는 일종의 무빙워크 같은 파도라고나 할까. 반면 태평양의 파도는 전혀 딴판이다. 치솟고 곤두박질치는 것이 롤러코스터만큼이나 격하다. 말하자면 무중력 상태에 들어간 것처럼 멍해졌다가 뉴턴의 사과처럼 툭 떨어지는 것이다. 뒤집어지고 젖혀지기는 그 이후에도 계속된다. 돛을 올리고 태평양을 횡단하는 것은 물을 넣은 고무요를 타고 몽고의 초원을 건너는 것과 매한가지다. 태평양은 자기를 찾아준 사람들을 후하게 대해주는 사나이다운 면이 있다. 흔 곳을 통과하는 모든 배들은 태평양의 보호 아래에 있는 소속민들이다. 태평양의 외교적 면책 특권을 누려서가 아니라 흔 곳을 통과하면 통관 절차가 보다 빨라지기 때문이다.

솔직히 말해 나는 괜한 언쟁으로 태평양과의 오래된 관계를 망치고 싶지 않다. 나의 객설로 인해 그 강한 열정의 대양에 해를 끼칠 수는 없지 않은가. 나는 이 강직하고도 관대한 태평양의 잘잘못을 더 이상 따지고 싶지 않다. 인도양은 그 간교함과 편협함과 사악함으로 낙인찍혔다. 그러나 내게 태평양은 수호성인과도 같다. 태평양을 횡단하며 나는 바다를 하나하나 이해할 수 있었다.

근본부터가 선한 태평양은 부처처럼 넉넉한 배를 가진 감동적인 바다이다. 우선 그 크기가 어마어마해서 어느 곳에나 닿아 있다.

태평양은 평화롭기 그지없다. 베르나르댕 드 생 피에르(*Bernardin de Saint-Pierre, 1737~1814, 프랑스 저술가. 인도양의 모리셔스 섬에서 공병으로 복무하는 동안 『일드프랑스로의 항해』(1773)를 쓰기 위한 자료를 모으며 작가생활을 시작했고 평생 루소와의 친분을 다졌다. 대표작 『폴과 비르지니』)가 젖소로 표현한 것처럼 '젖이 차고 넘치는' 풍부한 바다이다. 태평양은 또한 루소적인 바다의 전형이다. 신은 무심하게 태평양의 위치를 정했다. 외판원이 아무 집이나 초인종을 누르듯. 칠레의 발파라이소와 일본의 도쿄 사이에 자리잡은 태평양은 인간에게 이루 말할 수 없는 행복을 안겨준다. 장-자크 루소가 찬양한 원시적 순수성에 귀를 기울이자…… 자, 그리고 우리 함께 가 보자! 내가 어렸을 적에 어른들은 항상 아메리카에서 아시아 쪽 방향으로 지구본을 돌리며 태평양을 보여주었다. 어쩐지 방향이 거꾸로 된 것 같지 않은가.

나는 타이완 남쪽으로 배를 몰았다. 레이더에 포착되는 배가 30척 이하로 줄어들지 않는 바다. 말 그대로 온갖 배들이 득시글거리는 바다였다. 오사카 항으로 들어가 보니 하루에 600여 척의 배가 드나들었다. 일 년 내내 브레스트 항에 들고 나는 배의 숫자와 맞먹는 숫자이다. 항구로 들어가는 뱃길은 고속도로 같았다. 배들은 코끼리의 행렬처럼 천천히 400미터마다 설치된 경표를 따라 오른쪽 왼쪽으로 갈라졌다.

교통체증을 감내하며 겨우 도착한 우리는 문자 그대로 배를 압류당했다. 나는 그림으로조차도 삼동선을 한 번도 본 적이 없는 해안경비대장 앞으로 끌려갔다. 항구로 들어오는 우리 배를 보고 놀랐을 그들의 심정을 이해 못하는 바는 아니다. 당장에라도 몽블랑 봉우리로 뛰어 올라갈 기세로 샤모니 호텔 마당으로 침입한 거대한 거미 로봇처럼 보였을 것이다.

한눈에 보기에도 융통성이라고는 찾아볼 수 없는 일본인 공무원은 무역선들이 우글거리는 속으로 우리가 침묵을 지키며 들어온 것을 보고 내심 크게 당황했음이 분명했지만 눈 하나 깜박하지 않고 나에게 항해 경력을 자세하게 말해 보라고 요구했다. 이에 나는 최대한 정중하게 꼭 그래야만 한다면 해양부 장관 앞에서 이야기를 할 것이며 당신 같은 머저리 앞에서 그렇게 할 생각은 없다고 말했다. 이 말을 들은 프랑스 대사관 통역사는 땅이 꺼져라 한숨을 쉬었다. 결국 일은 상대에 대한 최고의 예의를 갖춘 상태에서 잘 마무리되었고 양국의 작고한 선배 항해사들에 대한 몇 마디 애도의 말이 오갔다.

태평양 한 쪽, 세계적 수준의 설비 기술을 자랑하는 일본에 이렇게 어마어마한 무질서가 존재하다니.

　악천후로 떨어져 나간 화물선의 구명보트가 바쁘게 돌아가는 상황을 대변해 주고 있었다. 희한하게도 항구를 벗어나자마자 오가는 배의 숫자가 확 줄어들었다. 화물선들이 갑자기 자취를 감추었던 것이다. 가끔 고기잡이 배 서너 척이 드문드문 보일 뿐이었다. 도쿄에서 3천 마일 떨어진 지점, 그들은 그렇게 거대한 바다의 지하 감옥에 버려진 채 천 미터 깊이의 무대 위에서 어로작업을 하고 있었다.

　배의 왕래가 빈번한 곳은 북태평양 쪽이다. 남태평양에서는 거의 아무 일도 일어나지 않는다. 호주 해안에서부터 혼 곶까지의 바다는 분노한 바다처럼 거칠다. 몇 척의 배들만이 핀 머리처럼 드문드문 박혀 있는 섬에 들러 필수품을 챙겨 간다. 누벨칼레도니 섬에서 칠레 해안으로 이어진 뱃길을 아는가? 누벨칼레도니는 태평양 남쪽 외딴 섬들 중에서는 뭐랄까, 그나마 현대적인 기구들이 갖추어진 셋방 정도라고 하겠다. 거기에서는 늘 유럽인들이 깜박 잊고 가구들 사이에 굴착기나 크레인을 남겨두었다는 인상을 받는다. 북대서양의 카보베르데 제도는 누벨칼레도니와 규모가 비슷하나 민델로 항에 떠 있는 녹슨 트롤선들에는 구소련의 잔상이 남아 있다. 타히티에서 파나마까지 항해하는 동안 새 한 마리 구경 못한 적이 많다. 너무나도 황량한 세상을 바라보노라면 자연이 인간에게 벌금을 부과하기로 작정한 것 같다는 인상이 든다.

　물은 맑고 투명하나 고기잡이는 형편없다. 태평양 북쪽은 정반대다. 폴리네시아 쪽으로 항로를 잡으면 세상의 호흡이라는 것이 몸으로 느껴진다. 나는 이런 느낌을 매번 경험했다. 예를 들어 투아모투 제도에 가까이 갈 때가 그렇다. 모든 바다는 고유한 음향 테이프를 가지고 있다. 나는 이 소리의 보물을 40년 전부터 찾아왔다. 인도양은 낮은 음을 내고 태평양이 내는 소리는 기계음에 가깝다. 대서양은 보다 격동적인 소리를 낸다. 파도가 높고 거칠 땐? 장비가 제 역할을 다 해 주길 바랄 뿐이다.

이 매끄럽고도 완벽한 소리는 배에서 나오는 것이다. 바다 위에 차려진 간이극장 위의 배우들인 우리 항해사들이 찾는 것은 바로 이 영광스러운 한순간이다. 항해사들은 피아노 조율사들이다. 돛 밑 귀퉁이의 아딧줄을 조절하면 갑자기 배는 반음 올린 '파' 음을 낸다. 온갖 장비를 동원해 다섯 시간 동안 찾고 또 찾아도 찾을 수 없었던 음이다. 모든 바다는 해석을 해야 하는 악보이다. 그런 점에서 볼 때 태평양은 연주하기 꽤나 까다로운 작품이다. 또한 태평양은 세상에서 가장 큰 관악기이기도 하다.

대서양

대서양의 풍경에는 주름살이 하나도 없다. 바다에서 바라보면 프랑스 북부 파드칼레의 블랑 네(Blanc Nez) 곶에서부터 유럽 대륙의 가장 서남단에 비죽이 솟아나온 포르투갈의 상비센테 곶까지 톱니 모양을 만들어내는 풍경이 펼쳐진다.

북쪽에는 아일랜드가 있다. 배들이 머물다 가는 쓰러져가는 성탑, 가파른 절벽이 만들어낸 톱니 모양의 해안선. 프랑스 서해안에서 스페인 북부를 아우르는 비스케이 만은 또 어떠한가. 언제나 파도가 거센 이곳은 물러설 줄을 모르는 대포가 쏘아올린 포환을 맞고 움푹 패어 들어간 철판 모양을 하고 있다. 이 풍경은 40년 전이나 지금이나 한결같다. 이 해안들은 브르타뉴의 협만, 물 깊은 포구에서 태어나 자란 나의 심장을 에워싼 국경들이다. 우리가 이 바다를 지나며 남길 수 있는 것이라고는 수면 위에 잠시 새겨졌다가 사라지는 물이랑뿐이다.

16세기, 카를 5세의 항해사들이 단칼에 대서양을 둘로 베어버린 이후 이 세계에는 변화가 없었다. 물 위에서는 아무것도 변하지 않기 때문이다. 이 풍경은 내 마음속에 늘 선명하게 남아 있다. 나는 포르투갈 쪽 대서양이라면 오금을 쓰지 못한다. 작열하던 태양빛이 사라지고 밤이 내리는 그 광경이라니. 4월과 5월, 대서양은 앤틸리스 제도의 바다와 거의 같은 색깔을 띤다. 북쪽에서 남쪽으로 항해를 하다 보면 색채의 터널로 들어가는 순간을 맞이한다. 이때부터는 규모 자체가 달라지고 온도도 달라진다.

그러나 날씨가 좋은 4월이 되면 포르투갈의 온도는 앤틸리스 제도의 기온과 비슷해진다.

포르투갈 항해사들이 아는 색이라고는 바로 부드러운 푸른 빛깔뿐이다. 이 위도의 대서양은 부드럽고 유연하다. 마젤란이 보았던 바로 그 빛깔, 리우의 바다색과 흡사한 푸른 빛.

빛의 세계에 관한 한, 포르투갈과 앤틸리스 제도는 공통점을 가지고 있다. 우선 두 땅은 한 바다를 공유하고 있다. 포르투갈에서 시작된 무역풍은 항해사들을 카나리아 제도에 데려다놓는다. 여기서부터 '푸른 뱃길'이 시작된다. 갑상선종에 걸린 펠리컨 모양을 한 앤틸리스 제도까지 이어진 이 뱃길 역시 나른할 정도로 평온할 것만 같다. 배에 오른 항해사들은 모두 행복에 젖어 만족해한다. 그러나 이런 순간은 항해 초기에 잠시 동안만 허락될 뿐이다. 북쪽에서 남쪽 방향의 항해가 끝났음을 기억해야 한다.

이 뱃길을 주로 이용한 사람들이 북쪽 사람인 이유가 바로 이것이다. 왜 있잖은가, 금발 머리를 땋아 늘이고 적의 해골에 맥주를 부어 마시는 족속들 말이다. 남쪽 사람들이 북쪽으로 거슬러 올라간 경우는 거의 없었다. 역사적으로 대서양을 따라 북쪽행을 감행한 이들은 스페인의 대함대가 장악한 바다를 이겨내지 못했다. 온화한 기후를 찾아 내려온 이들은 주로 영국인들이었고 그 중에는 간혹 브르타뉴 출신의 항해사들도 끼어 있었다. 남쪽 사람들이 북유럽의 가혹한 바다를 찾아 올라갈 이유가 없지 않은가. 북쪽 사람들은 보다 편안한 바다를 찾아, 생명의 원천을 찾아 남으로 내려왔다. 앤틸리스의 꽃목걸이와 풀이, 기아나의 이국적인 풍경이 탐났던 것이리라.

대서양은 바다의 작가들에게 창작의 원천을 제공하는 완벽한 안내자이다. 포말로 장식된 뿔 두 개를 머리에 단 대서양은 오래 전부터 이런 역할을 담당해 왔지만 그 얼굴에는 주름 하나 생기지 않았다. 눈가에 살짝 잡힌 잔주름이 고작이다. 그 파도며 빛이며 때로는 에메랄드 색으로 때로는 유백색으로 반짝이는 모양은 여전하다.

나는 1971년, 에릭 타발리와 함께 펜 듀익 III호를 몰고 케이프타운에서 리우데자네이루를 향해 남대서양을 횡단했던 그 때를 생생하게 기억하고 있다. 기아나를 향해 해안을 거슬러 오르던 중, 바다는 돌연 밤꿀 빛깔을 띠었다. 너무 놀라 내 눈을 의심했다. 푸르기만 하던 바다가 갑자기 밤색으로 돌변하다니. 푸른색 양탄자 위를 활주하던 우리 배는 왁스를 먹인 마룻바닥 위를 달렸다. 리우네그로 강의 물이 검은 데다가 이 탁한 물이 옅은 밤색을 띠는 아마존 강물과 섞여 북브라질 사람들의 구릿빛 피부를 닮은 짙은 색을 만들어 내는 것이다. 슈슈슉. 천을 찢는 칼날 소리를 내며 우리의 펜 듀익 III호는 뱃머리로 벨벳처럼 부드럽고 따뜻한 그 바다를 가르며 나아갔다. 나는 40년 전, 펜 듀익 III호와 IV호로 항해하던 그 시절을 잊지 못한다. 우리는 대서양을 비롯한 세상의 모든 바다를 누비며 기록을 세웠다. 당시의 기상 정보는 형편없는 수준이었다.

현재의 항해속도는 불과 10년 전에 비해 놀라우리만치 빨라졌다. 이는 우선 배가 훨씬 더 크고 빨라졌기 때문이고 인터넷으로 얻을 수 있는 기상 정보의 신뢰도가 대단히 높기 때문이기도 하다. 인터넷 기상 예보는 우리 항해사들의 습관을 송두리째 바꾸어놓았다. 나는 이런 발전에 가슴이 벅차다.

에릭과 항해를 하던 시절에는 리우데자네이루에서 카리브 쪽으로 올라가는 것만도 엄청나게 대단한 모험을 하는 것같이 여겨졌었다. 선실 벽에는 남아메리카 지도가 붙어 있었다. 사실 정확한 지도도 아니었다. 어느 날 아침 우리 배는 지도에는 나와 있지도 않은 섬에 충돌을 한 적도 있었으니까.

나는 세상의 모든 바다들을 가로지르며 그들의 미묘한 힘을 경험했고 그들의 순수한 고독을 배웠으며 그들의 분노를 목격했다. 그중에서도 대서양은 나의 첫사랑이다.

나는 영원히 대서양의 매력에서 놓여나지 못할 것 같다. 오랫동안 인내심을 갖고 대서양의 빛깔이 내뿜는 매력을 받아들인 사람들은 그 의미를 이해할 것이다. 나는 큰 바다에 나갈 운명을 타고난 사람이다. 바다가 나를 부른다는 것을 깨달은 것은 1973년 펜 듀익 VI호를 타고 처음으로 세계 일주에 나섰을 때였다.

그렇다면 남대서양은? 우선 적도에서 시작하여 남위 25°에 이르는 해안에서는 별 문제가 없다. 그러나 우루과이를 지나 아르헨티나 해안을 따라 항해하다 보면 전혀 다른 세상이 펼쳐진다.

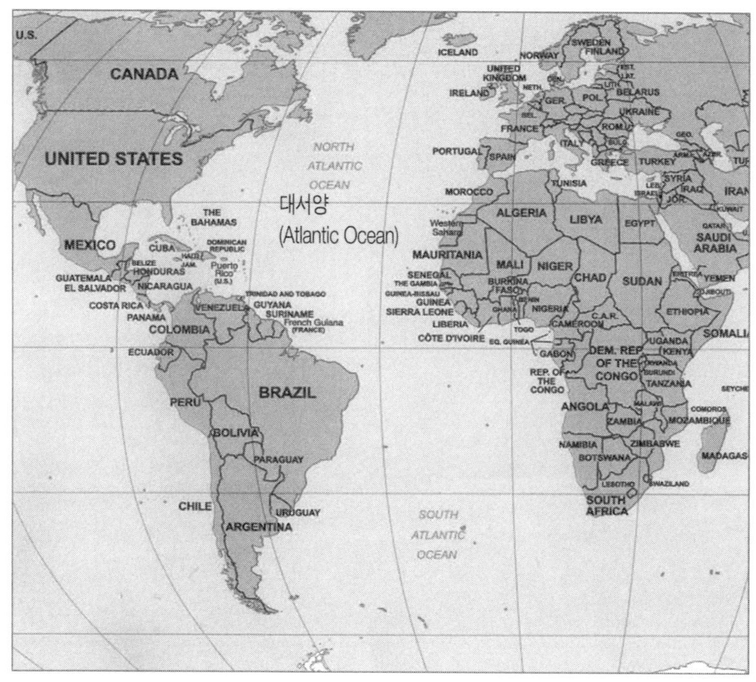

　험하고 들쑥날쑥한 해안에는 풍속 65노트를 너끈히 넘는 남미 대초원의 건조한 찬바람이 산맥을 따라 불어 내려온다. 돛대 세 개가 꺾일 지경에 이른다! 화물열차가 터널 안으로 빨려들어가는 것만 같은 바람이다. 게다가 남대서양은 색깔부터가 다르며 냄새 또한 전혀 다르다. 북쪽의 차분함은 온데간데없이 사라진다. 바다는 캔버스에 그어댄 검은 연필자국처럼 검푸르게 변한다. 마치 풍경화에 휙 그어 놓은 목탄자국 같다. 구름들이 연이어 지나가는 캄캄한 방이다. 저 멀리 북쪽으로 알바트로스 새들이 보인다. 바로 그 경계 너머에 남극이 있다.

　희미한 빛과 관능적인 대륙의 말단이 살짝 보인다. 남쪽에서 바람이 조금이라도 불어오면 기온이 뚝 떨어진다. 마르델플라타가 가까운 아르헨티나 해안은 바다사자들의 왕국이다. 이 지점부터 바다로 둘러싸인 고원지대의 거친 호흡이 맹위를 떨친다. 안데스 산맥을 유유히 흘러내려온 라플라타 강은 고원이 빨아들인 산소를 돌풍으로 되돌려준다. 우리는 급하게 뱃머리를 돌린다. 원시세계의 문이 열리려는 순간이다.

대서양의 이런 모습은 십 년 전이나 십오 년 전, 아니 삼십 년 전이나 사십 년 전에 본 그대로이다. 그때도 바다의 얼굴은 똑같았다. 데자뷰의 느낌이 강하다. 차를 몰고 드라이브를 할 때에도 그런 현상이 나타난다. 커다란 느릅나무가 서 있는 곳처럼 내가 좋아했던 곳, 가끔씩 꿈꾸었던 곳과 비슷한 배경이나 어린 시절을 보낸 어떤 장소에 눈길이 멎으면 옛 추억이 되살아난다.

누군가가 이런 말을 했다. 해수탕으로 효과를 본 사람의 눈으로 바다를 보지 않도록 조심해야 한다고. 바다는 그렇게 아늑한 솜이불 같은 만만한 존재가 아니다. 우선 바다는 살기등등한 싸움터이다. 천연 그대로의 자연이며 원시세계다. 바다로 모험을 떠날 때마다 나는 태초의 인간이 된 듯한 감정에 사로잡힌다. 그게 어디 나쁘랴. 모든 항해사들은 이 원초적인 충격을 경험한다. 특히 고기잡이로 먹고 사는 우리 브르타뉴 사람들에게 북대서양은 크나큰 시련의 장소이다. 대서양에 익숙해진다는 것은 있을 수 없는 일이다. 그런 사람은 존재하지 않는다.

그 끝이 어딘지 모를 난폭한 이 바다는 우리가 길들여진 세상과는 공통점이 하나도 없다. '대비(준비)'라는 것이 도무지 통하지 않는 곳이다.

바다로 둘러싸인 내 조국 프랑스로 돌아올 때마다 나는 이 나라가 새롭게 느껴진다. 다른 사람들이 들으면 헛소리라고 질겁하겠지만. 나는 언제나 내가 현대에 불쑥 나타난 중세인이 된 것 같은 느낌이었다. 수놓은 벽걸이에서 툭 튀어나와 어리둥절해하는, 새로이 금지된 것들의 무게를 잔뜩 짊어진 이방인.

나는 대비라거나 준비라거나 하는 말만 들어도 신물이 난다. 어렸을 적에 나를 짜증나게 만들었던 온갖 잔소리가 연상된다. 국그릇에 숟가락을 얹어두지 말아라, 어서 먹어라, 음식이 식지 않니, 혀 델라, 조심해라, 기타 등등. 당시에는 왜 그렇게 다선체 배에 대한 편견이 많았던 것일까? 땅에서 멀리 떨어진 바다에 나가면 안전을 보장받을 수가 없어서?

그러나 그런 우려는 위험을 감수하는 것이 업인 항해사들에게는 어불성설일 뿐이다. 위험이야말로 우리 일의 본질이다. 우리는 위험을 딛고 발전한다. 항해사들이 자기 자신을 학대하는 고행자라는 말은 아니다. 그저, 항해사에게는 위험을 회피할 자격이 없다는 것이다. 대서양이라는 바다의 무대가 육지의 희극으로 변질되도록 내버려두어서는 안 된다. 우리의 주특기는 움직이는 연기이다. 심각하고 격렬하고 가끔은 특이하기도 하며 힘없는 비극으로 이끄는 경우도 있다. 바다에서 목숨을 잃은 항해사들의 이름을 일일이 나열할 필요는 없을 것 같다. 우리의 무대는 기트리풍이라기보다는 셰익스피어풍이다. 사샤 기트리는 분명 변덕스러운 프랑스적인 감성을 재치 있게 그려낸 대가이긴 하나 그의 작품은 우리 쪽 일을 하는 사람들과는 확실히 괴리가 있다.

대비니 준비니 하는 말을 들으면 구역질이 날 지경이다. 우리 사회에 그러한 개념이 얼마나 팽배해 있는가. 이런 이야기를 하면서 묘한 쾌감을 느낄 정도이다. 필립 모네(＊1959년 생, 프랑스인 항해사)가 거친 맞바람을 이기고 단독 세계 일주 항해를 마친 후 기자회견에서 모든 것을 요약하는 이런 말을 남겼다.

"내 이야기는 이것으로 끝이다. 혹시 아직까지 내가 넘지 못한 금지된 벽이 또 있으면 말해보라."

그의 말에 모든 것이 담겨 있다. 가끔씩 대서양이 항해 경기의 무대가 되면서 그 특성을 잃었다는 이야기가 들려올 때가 있다. 한편으로는 옳은 이야기이다. 그러나 대서양은 그리 호락호락하게 위대한 승리와 위대한 기록들을 허락하지 않는다. 대서양이 항해사들에게서 연금을 받아먹고 사는 바다인 줄로 아는가? 어림도 없는 소리다. 대서양은 그렇게 수동적인 바다가 아니다. 대서양은 예측불허의 태도로 우리를 다스리고 20만 톤의 유조선들도 허접한 양철 조각처럼 무릎을 꿇게 만든다. 만일 대서양을 역사 속 인물에 비유해 보라고 한다면, 나는 주저 없이 헨리 8세를 꼽겠다. 다혈질에 괴팍하기까지 했던 호전적 성격의 절대 권력자. 완력으로 왕비와 측근들의 목을 자르고 개처럼 싸웠던 폭군. 정부(情婦)와의 결혼을 신의 이름으로 정당화하려는 목적 하나만으로 로마교회와의 결별을 꾀한 종교개혁자.

이제 '멀다' 라는 개념은 더 이상 의미가 없다. 2006년, 내가 존경해 마지않는 리오넬 르몽슈아는 '럼(Rhum) 항로 경주대회'(*1975년 앤틸리스 제도의 럼주와 설탕제조인 조합 대표인 베르나르 아스는 럼주 수출입 경로를 개척하기 위해 프랑스 브르타뉴의 투자재단 대표이자 저자의 형인 플로랑 드 케르소종과 협력하기 시작했고 이후로 이 항로를 횡단하는 경주대회를 기획하여 미셸 이테브농을 선임해 항로를 개발하였다)에서 우승을 거두었다. 7일 만에 대양을 횡단하여 과들루프 섬의 푸엥타피트르에 도착하는 기록을 세웠던 것이다. 이렇듯 요즘에는 아무리 험한 기상조건이라도 그 정체가 빠르게 드러난다. 기상학자들이 그 현상을 잘 꿰뚫고 있기 때문이다. 기상예보는 대단히 정확한 편이다.

프랑스 동쪽의 브레스트나 영국 북쪽의 카우스에서 출발을 할 때에는 그 예보가 일종의 강력한 무기가 된다. 몇 시경에 배를 띄우기에 유리한 밀물 때가 되는지 알 수 있다는 건 정말 대단한 일이다. 항해 분야에는 지난 20년 동안 눈부신 발전이 있었다. 기상예측전문가들은 대서양 횡단 경기에 나선 범선이 해안에 나타나기 30분 전에 이미 도착시간을 예상한다. 그러나 아무도 대서양 횡단로에 대한 안내서를 펴내려는 무모한 시도는 하지 않는다. 그렇게 하라고 부추겨서도 안 되겠지만. 바다 위의 경주에서 새로워진 것은 오늘날에는 속도를 예측할 수 있게 되면서 바람의 맥을 찾아 방향을 틀 수 있게 되었다는 것이다.

나와 함께 팀을 이루어 배를 탔던 코빌은 시간을 단축하기 위해 횡단 거리를 오히려 늘였다. 그리하여 평균속도 20노트를 유지하여 대서양 단독 횡단 기록을 휩쓸었던 것이다. 기록을 단축하고 승리를 거머쥘 수 있는 것은 이런 놀라운 발전 덕분이다. 다 육지 사람들 덕이다. 이제는 다들 알다시피 35노트 이상의 속력을 내는 다선체 선박으로 500마일을 주파한다거나 하루 종일 바다에 떠 있는 것은 넘지 못할 악조건이 되지 못한다.

그도 그렇거니와 어쨌거나 대서양은 그 크기가 태평양보다 작아도 한참 작다. 물론 바다의 심기가 편하다는 조건 하에서 우리 항해사들은 대서양의 후미진 곳 구석구석까지 훤히 꿰뚫고 있다.

나는 대서양을 건널 때마다 고향 마을을 지나가는 듯한 느낌을 받는다. 그런데도 지난번에는 망할 놈의 레이더가 깜빡거리는 바람에 하는 수 없이 속력을 늦추어야만 했다. 대서양이라는 바다가 이 모양이다. 대서양이 경주마와도 같은 우리 배들이 가장 좋아하는 코스라는 사실에는 이견의 여지가 없다. 조타수가 어디로 나가야 하는지, 공사 중인 커브는 어느 지점인지, 어디쯤 가면 갑작스러운 폭풍우를 만나게 될지 훤하게 알고 있기 때문이다. 이러다가 미슐랭 가이드 대서양편이 나오는 게 아닐까?

나는 대서양의 풍부함을 느낄 수 있는 순간을 만끽한다. 언제나 같은 빛, 언제나 같은 모양의 파도. 1968년에도, 그리고 1983년에도 축복받은 순간을 경험했다. 그러나 대서양도 가끔 못나 보일 때가 있다. 반짝거리지도 않고 온통 회색이고. 그럴 때면 육지에 있는 것 같은 기분이 든다. 관공서에 들어가 있는 느낌, 원형교차로를 빙글빙글 돌고 있는 느낌이다. 바다는 그림자의 세계가 된다. 그러나 이런 우울한 느낌 또한 매력적이다. 이런 우수는 항구의 선술집에서 기울이는 술잔에 깃드는 그림자와 같은 바로 그것이므로.

이런 장소들에 대한 거대한 추억이 어디에서 비롯된 것일까. 간단하다. 지난 번 카나리아 제도를 지날 때, 그러니까 승리를 거머쥐지 못한 그 해의 경주에서 결승점까지 42마일이 남은 지점을 지나며 각인된 기억이다. 대서양은 나의 기억을 자극하는 능력을 가지고 있다. 더듬거릴 필요 없이 또렷이 기억이 난다. 그때, 그 해안에서 나는 오도가도 못하는 처지에 놓여 있었다. 물론 기수를 돌리는 것도 불가능했다. 결과적으로 경기를 그만두어야 할 지경에 이르렀다. 다 지난 일이라 지금은 아무렇지도 않게 이야기를 할 수 있다. 더 이상 말을 타지 않겠다고 결심한 기사에게 남은 박차소리의 울림만을 간직하고 있을 뿐. 그 날이 재의 수요일이었기 때문인지도 모르겠다. 게다가 그 날은 브르타뉴의 수호성인 생 이브의 날이기도 했다.

뱃전이 카나리아 제도를 빠져나오던 순간, 키를 잡고 있던 동료의 옆모습에서부터, 돛이 어떤 모양이었는지, 바람의 방향이 어느 쪽이었는지, 누가 당직을 서고 있었는지까지 뚜렷하게 기억이 난다.

나는 내가 지나온 길을 모두 기억하고 있다. 매 순간 순간을. 1969년, 1977년, 그리고 2003년. 그 순간들은 내 안에 흠뻑 배어든 어떤 것이 되어버렸다. 내 안에 살고 있는 그 어떤 것. 대서양의 파도가 잔뜩 곤두서 있었던 날, 바다의 머리카락은 차분했고 옆가르마가 선명했다. 일렁이는 물결이 길게 이어지던 날의 파도는 아름다운 아가씨의 긴 속눈썹 같았다. 날씨가 맑고 따뜻할 때면 대서양은 잡티 하나 없이 매끈매끈한 것이 꼭 파충류의 피부 같은 푸른 살갗을 태양빛에 드러내놓곤 했다.

내 발걸음이 물소처럼 무거울 때조차도 대서양은 가장 위엄 있는 태도로 아량을 베풀어주었다. 항해사의 한 사람으로서 나는 바다에게 감사를 드린다. 대서양은 나와 대화를 해주었다. 나로서는 인간이 이런 대서양을 축소시켜 놓았다고 말할 수밖에 없는 것이 못내 아쉽다. 대서양은 저 옛날 후추와 정향 상인들이 오가던 길이었고 오늘날 대양 횡단 경기 선수들의 큰 재산이다. 내 주머니 안에는 언제나 내가 처음으로 바다에 나갔을 때 난바다의 수압으로 무늬가 새겨진 동전들이 들어 있다. 에릭 타발리와 알랭 콜라스가 지니고 있던 것과 같은 동전들. 그 어떤 것과도 바꾸지 않을 소중한 물건이다.

북대서양은 난바다로 나간 모든 항해사들이 처음으로 읽기를 배우는 바다이다. 그럼에도 불구하고 가끔씩 어려운 단어들에 부딪칠 때가 있다. 그 글자를 읽어내려면 특별한 안경이 필요하다. 리노타이프 식자공들이 쓰던 안경 같은 것이. 우리 항해사들이 엄청난 패배에 몸이 움츠러들어 꼼짝달싹 못하게 될 때에도 대서양은 잘못을 고쳐준다. 솔직하게 지적을 해줄 뿐 배신 따위는 하지 않는다. 바다 저 깊은 데서부터 우리를 향한 채찍이 날아오는 것이 보인다. 그러나 우리에게는 그 채찍이 우리 배를 부수지 않으리라는 확신이 있다. 미리 예고를 받았으니까.

모든 차이를 고려해도 북대서양은 결국 규모가 작은 바다이다. 동서 길이가 3,000마일이다. 미 대륙 해안을 따라 흐르다가 아일랜드에 와서 세력을 잃는 따뜻한 해류인 멕시코 만류에 대해 들어보지 않은 사람은 없을 줄로 안다. 또한 뉴펀들랜드까지 떠내려오는 빙산도 위험천만이다. 대서양 횡단 요트경기에서는 미국의 낸터컷 섬에 도착하기 전에 만날 수 있는 빙산을 조심해야 한다. 그리고 캐나다의 핼리팩스 남쪽 300마일 지점에 있는 세이블 섬의 북단을 지나갈 때에는 더욱 더 주의를 기울여야 한다.

고도로 정밀한 항해장비가 발달된 요즘이지만 북대서양은 여전히 위험하다. 북위 57°도 지점으로 한참을 북상하다 보면 30피트(15~16미터) 높이의 파도를 자주 만나게 된다. 파도와 파도가 겹쳐지며 거친 물결이 계속된다. 거대한 롤러코스터를 탄 것 같다. 이렇게 험악한 상황이 닥치기도 하지만 그런 순간은 오래가지 않는다. 인도양처럼 고약하지도 않고 태평양처럼 막막하지도 않다.

문제가 생기면 항로를 바꾸고 지나가는 배에게 구원요청을 할 수 있다. 지나가는 배가 거의 없는 남대서양에서는 상황이 다르다. 이런 상황의 차이는 어마어마하게 크다. 내가 직접 겪었기에 하는 이야기이다.

나는 폭풍우 속에서 23미터짜리 삼동선 크리터 IV호를 잃은 경험이 있다. 1979년 4월 7일에 일어난 일이었다. 배에 함께 오른 인원은 모두 다섯 명이었다. 우리는 대서양 최단 횡단기록에 도전하는 중이었다. 풍속계의 바늘은 35노트 눈금에서 마구 흔들리고 있었다. 우리가 선두였다. 1905년 스쿠너 선 찰리 바르를 몰고 6일 만에 대서양을 종단한 50인조의 팀보다 5일이나 앞선 기록이었다. 우리는 한나절 만에 480마일을 항해했던 것이다. 그런데 배 우현의 부표에 이상이 생겼다. 나는 밧줄을 조금씩 늦추라고 명령을 내렸다. 바람의 속도가 45노트로 높아졌다. 그리고 곧 60노트의 강한 바람이 불기 시작했다. 바다가 무시무시하게 돌변했다. 배가 뉴펀들랜드 주 연안, 대서양에서 가장 수심이 낮지만 위험하기 그지없는 '플레미시 캡'에 들어가기 직전이었다.

　나는 팀원들에게 2182 채널을 통해 조난 신호를 보내라고 명령했다. 왈레니우스 라인 선박의 '대서양의 노래'라는 스웨덴 화물선이 우리의 신호를 감지하고 항로를 변경했다. 그러나 우리가 있는 지점에 도착하려면 일곱 시간이 걸릴 것으로 예상된다는 연락이 왔다. 나는 조선 기사에게 이런 저런 사항들을 묻고 싶었다. 그러려면 생 리스 라디오에 연결이 되어야 했다. 연결 상태가 좋지 않았다. 아조레스 제도까지 남은 거리는 700마일. 과연 배가 견뎌낼 수 있을까? 조선 기사는 걱정할 것 없다며 자신만만하게 대답을 했다. 하지만 나는 의구심을 떨쳐버릴 수가 없었다. 우현과 좌현에 달린 부표가 불안하게 움직였으며 선체의 상태도 좋지 않은 듯했다. 아니나다를까. 접합재가 하나하나 떨어져나가기 시작했다.

　탈출을 해야 했다. 13만 톤 무게의 '대서양의 노래' 호가 시야에 나타나 나의 탈출 명령을 기다리며 우리 뒤쪽으로 자리를 잡았다. 풍속계가 잡아낸 바람의 속도는 65노트 이상으로 높아졌다. 나는 뱃머리의 삼각돛을 펴도록 명령하고 팀원들을 뒤쪽의 꼭대기 장식 아래로 내보냈다. 크리터 IV호의 우현으로 내려진 줄사다리가 바람에 마구 흔들렸다.

경험이 많은 '대서양의 노래' 호의 선장이 모든 장비를 배의 앞쪽
과 좌현으로 가져다 놓으라고 지시했다. 그 상황에서 나는 크나큰 충
격에 빠졌고 크리터 IV호는 '대서양의 노래' 에 선체를 바짝 붙여 댔
다. 팀원들이 한 사람씩 화물선의 금속 벽체를 기어 올라갔다. 분노
를 못 이겨 우는 친구들도 있었다. 그리고 살았다는 기쁨으로 눈물을
흘리는 친구들도.

그러나 이 일은 알랭 콜라스가 '럼(Rhum) 항로 경주대회' 에서 실
종된 지 몇 달 후에 일어난 일이니 '행운' 이랄 수밖에 없었다. 알랭
은 알루미늄제 삼동선과 함께 흔적도 없이 사라졌다. 그나마 우리는
크리터 IV호와 함께 거의 세계 일주를 한 셈이었다.

크리터 IV호의 선창은 토목공사판처럼 엉망진창이 되었다. 케이
블이 뜯겨나간 엔진이 이리저리 구르고 있었다. 그보다 더 훌륭한 항
해사가 없을 것 같은 스요르그 선장이 엔진을 가지고 나오겠느냐고
물었지만 나는 고래고래 소리를 질렀다. "여권만 챙겨라. 그것 외에
는 아무것도 필요 없다!" 선장이었던 나는 맨 마지막으로 배를 빠져
나왔다. 좌초하는 배를 버리고 25미터의 철벽을 기어 올라갔다. 저
아래로 조그마하게 보이던 크리터 IV호가 분해되기 시작했다. 우리
에게 출자를 해 준 '럼(Rhum) 항로 경주대회' 의 주창자 미셸 이테브
농이 봤다면 아연실색할 장면이었다.

나는 우현의 부표가 분해되고 좌현이 완전히 부서지는 모습을 지
켜보았다. 크리터 IV호는 파도가 덮칠 때마다 점점 더 가라앉았다.
거의 30년이 지난 지금까지도 배를 잃은 내 가슴은 피가 철철 흐르는
듯 아프다. '대서양의 노래' 호 덕분에 목숨은 건졌지만 배를 잃었다
는 사실에 가슴이 찢어지는 듯했다. 배를 잃는다는 것은 꿈을 잃는
것이다. 그리고 그 당시에 배를 잃는다는 것은 정말로 심각한 일이었

다. 우리에게는 언제나 배를 가지고 집으로 돌아와야 한다는 고정관념이 박혀 있었다.

알랭 콜라스의 배와 나의 배는 같은 다선체에 정확히 똑같은 모델이었다. 우리 배가 급박한 상황에 빠졌을 때, 안내에 따라 조난신호를 보내며 '자동 구조신호'라는 붉은 버튼을 눌렀지만 응답이 없었다. 조난신호를 담당했던 팀원이 갑판으로 올라와 주파수를 낮추어도 되겠느냐고 물었다. 그때 나는 알랭을 생각했다. 아니, 아직까지도 가끔 그를 생각한다. 혼자서 절망적으로 구조신호를 보냈지만 아무 응답도 받지 못했을 그를. 그 생각이 거의 평생 동안 나를 따라다녔다. 어찌 보면 대서양은 우리를 피가 날 때까지 물어뜯었다. 조난을 당하기 전날 밤, 우리는 480마일을 24시간에 주파하는 세계 신기록을 세우던 중이었다. 그 날 이후로 나는 배를 만들 때 단단하고도 단단하게 만들어달라고 요구하게 되었다.

북대서양에서는 바람이 남서쪽에서 서쪽으로 빠져나가면, 즉 바람이 회전을 하면 바다 역시 여섯 시간 동안 돌고 또 돈다. 높은 파도 역시 마찬가지이다. 해류가 만나는 지점에서 특히 그렇다. 바다의 흐름은 꽤 빠르다. 나는 언제나 이 현상에 감탄을 해 왔다. 북대서양의 바다가 비교적 잘 '정리'되어 있다는 의미가 아닌가.

나는 바람이 회전하기 시작하면 여섯 시간을 기다려 출항준비를 하곤 했다. 그렇게 하면 파도가 회전하기 시작할 때를 피해 배를 띄울 수 있어 항해가 훨씬 매끄러워진다.

쥘 베른 경기대회에서 경쟁자였던 스티브 포셋을 역전했던 적이 있다. 포셋은 바람이 회전할 때 출항을 했다. 나는 그보다 서른아홉 시간을 뒤지고 있었다. 그러나 우리가 카보베르데(*아프리카 서쪽 대서양에 있는 섬나라) 남쪽에 도달했을 때에는 그 차이가 열 시간으로 좁혀졌고 나흘 후에는 스물아홉 시간을 앞서 그를 따돌리고 말았다.

북대서양과 남대서양 사이에는 또 하나의 세상이 존재한다! 바다가 바뀌고 빛이 바뀌고 색깔이 바뀐다. 모든 것이 바뀐다. 결국 프랑스의 피니스테르 곶에서 시작하여 영국 남단까지 이어지는 이 북쪽 해역에서는 같은 바다임에도 불구하고 빛의 유희에 의해 색깔이 전혀 달라짐을 느낄 수 있다. 북쪽은 주로 저기압권이다. 남북방향으로 갈수록 변화는 아주 세밀해진다. 사실 이런 변화는 전세계의 바다가 다 마찬가지이긴 하다. 변화가 심하고 범위도 넓다. 북쪽으로 삼백 마일, 남쪽으로 삼백 마일 올라가고 내려갔을 뿐이라고? 모르는 소리다. 그 정도면 변화의 소용돌이를 경험할 수 있다.

비스케이 만을 어디로 분류해야 할까? 북대서양? 아니면 이미 남대서양에 속한다고 해야 하나? 나는 카보베르데로 남하하는 항해를 한 40여 회 해 보았다. 20일 안에 카보베르데까지 내려갔다가 올라오는 이 항해는 연습항해라고 할 수 있겠다. 위도상으로 포르투갈을 지나면 바다가 잠잠해지기 시작한다. 산빈센테 곶이 가까워지면 벌써 아프리카의 기후대에 들어왔다는 느낌이 든다. 그리고 파란색은 더욱 선명해진다.

펜 듀익 III호, 펜 듀익 IV호, 펜 듀익 VI호, 풀렝, 샤랄, 레요네즈 데조, 스포츠 엘렉, 제로니모…… 나와 수천 마일을 함께 했던 배들이다. 만(灣)은 닫힌 공간으로 항해사들에게는 감금의 장소이다. 스페인의 피니스테르 곶에서부터 프랑스의 랑드 지방 해안까지, 손바닥으로 꾹 눌러놓은 듯 편편한 삼면으로 둘러싸인 이 막다른 곳에서는 기상이 쉽게 급변한다. 이곳에만 들어오면 모든 기상 현상이 격해진다. 우선, 이곳으로 들어온 공기는 이동 속도를 늦추고 가만히 머물

러 있다. 일반적으로 30노트 가량으로 이동을 하는 경향을 보이다가
마지막에는 5~6노트로 속도를 뚝 떨어뜨린다. 아조레스 고기압이라
는 강한 고기압권대에 걸리기 때문이다. 자, 이제 이 지점에서 고기
압권대에 부딪힌 공기는 순식간에 끓어오르기 시작한다. 미친 듯이
끓는 솥 안에 들어간 것과 같다고나 할까. 거기에 먼 바다에서 몰아
친 높은 파도가 가세하여 이 지점은 세계에서 가장 험악한 해역이 되
고 만다. 그러나 이 솥을 빠져나오기만 하면 적도 넘어 세인트헬레나
섬의 고기압대까지 평탄한 항해를 할 수 있다.

　보통, 바람은 포르투갈의 해안을 빠져나오면서는 북쪽으로, 지브
롤터 해협을 지나자마자는 북동쪽으로 방향을 바꾼다. 바람이 돌고
도는 것이다. 전혀 다른 세상이 펼쳐진다. 우리가 막 빠져나온 그곳
은 고통의 세상이었다.

　대서양의 특징은 색감에서 드러난다. 대서양 한가운데에서 보았
던 모습을 콩카르노에서 백마일 떨어진 지점에서도 볼 수 있으리라
고 생각해서는 안 된다. 바다는 모습을 바꾼다. 전혀 다른 얼굴이 된
다. 검푸른색이 점점 옅어져 초록색을 띠게 된다. 혼 곶 근처가 그렇
다. 바다는 비슷비슷한 푸른색을 보여주는 일이 절대로 없다.

아일랜드 해

　작지만 까다로운 바다. 목덜미가 훤히 드러나도록 머리를 짧게 올
려 깎아 귀 뒤로 잘 빗어 넘긴 만만치 않은 바다. 노골적인 시선, 그

러나 그 짙은 초록색 눈동자 안에서 모든 것이 곧 나빠질 것임을 예감할 수 있는 바다. 이 바다의 회색은 프랑스 서쪽, 브르타뉴 앞바다인 이로이즈 해보다 훨씬 더 진하다. 바닷물은 북쪽으로 한참을 올라가 아름다운 빛을 발한다. 여름에는 그 아름다운 빛을 볼 수 있다.

겨울에 스코틀랜드 북쪽을 향해 올라가다 보면 천인공노할 악행을 저지른 자에게 내리는 형벌이 이럴 것 같다는 생각이 들 정도로 고통스러운 순간들을 경험하게 된다. 땅의 살점을 뜯어먹은 파도가 만들어낸 톱니 모양의 해안을 따라 바람을 맞으며 항해를 해야 한다. 등대는 250미터 높이의 절벽 꼭대기에 세워져 있다. 금방이라도 떨어질 것처럼 아슬아슬해 보인다. 절벽 꼭대기라는 표현보다는 요새라는 표현이 더 어울릴 것 같다. 밤이 되면 멧돼지의 엄니가 박힌 것 같은 그 꼭대기에서 간헐적으로 불빛이 번쩍거린다.

이 바다는 어마어마하게 큰 분쇄기다. 한번 들어가면 가루가 되어 나오는 커다란 통이다. 이 바다가 '중세적'이라는 생각도 해 본다. 우리 브르타뉴 사람들에게 이 바다는 저기압이라는 제도에 짓눌린 봉건제처럼 답답하다. 아무 문제도 없는 것 같다가, 단 30분 만에 상황이 급격하게 나빠진다.

이 바다는 브르타뉴 해안 북쪽으로 100마일이 채 되지 않는 거리에 있다. 절벽과 얕은 동굴이 있는 바다니까 항구까지 접근이 쉽지 않겠다는 예상은 누구나 충분히 할 수 있지만 이곳의 경계는 특히 넘기가 힘들다. 바다 모양의 문지방을 넘어야 하기 때문이다. 바다에 부딪힌 파도는 산산이 부서지며 격하게 거품을 토해낸다. 게다가 암초에 되밀려오는 거센 파도도 있다. 그러나 어쩌랴. 그래도 항해를 계속 해야 하는 것을!

전세계의 바다를 지배하던 시절의 영국은 프랑스 노르망디 북서쪽 바다(망슈)와 연결된 이 바다를 거쳐 난바다로 나갔다. 좌현으로는 우에상(Ouessant) 섬을, 우현으로는 콘월 반도와 그 최서단의 땅 끝, 랜즈엔드(Land' s End)를 낀 채로. 전세계 함대의 4분의 3이 이 지옥의 구멍을 지난 셈이다. 아일랜드 해를 항해할 때마다, 나는 언제나 허리께에 찌릿한 통증을 느낀다.

나는 이 바다를 별로 좋게 생각하지 않는다. 이 바다를 대할 때마다 삐걱거리는 경첩이 떠오른다. 아일랜드는 길모퉁이에 놓인 돌이고 그 발치에는 반항하는 바다가 있다. 즐거움이라는 것을 모른 채 맨바닥에서 막 자란 이 땅에는 아주 가끔씩 사람을 깜짝 놀라게 하는 초록이 존재한다. 좌현의 바다가 사람들이 어슬렁거리는, 초록이 무성한 초원 같다는 착각이 들 때가 있다. 우현의 바다는 그 초록이 아직 너무 약하다며 자꾸만 성화를 해댄다.

이로이즈 해

우에상 섬, 생 섬, 몰렌느 섬. 세상 그 어느 곳보다 부표와 항로표지와 등대와 조명이 많은 곳. 생 섬과 푸르 섬, 우에상 섬, 생 마티외 갑, 셰브르 곶, 라즈 갑 사이사이를 메운 바다는 침입자에 맞서 싸우는 중세 바다 위의 가시나무 정원이다. 해질녘이면 지옥의 오케스트라가 구리빛을 발하며 연주를 하는 것만 같다. 암초의 아코디언 위에 몸을 메다꽂는 세찬 파도.

이로이즈 해는 파이프오르간이다. 힘 좋은 바다다. 고원의 끝이 바다 쪽으로 툭 튀어나와 만들어진 곶이 한두 개가 아니다. 시쥔 곶까지 이어져 있는 생 섬의 제방은 그 길이가 20마일이며 마치 거대한 육식동물 같은 모양새로 아르멩 등대까지 이어져 있다. 격한 파도가 몰아쳐 하얗게 부서지는 제방이다. 기후에 대해 말하자니 갑갑해진다. 안개도 많고 비도 많고 흐린 날이 대부분인 데다가 걸핏하면 풍랑이 몰아치는 곳이니 말이다.

이로이즈 해는 포크와 나이프를 상 위에 꽂아 박는 다혈질의 바다이다. 아무도 이 바다에 불법침입을 할 수 없다. 게다가 털을 곤두세우기가 일쑤다. 북위는 48° 30′. 악천후는 대부분 북위 49° 50′, 48° 51′에서 맞닥뜨리는 경우가 많고 가끔 47° 지점에서 봉변을 당하기도 한다. 이곳은 기상학적으로 저기압의 영향을 크게 받는 곳이다. 겨울이 되면 가슴을 죽 펴면서 말울음 소리를 내는 해역. 여기에서는 풍랑이 가스 불 위에서 덥혀지고 있다고 생각해야 한다. 금방이라도 덮칠 수 있도록 준비를 하고 있다. 여기에서는 혹시나 하늘이 동정해 주지 않을까 라는 기대를 해서는 절대로 안 된다. 바닷물의 흐름이 빠르고 강하다. 사방이 암초투성이이다. 물론 유람선이 이쪽으로 들어오는 일은 거의 없다.

영국인들은 라즈 갑을 지나기 위해 밀물과 썰물의 때가 기록된 연감을 열심히 들여다본다. 그러나 연감의 기록을 그대로 믿어서는 안 된다. 세 배쯤 정신을 바짝 차려야 한다. 지금으로부터 15개월 전, 예인선(曳引船) 뎅벌 호가 몰렌느 섬을 둘러싼 수많은 암초들 중에 새로운 암초를 발견했다. 이로이즈 해에서는 애꾸눈처럼 뭔가를 놓치고 못 보게 되는 경우가 있다.

이 바다는 바람의 본거지이다. 우에상 섬 북쪽에서 돛을 올리고 북서풍과 역풍에 맞서 항해하는 것은 전투와도 같다. 프롬뵈르는 우에

프랑스 서해 앞바다 이로이즈 해(왼쪽)와
아르망 등대.

상 섬 남쪽, 쥐망 등대와 케레옹 등대 사이에 위치한 운하이다. 이곳
에서는 바람이 10노트로 몰아치고 조수간만의 차가 7미터를 웃돈다.
우리는 돛을 활짝 펴고 10노트의 바람을 맞으며 프롬뵈르로 들어갔
다. 모든 조건이 좋았고 바다는 아름다웠다. 그런데 갑자기 바람이
방향을 바꾸었다. 서둘러 돛을 거두어야 했다! 근방 어딘가에 무시무
시한 구렁이 있다! 이렇게 험한 바다이지만 주민들은 여기서 고기를
잡고 일을 해야 한다. 사람들에게 상처를 주고 멍자국을 남기는 바
다. 피가 날 때까지 물어뜯는 바다. 그러나 자원이 넘치는 바다.

어부들이 고기잡이를 나갈 수 있는 날수는 한 달에 열흘에서 열닷
새 가량뿐이다. 조수간만의 차이로 계산한 계수가 80을 넘으면 그물
을 던질 수가 없다. 급류에 죄다 휩쓸려 간다. 버틸 수 있는 것은 아
무것도 없다. 어떤 것으로도 저항할 수가 없다. 바다가 갈기갈기 찢
어놓는다. 그러나 이 바다는 고유한 색을 가지고 있다. 브르타뉴 남
쪽은 파스텔 색조로 유명하다. 길게 이어진 희끄무레한 납빛 하늘이
오후 네 시경이 되면 황금빛 꿀색으로 변한다.

하지만 이로이즈 해도 그럴 것이라 생각하면 오산이다. 이 바다는

전혀 다르다. 이로이즈 해는 유화물감의 왕국이다. 한나절 동안 사계절을 한꺼번에 경험할 수 있다. 구분이 뚜렷하고 변화가 극단적이다. 정확하게 잘라놓은 고깃간 포장지 같다고나 할까. 피에르 술라주(*Pierre Soulages, 1919~, 프랑스 현대 추상미술의 대가. 검고 굵은 직선이 서로 교차하는 힘찬 화면 구성을 구사해낸다)의 작품처럼 사람을 전율하게 만드는 검은색이다. 그러나 단 15분 만에 하늘이 뻥 뚫리면서 금속성 회색으로 돌변한다. 그것도 잠깐. 곧 미간을 잔뜩 찌푸린 하늘은 수평선에 금빛 줄이 간 검은색으로 돌아간다.

나는 바다에 있다. 육지를 향해 가는 중이다. 해안은 어둠에 잠겨 있다. 갑자기 세브르 갑 위로 빛줄기가 떨어진다. 바위가 베이지색으로 변한다. 담배연기같이 뿌연 광선이 수반 안으로 떨어지며 해안으로 퍼진다. 세브르 갑을 밝히는 그 빛은 사하라 중앙에 우뚝 솟은 호가르 산맥의 빛이다. 내게 이로이즈 해는 가지가지의 색실로 짠 태피스트리이다.

이로이즈 해는 험하기가 이루 말할 수 없는 바다이다. 도대체가 항해사들을 가만히 두는 법이 없다. 무시무시한 바다, 항해사들을 학대하는 바다이다. 몇날 며칠을 푸르 운하에 들어가려고 기를 써도 아무 소용이 없는 때가 있다. 헛고생이다. 그러나 섬사람들은 이 바다를 배경으로 꿋꿋하게 살아왔다.

20마일 반경이 암초밭인 생 섬 근해에서 일을 하던 생 섬의 노인들이 허둥지둥 짐을 꾸려 걸음을 재촉한다. 안개에 잠긴 바위를 덮치는 파도소리로 집으로 갈 때를 알 수 있다던 그네들의 이야기가 생각난다. 양철 홈통에 물이 흐르는 것처럼 콸콸 소리가 나거나 쏴아아 하는 소리가 크게 울리면 곧바로 자리를 떠야 한다고 했다. 이곳은 죽음에 맞닿은 곳이다.

생 섬 사람들은 바다를 그 성격에 따라 뚜렷하게 구별해놓았다. 북쪽의 위험한 지역은 '윗바다', 기압 차가 심한 데다가 소용돌이가 몰아치는 남쪽 바다는 '아랫바다'. 생 섬을 하늘에서 내려다보면 양가죽처럼 보인다. 마치 무두질을 해 놓은 듯 쫙 펼쳐져 있는 모양새다. 바다에 쓸려 머리카락이 하나도 없는 민대머리 같아 보이기도 한다. 나무가 하나도 자라지 못하는 땅이라서 그렇다. 얼마나 편편한지 생 섬 사람들이 너무 추워서 몸을 덥히려고 발을 너무 세게 구른 탓이라는 말이 있을 정도이다. 유젠 리귀엘(＊1940~, 프랑스의 전설적인 항해사. 2인조 대서양 횡단 신기록 보유자)은 생 섬은 해수면과 높이가 거의 같아서 돌 하나만 들어내도 물에 잠겨버릴 것이라는 농담을 했다.

우에상 섬은 이로이즈 해에 떠 있는 섬들 중에서는 가장 큰 섬이며 수염을 길게 기르고 나막신만 고집하는 의원들이 버티고 있는 독립된 면(面)이다. 우에상 섬에는 어부들이 거의 없다. 이곳은 상선을 타는 선원들의 섬이다. 옛날부터 사람들은 이 섬을 '여인들의 섬' 이라고 불러왔다. 남자들이 배를 타고 나가 오랫동안 돌아오지 않기 때문이다. 반면에 생 섬과 몰렌느 섬 사람들은 전통적으로 고기잡이로 생계를 이어왔고 바다에 대한 해박한 지식을 가지고 있다.

몰렌느 섬 사람들은 성당에 많이 의존하며 산다. 주일날 성당에 오는 신자들을 보면 언제나 여자들보다는 남자들이 훨씬 더 많다. 남자들을 거의 볼 수 없는 우에상 섬의 성당과는 대조되는 모습이다. 본당은 둘인데 주임신부는 한 분이다. 한 가지 특이한 사실은 그 주임신부인 탕귀 신부가 해병대 출신이라는 것.

생 섬에서는 모든 것이 웅장해 보인다. 바다에서 1미터 50센티미터만 올라와 있어도 그렇게 장엄해 보일 수가 없다. 서쪽으로 5마일 떨어진 지점에는 아르망 등대가 버티고 서서 섬을 비추어준다. 해안과의 거리가 무려 40미터, 프랑스 해안에서 가장 먼 곳에 세워진 등대이다. 핀 머리만 한 바위 위에 세운 그 등대를 짓는 데 걸린 기간만 해도 40년이다.

그러나 생 섬은 뭐니뭐니해도 '6월 18일의 호소' 의 상징이다. 1940년 프랑스 비시 괴뢰 정부가 독일과의 휴전을 모색하던 때 영국으로 망명한 드골 장군이 6월 18일 런던에서 라디오 방송을 통해 자신을 중심으로 독일에 대한 항전을 계속할 것을 호소하자 125명의 생 섬 주민들이 그 부름에 동참했다. 드골 장군이 생 섬을 가리켜 "프랑스의 1/4이다."라고 했을 정도이다.

황폐한 아름다움을 지닌 생 섬은 특별하다. 나약한 영혼은 발붙일 곳이 없다. 기개가 충만한 섬이다. 섬사람들은 무뚝뚝하지만 어디에도 복종하지 않으며 죽음을 각오하고 신의를 지킨다. 이들은 자신을 좀처럼 드러내지 않는다. 철새처럼 잠시 왔다 가는 외지인들의 번드르르한 말에 귀를 솔깃해하는 법도 없다. 이들은 섬의 주인이다. 자신들의 섬에서 자신들의 역사를 지키며 자신들의 세계에서 살아간다. 섬사람들은 대리석처럼 품위 있고 단단하다. 사실 섬의 겨울은 혹독하다. 우에상 섬에 북서풍이 몰아치면 물보라가 20미터 높이까지 치솟고 집채만 한 파도가 인다. 습격을 당한 섬 주변의 세상은 피도 눈물도 없다. 금방이라도 섬을 집어삼킬 것 같은 바다에 둘러싸인 채, 섬은 이런 폭풍우를 잘도 견뎌왔다.

섬나라는 폐쇄된 세상이다. 밤이면 멀리 배의 불빛이 비추는 가운데 사람들이 주철 난로 주변에 모여 앉는다. 벽에 걸린 추시계가 똑딱거리고 양복걸이에는 천 모자가 걸려 있다. 밖에서는 추적추적 내리는 비가 땅을 적신다.

몰렌느 섬에는 아직도 바닷가재를 잡는 어부 가족들이 있고 전체적으로 고기잡이로 살아가는 가족이 많다. 섬마다 학교 다니는 아이들이 있지만 생 섬에는 그런 아이들이 채 열 명이 넘지 않는다. 섬을 둘러싼 바다는 억세다. 몰렌느 섬 사람들과 우에상 섬 사람들은 물에서 태어난 사람들이다. 훌륭한 항해사들이다. 한눈에 보기엔 노인 같아 보이는데 내 나이 또래밖에 되지 않은 이들이 꽤 있다. 선장이나 구조선을 타는 사람들이나 배를 다루는 실력이 놀라우리만치 뛰어나다. "젠장, 다들 굉장해!"라는 말이 절로 나온다. 구조선을 타는 자원봉사자들은 통이 큰 사나이들이다.

이로이즈 해 사람들은 무자비한 세상에 태어났다. 그들은 자기자랑을 할 줄 모른다. 요모조모 따지며 계산하는 법도 없다. '그런 것 같다'는 말은 절대 하지 않는다. 나는 이로이즈 해에서 항해하는 것이 좋다. 이 바다는 항해연습에 안성맞춤이다. 이곳에서는 온갖 종류의 바다를 경험할 수 있다. 그리고 육지를 거치지 않고 불어오는 바람을 맞을 수 있다. 바다가 분노하는 소리가 들린다.

이로이즈 해의 섬들은 천국이다. 춥기는 하나 천국이 맞다. 외부 사람들은 이곳에 흔적을 남길 수 없다. 그 흔적은 섬사람들에 의해 지워진다. 세계 일주를 마치고 돌아오는 항해사들에게 이로이즈 해는 긴 여정을 끝내고 돌아오는 마지막 지점이다. 이 바다에 들어오면 산과 언덕이 있는 나라로 돌아왔다는 느낌이 든다.

폭발하는 바다, 이로이즈 해는 나를 단련시켰다. 이 바다는 결코 악의가 있는 바다가 아니다. 그저 어려운 바다일 뿐이다. 가시면류관으로 둘러싸인 곳. 이로이즈 해는 긴 원정 여행에서 돌아와 무기를 맡기는, 그런 바다이다.

바람의 왕국

우르르 쾅쾅, 쉬쉬쉭. 바람은 귀가 먹먹해지는 소리를 내며 하늘을 덮은 것들을 죄다 끌어당긴다. 바람은 나의 코이며 그 코로 나는 본다. 가끔씩 바람에서 적도지방의 뇌우 냄새가 날 때가 있다. 산호초가 푸른 기가 도는 금색이 되는 냄새. 그럼 아니나다를까, 곧 바람이 거세진다. 야자나무의 모습이 느닷없이 변한다. 분홍빛 하늘 아래 파라솔이 되어주던 종려나무는 깃털을 잔뜩 세우고 수문장 역할을 할 채비를 한다. 바람은 야자나무의 결을 거슬러 올라간다. 니스 칠을 한 것처럼 반짝이던 태양 아래의 모든 것들이 춤을 춘다. 움직이지 않는 것은 그림자뿐이다. 야자나무가 바람에 활처럼 휘는가 싶더니 이리저리 흔들린다. 축 늘어졌다가 다시 일어난다.

항해사에게 바람은 역동의 힘이요, 강력한 추진의 근원이다. 항해사는 바람을 자르고 갈라 한층 더 자극한다. 바람은 항해사를 동정하지 않는다. 바람은 격렬하다. 배가 살아 숨쉬기 위해서는 바로 그 격렬함이 필요하다. 바람이 불면, 순식간에 모든 것이 변해버린다. 바람 덕분에 나는 모든 물마루의 목을 베고 파도의 정점을 평평하게 만들 수 있다.

대서양의 물은 바람과 함께 돈다. 바람이 돌기 시작한 후로 여섯 시간이 지나면 서쪽에 있던 물이 북서쪽으로 흘러가 있다. 파도가 4,000킬로미터 이상 이동하는 태평양에서는 불가능한 일이다. 태평양에서는 대서양에서처럼 바람이 바다를 부드럽게 어루만지지 않는다. 2006년 '럼(Rhum) 항로 경주대회'가 열리던 때에는 바다가 마치 양탄자 같아 배들이 순항을 했다. 바람의 축 안에서 물결을 타고 약 20노트의 속도로 항해를 했던 것이다. 바람은 배의 무리를 성심성의껏 밀어주었다. 마치 기병대를 이끄는 것처럼. 우아하고 빠르며 믿음이 가는 손이 우리의 뒤를 받쳐주는 것만 같았다. 경주에 참여한 배들이 단번에 6,600킬로미터를 이동할 수 있었다.

어렸을 적에 나는 마을의 소리를 실어다주는 바람에 귀를 기울였다. 삼종 기도 시간을 알리는 종소리, 혹은 프러시아의 푸른 연기 같은 구름 아래로 해안길을 따라 집으로 돌아가는 공중인의 자동차 소리. 우리에게 바람에 실려 오는 4기통 엔진의 소리는 '아, 이제 오후 여섯 시로구나. 의사가 왕진을 마치고 갈 시간이네.'라는 의미였다. 요즘에는 시골에 살더라도 자동차가 질주하는 굉음을 하루에도 스무 번쯤 견뎌내야 한다. 배경소리가 아예 달라져버린 것이다. 바람은 내게 이야기를 한다. 8월 초, 타작기의 무딘 소리와 디젤 단발엔진의 소리를 전하며 바람은 밀이 익었다고 이야기한다.

깊은 밤, 바람은 농가에서 농가로 이어지는 개 짖는 소리를 전한다. 나는 이불 속에서 여우 녀석이 티그웬 씨네 닭장에 숨어들었나 보다고 짐작을 한다. 바람이 위로 치솟을 때에는 나뭇잎 스치는 소리가 요란하다. 바다에 주름을 잡는 바람은 정원사를 눈물짓게 한다. 반바지를 빵빵하게 부풀리며 빨래하는 여인네들의 넋을 빼앗고 지붕을 수리하는 일꾼의 주머니를 두둑하게 해준다. 또한 바람은 이미 병을 앓아 두 개로 갈라지기 일보직전인 커다란 이태리포플러나무에 최후의 일격을 가한다. 갑자기 불어닥친 회오리바람은 비틀어진 떡갈나무를 강타하며 파도가 높이 일 것이라고 이야기한다. 이 바람은 일주일 내내 지독한 날씨가 계속될 것임을 알리고 앞으로 나흘 동안은 코케 해안에 그물을 던져보았자 넙치를 잡을 수 없을 거라고 경고한다. 브르타뉴의 바람은 계절마다 성격이 달라진다. 5월에는 모든 것을 부드럽게 어루만지고, 7월엔 피서객들의 피부를 윤기나게 그을려주던 바람이 11월부터는 야수로 돌변하여 이듬해 3월까지 그 모습을 버리지 않는다.

나는 단 한 번도 바람을 공기의 이동이라고 생각해 본 적이 없다. 압력이 낮은 곳에서 바람이 시작된다고? 바람이 이동하여 다시 압력이 변화된다고? 글쎄. 1969년 7월 20일, 나는 펜 듀익 IV호를 몰고 하와이 섬에서 600미터 떨어진 지점을 통과하고 있었다. 동료들이 달에 인간이 착륙했다는 소식을 전해주었다. 낭만의 상징, 우리의 성역, 달. 인간이 그 위를 밟았다고? 욕지거리가 튀어나왔다. "이런 빌어먹을, 뭐 그렇게 뻔뻔스러운 자식이 다 있어!" 순식간에 바람에 스치던 달의 의미가, 우리의 길동무가 되어주던 빛나는 달의 의미가 바뀌어버렸다. 환한 빛을 던져 바다를 비추던 달이었는데, 그 위에 기어올라가 뻥뻥 뚫린 분화구 위에 서서 대체 뭘 어쩌겠다고! 달은 밤에 색을 입힌다. 푸른색을 빛나게 한다. 물마루 선을 비추어 반짝거리는 회색을 만들어낸다. 반달이 뜬 밤에는 부드러운 바람이 불어 주변의 모든 것들이 새틴처럼 윤을 낸다. 달빛 아래에서 바람은 바다의 머리를 매만진다. 볼륨을 주고 왁스를 칠한다. 그러나 순식간에 공들인 그 머리를 풀어버리고 파도가 이는 수평선을 경기장의 계단식 좌석으로 변모시킨다.

가끔씩 바람이 호흡을 멈추는 때가 있다. 뿌루퉁하니 토라지는 것이다. 바람이 멈추면 모든 것이 멈춘다. 바다는 죽어 한증막으로 변한다. 5일 전까지만 해도 추워서 새파랬던 우리였는데 이젠 다들 벌겋게 달아오른다. 물의 흐름도 멈추고 뱃머리에서 나던 비단 천 찢는 소리도 사라진다. 열대 지역, 적도 무풍대가 이렇다. 마음 속에는 걱정이 한가득이다. 다시는 바람이 불지 않을까? 사라진 것일까? 끝난 것일까?

요즘 사람들은 바람을 오를리 공항 활주로에 늘어선 줄무늬 깃발을 부풀리는 하찮은 것으로 생각한다. 바람? 그거 풍향 깃발에 나부끼는 거 아냐? 그러나 16세기의 정복자들은 바람 때문에 산비탈을 굴렀다. 언제나 줄타기처럼 위험한 것이 바람이다.

나는 산들바람에 민감하다. 늘 그래왔다. 아침 나절, 썰물이 되면 바람에서 미역 냄새가 난다. 한적한 교외에서 맞는 5월의 어느 아침에는 석회 냄새를 실어오는 바람에 라일락 냄새가 섞여 콧구멍을 간질이는 경우가 있다.

디나르 바다에 6월이 찾아오면 조수간만의 차는 14미터가 된다. 알싸한 해초 냄새를 실은 바람이 내 얼굴을 간질인다. 바람이 톡 쏘는 것 같으면서도 신선하다 싶은 그 때, 모래사장은 천천히 달구어진다. 이 바람은 북서풍. 선구(船具)가 이 바람에 흔들리며 경쾌한 소리를 낸다. 뱃머리가 파도를 가르고 나아가면서 잔물결의 찰랑거리는 소리가 좀더 무거운 소리로 바뀐다. 낮은 음이 두드러지면서 묵직한 노래가 들려온다.

그러나 바람은 우리를 괴롭히기도 한다. 바람 때문에 힘들어지고 걱정이 된다. 예인선 뎅벌호가 한밤중에 브레스트에서 출항 준비 중이라는 소식이 무선을 통해 전달된다. 바람이 당장에는 호의적이지만 언제 따귀를 올려붙일지 모른다. 바람은 순식간에 색깔을 바꾸고 하늘의 모양을 바꾼다. 풍향은 20°. 뒝벌호보다 우리 배가 걱정이다. 과연 무사히 빠져나갈 수 있을까? 젠장, 방향을 바꿀 수가 없다. 바다 위의 악몽이다. 그런데 갑자기 바람이 잦아든다. 다시 순항이다. 이젠 어린애 장난같이 수월하다. 무시무시했던 바다가 엄청난 시련을 겪은 사람처럼 힘이 빠져 버렸다.

　바다는 이제 다시 휴가철 한때를 보내는 곳이 되었다. 햇빛을 받은 물은 파란색으로 빛난다. 파도에 스며든 햇빛이 부드럽다. 몇 시간 전만 해도 분노에 몸을 떨던 바다였는데, 앞길이 막막했는데, 옥색이 검은색으로 변해 있었는데. 바람 때문일까. 우리 항해사들의 글씨체는 동글동글하고 거의 옆으로 누운 모양새다. 나는 음악을 듣지 않는다. 음악이라면 영 젬병이다. 듣는 귀가 없다. 어떤 음악이든 마찬가지이다. 그것은 내 안에 바람의 소리가 가득 차 있기 때문이다.

여행

　이제 사람들은 여행을 하지 않는다. 넥타이를 맨 회사의 대표들, 수영 모자를 뒤집어쓴 휴가객들은 이동을 할 뿐이다. 어디론가 가야 한다는 강박관념에 사로잡혀 샤를드골 공항에 모여 월요일 오전 11시 32분 마닐라행 비행기에 꾸역꾸역 올라타고 티베트 고원에 오르거나 칠레의 황량한 땅으로 떠난다. 이 무리들은 프랑크푸르트, 밀라노 공항에서 무엇을 찾으려는 걸까?

　요즘엔 어쩐지 관광객 유치에 열을 올리는 나라로 유인되어 가는 느낌이 자주 든다. 파나마에서 돌아온 관광객이 이런 말을 하는 것을 들은 적이 있다. "다 좋았는데 수도꼭지가 새더라고." 여행 중에 제일 골치 아팠던 것이 수도꼭지라니. 사람들은 몰디브나 도미니크 공화국으로 떠밀려가서 야자수를 구경한다. 마치 세상의 모든 면면을 눈으로 보아두지 않으면 안 된다는 듯이. 이제 사람들은 다른 사람들을 이해하는 데에 시간을 투자하지 않는다. 햇볕을 쪼이고 뭔가를 치료하는 느낌, 그것밖에는 중요한 것이 없다.

　애틀랜타 공항의 직원들이 한나절 동안 신고된 분실물들의 목록을 공개한 적이 있다. 평균을 내면 여권 열두 개, 곰인형 네 개, 신발 왼짝 네 켤레, 목발 세 개였다나. 그리고 미아는 하루에 두 명꼴. 여행,

그 멈추어진 시간에까지 통계가 적용되다니. 판테온을 보러 가기 위해 아리스토텔레스나 플라톤의 철학을 연구하고 그리스 로마 문화에 방대한 지식을 갖추어야 한다는 이야기가 아니다. 중요한 것은 마음을 연 상태이다. '길을 떠나는' 마음가짐이라고나 할까, 3개월 예정으로 바다에 나가는 것처럼 마음을 먹어야 한다는 이야기이다. 이 나이에도 항해를 떠나는 나의 마음은 40년 전과 다름없다. 여유, 어디에도 매어 있지 않기.

짐을 꾸릴 때에도 마음이 들뜬다. 짐이라고 해 보았자 색 바랜 셔츠 세 장, 물 빠진 바지 한 벌, 면도기, 책 두세 권, 담배 한 보루뿐이지만.

어딘가로 떠난다는 것에 어린아이처럼 기쁘다. 갖가지 색깔, 하늘. 공중 정원. 생각만으로도 벌써 알싸한 취기가 돈다.

나는 휴식이 싫다. 잠도 자지 않는다. 나의 수면시간은 두 시간을 넘지 않는다. 나는 움직이지 않고는 못 배긴다. 정서불안은 아니다. 그런 느낌은 한 번도 가져본 적이 없다. 그것은 다만 시간이 가고 있다는 것에 민감하기 때문이다. 세상은 넓고 넓은데 내 기억은 아직 충만하지 않고 아직 보고 싶은 것도 많기 때문에.

여행에 대한 나의 생각은 앙드레 지드의 생각과 많이 다르다. 나는 무엇이 되었건 누가 되었건 이미 가진 것을 털어버리고 싶은 생각이 없기 때문이다. 나는 개혁자이고 싶었던 적이 한 번도 없다. 지나칠 정도로 독립적인 나는 처음 보는 사람이 등을 툭툭 때리며 대번에 말을 놓는, 병적일 만큼 친한 척하는 가식이 싫다.

나는 서로 이름이 아닌 성을 부르던 시대의 사람이다. 솔직히 말하

자면, 나이도 먹을 만큼 먹어서인지 일종의 친한 척하는 분위기에 적
응이 안 되는 모양이다.

　사람은 누구나 자신이 좋아하는 곳에 속하기 마련이라고 나는 믿
는다. 앤틸리스 제도와 폴리네시아와 이로이즈 해는 절대로 싫증이
나지 않는 내 마음 속의 소중한 그림들이다. 그렇지만 나는 그 어디
가 되었건 내 자신이 어느 곳에 속해 있다는 생각을 해 본 적이 없다.
민족적으로나 종교적으로나 인종적으로 따라붙는 꼬리표가 참을 수
없을 만큼 거북하다.

　사람들이 너무나도 중요하게 생각하는 '어디 출신' 이라는 지역적
인 소속감이 가증스러운 경우가 얼마나 많은가. 바스크 사람들은 스
페인 카스티야 사람들을 쫓아냈고 플랑드르 사람들은 네덜란드어의
문법을 무기로 벨기에 남부 왈롱 사람들을 짓밟았다. 나의 윤리로는
이런 배척행위들을 용납할 수가 없다. 나와는 너무나 상반되는 성격
의 일들이다.

　이런 전투적인 행동들은 완전히 바보짓이며 때로는 사회 질서를
파괴하기도 한다. 이런 바보짓을 하는 사람은 오히려 어느 곳에도 속
하지 못한다. 아니, 그런 비열한 작자들의 고향이 따로 있는지도 모
르겠다. 나만 해도, 처신을 잘못할 경우에는 어디 사람이라고 하기가
퍽 곤란하다. 자주 드는 생각인데, 불행하게도 사람은 자신의 마음
속 눈으로 여행을 하는 것 같다.

느림

여행은 느린 걸음걸이로 배경에 동화되어 들어가는 것이다. 우선 주인공이 움직일 때까지 가만히 기다려보도록 하라. 상대가 먼저 첫 발을 내딛을 때까지.

나는 폴리네시아나 아프리카의 해안 마을이나 앤틸리스 제도에서 일주일이나 꼼짝 않고 지내본 경험이 있다. 뿐만 아니라 키 큰 털북숭이들이 하루에 겨우 한 마디 입을 뗄까 말까 하는 노르웨이에서도 지내보았다.

긴 침묵으로 뚝뚝 끊기는 굼뜬 대화를 즐길 줄 알아야 한다. 카리브 해에서 전해 내려오는 귀신 이야기나 초자연적인 존재를 경험하고 싶다면 순백의 페이지를 읽을 수 있어야 한다. 절대로 열을 내며 따지고 들지 말아야 한다. 그랬다가는 게임에 참여할 기회조차 얻지 못하게 될 위험이 있다. 그리고 그 지역의 코드에 맞게 표현하도록 노력하고 인사를 해야 한다. 인사한다고 해코지하는 사람은 없을 테니까. 또 대답이 없다고 화를 내서는 안 된다. 자신의 무지함 때문에 갑자기 지역 사람들이 관심을 거둘 수도 있는 것 아닌가?

여행객은 보러 온 사람이라는 점을 늘 명심하자. 뭐든 천천히. 물론 그러려면 용기가 필요하다.

아프리카에서 푸른 눈의 백인이 관찰 대상이 되는 것은 당연한 일이다. 그러나 여행객이 심장의 리듬을 더디게 만들면, 오래지 않아 열대의 풍토에 순화하는 길로 접어들 수 있다.

중요한 것은 관광객임을 너무 드러내지 않아야 한다는 것이다. 고로 한눈에 보아서 관광객임을 알 수 있는 징표들을 없애야 한다. 카메라는 금물이다! 사진기는 잊어라! 언젠가 동료 한 명과 함께 차를 몰고 서아프리카 모리나티의 누악쇼트에서 세네갈의 생 루이까지 여행을 한 적이 있었다. 현지 가이드가 사막에서 차를 끓여주었다. 그 친구는 우리가 사진을 찍지 않는 점을 의아해했다. 이해가 가지 않았던 모양이다. 그가 보기에 우린 진정한 유럽인이 아니었던 것이다. 그때까지 보아온 백인들이 저마다 하나씩 목에 걸고 있었을 카메라를 가지고 있지 않았으니 이상해 보였을 수밖에. 우리는 그 친구에게 우리가 이곳에 온 이유는 천천히 감상을 하기 위해서이며 카메라야말로 우리가 하고 싶은 여행을 망치는 물건이라고 설명을 했다. 가이드는 머리를 긁적긁적하며 미소를 지었다.

여행을 위한 몇 가지 충고

우선 이 충고는 어딘가 먼 곳으로 떠나는 사람들에게 해당되는 것이라는 이야기를 해 두고 넘어가야겠다. 나 같은 사람은 그런 경우에 해당되지 않는다. 나는 1966년 이후로 본능이 시키는 대로 쉬지 않고 움직여왔다. 그래서인지 나의 여행은 이렇다 하게 정해진 것이 없다. 별다른 충고가 필요치 않은 것이다. 여행을 떠나건 집에 있건 상황은 늘 같았다.

나는 외교관이나 지식인들과는 친분이 없다. 지루하고 피곤한 사람들과도 가까이하지 않는다. 그들은 발견의 즐거움을 망쳐놓는다.

그들이 좋다고 권하는 것은 하나같이 넌더리나는 것들뿐이다. 늘 자신의 본능에 따라야 한다. 신문도 볼 필요 없다. 이발소에 가면 새 소식을 얼마든지 접할 수 있다. 같은 이야기라도 훨씬 실감나게 들을 수 있고 칼 면도 서비스까지 덤으로 받을 수 있으니, 이왕이면 이발소에 가는 것이 더 좋지 않겠는가. 혹시라도 고국 사람과 우연히 마주쳐 사업차 왔느냐는 질문을 받으면 대충 얼버무리고 지나가는 것이 좋다.

조심해야 한다, 위험하다. 그런 인물들은 새로운 시각과 새로운 상황에 방해가 된다. 이 낯선 사람 때문에 여러분은 여행자라는 위치에서 골치 아픈 진드기를 떼어내야 하는 위치로 전락하게 된다.

나는 순진한 척하는 얼굴로 한가하게 접근하는 사람들을 늘 경계하고 멀리해 왔다. 한 번 붙잡으면 놓아줄 줄을 모르는 이런 족속들은 정말 최악이다.

여행자임을 드러내기 위해 판초를 입을 필요는 없다. 싱가포르에서나 서아프리카의 부르키나파소에서나 세상 사람들의 옷 입는 방식은 이제 모두 비슷비슷하다. 이런 점은 삼십 년 만에 세상이 정말 많이 변했음을 보여주는 그리 반갑지 않은 면이지만 복장 때문에 여행자임이 단박에 드러나지 않게 되었으니 한편으로는 대단히 좋은 일이기도 하다.

앞서 이야기한 바 있지만 현지의 리듬에 맞추어 살아야 한다는 점을 잊지 말도록 하자. 그 나라의 말을 할 줄 모른다는 것 때문에 예기치 못한 상황에 빠질 수도 있다. 누구든 현지어로 쓰인 메뉴를 읽어야 하는 경우가 있지 않은가. 저녁 식사를 하러 가서 뭘 골라야 할지 몰라 끙끙거리게 되는 것이다. 그럴 땐 절대로 우유부단한 모습을 보여서는 안 된다. 긴장이 되겠지만 손가락으로 오늘의 요리를 가리켜

라. 요리사는 손님이 과묵한 편이라고 생각하고 대수롭지 않게 여길 것이다. 김이 모락모락 나는 묘한 냄새의 스튜에 뭐가 들었느냐고 묻지 말라. 여행자는 가능한 한 느긋한 척해야 한다. "뭐가 나올지 어디 두고 보지 뭐. 재미있잖아." 그리고 솔직히, '상추에 싼 정체불명의 재료로 만든 신선로'를 먹어볼 기회가 그리 많은 것은 아니지 않은가. 브레스트의 단골집에서나 발파라이소의 낯선 선술집에서나 생선인지 쇠고기인지 정도는 분간할 수 있으니 그것으로 족하다. 나는 접시에 담긴 것이 무엇인지 걱정이 되어 전전긍긍하지 않는다. 난 까다로운 사람이 아니다. 요리에 관한 한.

먼 곳에서부터 어떤 나라를 찾아간 까닭은 그곳이 나를 위해 준비한 뜻밖의 기쁨을 맛보기 위해서이다. 물론 다른 사람들처럼 나도 가끔 요상한 것을 먹게 될 때가 있다. 그럴 때마다 나는 생각한다. 그건 요리가 잘못되어서가 아니라 잘 살펴보지도 않고 벌레구이를 주문한 내 탓이라고. 음식은 한 나라의 역사가 걸어온 길을 거슬러 올라가볼 수 있는 가장 저렴한 방법이다.

여행을 한다는 것, 그것은 빛을, 약속된 은총의 순간을 찾아가는 것이다. 이런 관점에서, 여인들이 여행의 열쇠를 쥐고 있는 경우가 많다. 내가 경험한 바에 의하면 여인들은 어떤 곳을 가장 훌륭하게 그려내는 화가들이다. 게다가 나는 언제나 여인들이 남자들보다 더 뛰어난 지리전문가들이라고 생각해왔다. 하지만 오해는 마시길. 나는 여행자들의 갈증을 해소해주는, 말하자면 외설스러운 주제에 관해 이야기하고자 하는 것이 아니라 여인들이 여행자의 머리 안에 아주 단순하게 새겨주는 '낯섦'에 관해, 그 첫인상에 관해 말하고 싶은 것이다.

내가 만난 여인들은 나를 피하지 않았고 막연한 태도로 사람을 애

태우지도 않았다. 그네들은 마음을 들여다보는 재능을 가지고 있으며 여행자로 하여금 자신의 꿈에 의해 희생이 되지 않도록 해준다. 여인들은 서글프고도 예민한 혜안을 가지고 있다. 그네들의 입에서 나오는 이야기들은 남자들의 이야기처럼 허무맹랑한 것이 아니다. 한 마디로 여인들은 강력한 힘을 가진 현실적인 삶을 그대로 표현해낸다. 그네들에게는 타인의 마음과 생각과 믿음 안에 들어갈 수 있는 능력이 있다.

상대에 대한 호기심은 우정을 표현하는 예의바른 방법이다. 하지만 감쪽 같은 거짓말에 속지 말아야 한다. 우정을 가장한 '그럴 듯해 보이는' 어떤 것을 조심해야 한다. 내가 비옷과 고무장화를 신고 세상을 떠돌아다닌 지도 어언 40년 세월이 흘렀다. 나는 앞으로도 언제까지나 스쳐 지나가는 사람으로 남을 예정이다. 내 고국에서도 마찬가지이다. 파리 어느 카페의 테라스에 앉아 있을 때면 그런 생각이 머리를 스친다. 물론 브라질의 리우데자네이루나 살바도르, 혹은 폴리네시아의 파페에테에 있을 때에도 같은 느낌이 든다. 나는 최대한 남의 눈에 띄지 않으려고 노력하는 편이다. 그러면 상대에게 자연스럽게 접근할 수가 있다. 허세는 금물이다.

브라질 북쪽 해안의 어느 소박한 조선소에서의 경험을 이야기해보려 한다. 목수는 내가 자신을 주시한다는 사실을 눈치챈 것 같았지만 나는 별다른 반응을 보이지 않았다. 사실 나는 5분 만에 브라질 조선공들의 작업 방식을 이해할 수 있었다.

한 시간이 흘렀다. 대팻밥이 모래 위에 수북하게 쌓였다. 그제야 목수가 얼굴의 땀을 훔치며 내게 다가와 말을 걸었다. 목수는 내가 같은 분야의 사람이라는 것과 배를 탄다는 사실을 일찌감치 눈치챘다고 했다. 이쪽 일을 안다는 느낌을 받았다고.

나로서는 그들과 같은 세계에 속한다는 것을 인정받은 것이 정말로 기뻤고, 그는 그대로 자신의 일을 대단한 가치가 있는 것처럼 옆에서 지켜봐주는 사람이 있다는 것에 희열을 느꼈다. 바다사나이들의 범국제적인 유대관계 등등의 거창한 개념을 끌어다붙일 필요도 없었다…… 그런 것을 믿지도 않지만. 그 목수는 담배를 문 채 묵묵히 서 있던 내가 자신과 같은 세계에 속한 사람임을 곧 깨달았다. 아마 브르타뉴의 농부가 아르메니아의 농부를 만나도 같은 공감대가 형성되리라. 단 10분이면 그 후로도 몇 년 동안 서로에게 깊은 영향을 미칠 잊지 못할 만남이 될 수 있을 것이다.

상대를 알아보는 눈빛은 호기심을 불러일으킨다…… 소젖 짜는 방식, 혹은 파종기 때 땅에 괭이질을 하는 방식을 알아보는 눈빛은 다르다.

그런 몸짓에는 속임수가 통하지 않는다.

어쨌거나 나의 관심을 끄는 세계는 바다뿐이다. 다른 세계에서는 흥미를 느낄 수가 없다. 파리에서 어떻게 살 수 있었는지 신기하다는 생각이 들 때가 있다. 나에게 있어서 바다를 못 본다는 것은 엄청난 고통이다. 바다의 신비를 잃은 느낌이 든다. 그런 상태에서는 나의 정체감마저 사라져버린다.

대도시 중에서는 그나마 뉴욕이나 샌프란시스코가 견딜 만하다. 그곳에서는 자연의 힘이, 바다의 밀물과 썰물의 힘이 느껴지기 때문이다.

산 증인

나는 어딘가에 가보았다는 뿌듯함을 느끼기 위해 여행을 하지 않는다. 내겐 어느 지역의 산 증인 역할을 할 만한 재주가 없다. 보라보라 섬에서 삼십 년을 산다고 해도 폴리네시아 사람들의 정신세계를 속속들이 이해하는 진정한 산 증인이 되기에는 그 세월이 턱없이 부족하다.

지난 사십 년간 나는 어딘가를 다녀왔답시고 그 지역 전문가인 척하는 엉터리들을 많이 만났다. 허약하고 신경질적인 데다가 누군가의 검열을 받아야 하는 입장인 주제에 자만심과 쓸데없는 환상으로 가득한 자들. TV의 개성 없는 과학 프로그램에 출연하는 전문가입네 하는 자들은 시청자들로 하여금 생각을 하도록 만들지 못한다. 그들은 지식을 전달할 뿐이다. 샌들을 꿰어 신은 호라티우스(*고대 로마의 시인)와 헐렁한 반바지 차림의 베르길리우스(*고대 로마의 시인)가 얼마나 많은지 헤아릴 수가 없을 정도다! 일명 산 증인들의 계층사회에서 높은 점수를 받은 자들은 원시사회를 깊이 이해하고 그 사회 구성원 개개인의 심리를 파악할 뿐 아니라 그들의 사상을 한 마디로 정리할 수 있다며 설치고 있다. 천만의 말씀! 이런 기만적인 산 증인들의 얄팍한 지식은 관광안내서의 페이지 수를 늘릴 뿐이다. 요즘에는 누구나 산 증인임을 자처하며 블로그를 개설하고 기자 흉내를 내고 『땡땡의 모험』 비슷한 모험담을 늘어놓거나 자신이 알베르 롱드르 (*Albert Londre, 1884~1932, 프랑스의 저널리스트, 작가. 그의 이름을 딴 알베르 롱드르 상은 프랑스 언론계의 가장 권위 있는 상으로 인정받고 있다)라도 된 듯이 굴기도 할 뿐 아니라, 그 와중에 누군가를 깎아내리고 역으로 누군가에게 당하기도 한다. 나는 기자가 아니라 항해사다. 뉴스 프로그램의 보조 리포터가 아니다.

우리는 소문과 쑥덕공론의 세계에 살고 있다. 다들 이집 저집의 세세한 가정사를 퍼뜨리는 경박한 경비원들 같다. 이런 산 증인들의 주무대는 텔레비전과 인터넷이다. 믿을 만한 산 증인들까지 도매금으로 넘어가는 어마어마한 창고다. 버들가지 엮은 걸 봤다고? 마침 내가 어제 그걸 보고 돌아왔다. 버려진 쇠가 어떻더라고? 내게 남은 쇠판이 두 개 있다.

나는 나의 즐거움을 위해 항해를 한다. 그거면 족하다. 그런데 사람들은 어떤 곳에서 한 달을 지내고 나면 저마다 그 지역의 산 증인이라고 잘난 척들을 한다! 대체 뭘 증언할 수 있단 말인가? 그야말로 파렴치한 짓이고 교양 없는 작태다.

나는 바다의 음을 찾기 위해 이 직업을 택했다. 어느 밤, 잠시 들른 포스탈레자 항구에서 춤을 추기 위해. 여행이 나를 감정적인 소용돌이 속으로 이끌어 주리라고 나는 확신한다. 내가 번들거리는 부츠와 진주 단추가 달린 커프스를 자랑하며 연단에 오르는 일은 절대로 없으리라.

바다 위의 여행

나의 여행은 언제나 바다 위의 여행이었다. 바다의 끝없는 푸른색과 빛, 그리고 어느새 내린 밤이 나의 마음을 활짝 열어준다. 나는 강하고 무거우며 짙고 두껍게 드리우는 밤을 기다린다. 이십대 청년 시절부터 찾아온, 어떤 완전무결함이라 부를 만한 밤을 만나기 위해 여행을 해왔다. 풍경이나 특별한 장소나 내가 지나온 마을들에 대한 자료를 모아두지는 않았다. 내가 지나온 길과 연관된 물질적인 것들은 하나도 간직한 것이 없다. 다만, 나는 만나는 사람들의 웃음 속에서 바다 여행의 지대한 행복을 찾는다는 것만은 밝혀두고 싶다.

나는 눈물을 거부하는 인간이다. 나에게 눈물은 구겨버린 편지 봉투와도 같다. 어쩌면 나는 내가 포기한 소중한 사람들로부터 도망치고 있는지도 모르겠다. 가끔씩 높은 파도의 물마루 같아 보이는 그들에게서. 나는 눈물이라는 덫을 교묘히 피해 다닌다. 불행이 쏜 화살에 맞지 않으려면 갑옷을 입어야 한다. 잠을 잘 때에도 그 갑옷을 벗지 않은 지 벌써 육십하고도 사 년이 되었다. 무겁지 않느냐고? 가끔 삐걱거리기는 하나 무게는 하나도 느껴지지 않는다.

나는 출항준비를 하며 늘 행복했고 배를 조종하며 환희를 느꼈다. 바다의 표정과 색이 바뀌고 바람의 방향이 바뀔 때마다 항해사로서의 경력이 하나하나 쌓여갔다. 항해는 세상의 아름다움을 섬기는 일이다. 항해사의 삶은 진하다. 상처투성이의 삶이다. 항해는 신선한 바람으로 감싸인 기쁨을 안겨주지만, 한치의 어긋남도 허용되지 않는 과학이다.

나는 항해가 신념을 테스트하는 과정이라고 생각한다. 나는 이 일에서 행복과 힘을 얻었다. 그것이 아무에게도 구속받지 않고 자유롭게 이 일을 계속 해 온 원동력이 아닐까 한다.

나는 항해사이자 여행자인 이런 이상적인 상태로 생을 살아오며 내 자신을 만들어왔다. 바다를 샅샅이 뒤지고 다니는 면에서는 사냥꾼과 거의 비슷하다. 다른 점이라면 대서양 횡단을 마치고 돌아와 사슴뿔에 모자를 걸어두지 않는다는 점 정도이리라.

겸손하지 못하다고 비난해도 좋지만 나는 트로피를 위해 매번 이를 악물었고 기록에 목숨을 건 만큼 기록 보유자로서의 명성을 누릴 자격이 있다고 생각한다. 물론 동료들의 희생이 없었다면 이만큼의 결과를 가져오지 못했을 것이다. 이 지면을 빌어 나와 동행하며 지혜와 열정과 프로정신으로 무장한 채 자신을 바쳐 바다와 배를 섬긴 이들을 추억해본다. 올곧고 늘 한결같았던 위대한 항해사, 이브 푸이오드(Yve Pouillaude)와 디디에 라고(Didier Ragot).

바다에서는 뭐든 할 수 있는 내가 땅에 내리면 아무 곳에도 쓸모가 없어진다. 항해사들은 위험을 먹고 사는 사람들이다. 나는 바다 위에서 내 존재 이유를 찾는다. 그러니 육지에서 너무 오래 머물다 보면 나는 내가 마치 조각상의 받침대가 된 것 같은 느낌에 사로잡히곤 한다. 상뻬의 삽화에도 등장하는, 비둘기들이 앉아 쉬는 돌 받침대.

내가 쉴 수 있는 곳은 바다뿐이다. 그렇다고 해서 내가 사람을 기피하는 것은 아니다. 솔직히 말하자면 우선 사람들에게 관심이 없으니 싫고 좋고 할 것이 없다. 바다에 나가면 나는 지식의 우물에서 교양을 길어올린다. 바다로 나가야 심장이 제대로 뛴다. 마치 새 심장을 얻은 기분이다. 나는 사십 년 전부터 예정된 '치유'를 향해 나아가고 있다. 에릭 타발리가 남긴 정신적인 유산을 찾아, 바다가 할퀸 상처자국을 향해.

떠나기

　매번 출발할 때마다 다시는 돌아오지 못할 수도 있다는 생각에 마음이 어지럽다. '영원히' 떠난다니, 가혹하지 않은가. 떠나는 사람으로서는 어마어마한 용기를 내야 하는 두려운 부분이다. 출발할 수 있어서 다행이지 않느냐고? 떠나고 싶어서, 동료들과 마음을 모아 떠나는 것 아니냐고? 그렇다. 그렇기 때문에 그 엄청난 두려움을 이겨낼 수 있는 것이다. 떠난다는 것은 허공으로 뛰어드는 것이니까. 그 느낌이 얼마나 짜릿한지. 나 같은 타고난 방랑자조차도 혹시 브르타뉴를 영원히 떠나면 어떻게 하나 걱정을 한다. 정말로 그래야 한다면 난 아마 죽으리라.

　나는 여행자로서 피할 수 없는 정신적인 빈곤상태도 필요로 하지만 프놈펜 호텔의 주차요원에게 차 열쇠를 맡기는 편안함도 포기할 수 없다. 사흘 동안 아름다운 별을 보며 한뎃잠을 잔 후에 콜롬비아 카르타헤나에 있는 발자크풍의 여관 문을 밀고 들어가는 기쁨을 나라고 왜 모르겠는가.

　내 곁에는 여행을 마치고 온 나를 위해 파티를 열어줄 만한 사람이 아무도 없었다. 그리스 문명 숭배자들이 좋아할 만한 이야기가 아닌가! 나는 율리시즈와 처지가 다르다! 나의 귀향을 반기는 유일한 존재는 로키산맥에 사는 회색 곰처럼 생긴 래브라도, 나의 개뿐이다. 녀석이 신이 나서 마루를 벅벅 긁어댄 덕에 내 집 바닥에는 밭고랑 같은 홈이 패어 있다. 나름대로의 파티가 아닌가! 아무튼 나의 경우,

바다에서 멀어지기가 무섭게 사는 게 시들해진다. 뿐이랴. 내 자신이 바보가 된 느낌이 든다. 마치 빈 장바구니를 들고 슈퍼마켓 계산대에 줄을 서는 멍청이 같은 느낌이다.

여행의 끝

　바다 여행의 끝은 축제의 끝이다. 모험의 끝이요, 세계 일주의 끝이다. 세계 일주를 끝마친다는 것은 굉장히 괴로운 일이다. '사랑하는 사람들'에게로 돌아가네 어쩌네 하는 이야기는 신문기자들이 지어낸 것일 뿐, 마음은 괴롭기만 하다. 간절히 원했던 것을 이룬 후의 허전함 때문에 괴로운 것은 아니다.

　바다의 리듬을 떠난다는 것이 괴롭다. 누구나 동경하는 원시적인 힘이 넘치는 세계, 두려워하면서도 쉽사리 포기하지 못하는 순수한 세계. 그 바다를 떠난다는 것은 아름다움을 놓아버리는 것이다. 바다 위에서 보낸 두 달 반 동안 우리 몸 속에서 타오르던 불꽃을 불어 끄고 부드러운 불빛을 내주던 작은 야등마저 꺼버린 후 배에서 나오는 것. 삐걱거리는 소리와 함께 추억의 문을 등 뒤로 닫는 것. 그래서 내게는 추억이 남아 있지 않다. 단지 인상만이 남아 있을 뿐.

유물

나는 여행을 통해 파리의 께 브랑리 유물 박물관에 기여를 한 적이 없다. 께 브랑리 박물관은 건축학적으로 뛰어난 건물이지만 그곳의 소장품들은 모두 다른 나라에서 빼앗은 것들이라는 점을 분명히 해 두고 싶다. 자고로 물건은 그것이 태어난 곳에 놓여 있어야 한다. 그러라고 만드는 것이다. 게다가 난 뭘 들고 다니는 것이 딱 질색이다. 생각해보라. 파리 볼테르 가의 아파트에 크메르족의 조각상을 들여놓은들, 그게 어울리겠는가? 이것은 도둑질이다. 아무리 생각해도 잘못된 일이다.

나는 물건에 미련이 없다. 수집가입네 하는 사람들을 보면서 치미는 분노를 억누른 적이 대체 몇 번인지 모른다. 무엇인가를 가져오는 것은 추억을, 느낌을 옮기는 것이다. 브르타뉴 교회의 종탑이 아름다운 이유는 황량한 하늘을 배경으로 하고 있기 때문이다. 브라질의 살바도르에서 만나는 반종교개혁의 역사가 스며 있는 바로크 교회는 바로 그곳에 있기 때문에 값진 것이다. 코르코바도의 그리스도 상을 브레스트의 마을 어귀에 옮겨놓은들 무슨 의미가 있겠는가?

나는 40년 동안 수없이 많은 곳을 다녔지만 아무리 사소한 것일지라도 가져온 적이 없다. 심지어는 사랑하는 사람들의 사진조차 지갑에 넣어 다니지 않는다. 내 지갑은 추억 하나 없이 텅 비어 있다. 우린 15세기의 사람들이 아니다. 그 옛날엔 뭔가를 가져오는 것이 당연했다. 샤를 마리 드 라 콩다민(＊1701~1774, 프랑스의 탐험가이자 과학자. 북아프리카, 중동 등지를 탐험했으며 특히 남미의 아마존을 탐험한 최초의 과학자로

명성이 높다)만 해도 기나껍질(＊기나무의 속껍질을 말린 것)을 가져와 말
라리아 치료에 도움을 주지 않았는가. 그때에는 교양을 높여야 한다
는 납득할 만한 임무가 존재했다. 도기로 된 아기 천사상이나 자기로
된 중국 배를 가져올 만한 이유가 있었던 것이다. 그러나 어쩌랴, 그
아기 천사상이 상당한 가격에 거래되고 중국 배의 값은 천정부지로
치솟는 것을.

내게 필요한 것들

내겐 필요한 것이 없다. 육지에 내려 하룻밤을 보내고 다음 날이면
다시 떠난다. 육지에서 나는 불청객이다. 그러나 그런 나 역시 육지
에서 누리는 기쁨이 있다. 그것은 바로 다음 날 새벽에 떠나야 한다
는 말을 듣는 것이다. 그 소리가 그렇게 기쁠 수가 없다. 이런 성향은
방랑벽과는 아무런 관계가 없다. 아주 어렸을 적부터 나는 생물학적
으로 나를 붙잡고 있는 곳, 즉 육지에서 일생을 보내고 싶지 않았고
세상을 향해 나아갈 생각에 사로잡혀 있었다. 어느 미네랄워터의 광
고처럼, 언젠가 나는 오베르뉴의 화산을 보기 위해 오토바이를 타고
700킬로미터를 달려갔다. 화산은 내가 상상했던 그대로였다. 난 행
복했다. 그렇게 행복할 수가 없었다. 털모자를 쓰고 생 플루르까지
열심히 달려가 기껏 한다는 것이 알리고(＊감자와 치즈를 주재료로 만든
음식)를 먹는 것일 뿐인 내 모습이 이상해 보이리라는 것은 나도 잘
알고 있다. 그러나 그것은 빛을 충분히 비축해 두기 위해서이다. 캉

탈에서도 마찬가지이다. 아무리 생각해봐도 내가 사진에 집착할 일은 없을 것 같다. 사진을 찍지도 않거니와 앞으로도 찍지 않을 예정이므로. 떠나야 한다고 나를 끊임없이 떠미는 것은 바로 이런 것들이다. 누군가에게는 병일 수도 있는 것이 내게는 건강을 지키는 길인 것이다.

짐

나는 짐을 많이 싸가지고 다니지 않는다. 담배 한 갑, 여권, 그리고 신용카드. 셔츠 호주머니에 모두 넣을 수 있는 양이지만 내가 원하는 대로 살기에는 전혀 부족함이 없다. 겉으로 보기보다 상당히 금욕주의적이라고 할 수 있겠다. 나는 가벼운 여행자, 거위 깃털 같은 항해사다.

여행에는 아첨도 거짓말도 끼어들 틈이 없다. 40년 전부터 나는 가슴 속 아주 깊은 곳에 사람들을 만나는 기쁨을 간직해 왔다. 이는 영원히 시들지 않는 은총이다. 사람은 조금은 게으르게, 느리게 행동할 때에만이 모든 감각을 아우를 수 있고 지혜를 다시 찾을 수 있으며 마음과 색깔과 감정을 되찾을 수 있다. 느림은 여행의 가장 근본이 되는 순수한 개념이 아닐까. 솔직히 말해, 나는 짐보따리가 끔찍하게 싫다. 폴리네시아의 파페에테행 비행기를 자주 타지만 짐을 가지고 다녀 본 적은 없다. 무엇을 가져가야 한단 말인가? 셔츠쯤이야 어디에서고 구할 수 있다. 도착하자마자 옷을 갈아입을 것도 아니니 바보가 아니고서야 가지고 다닐 이유가 없다. 칫솔? 비행기 승무원에게 부탁하면 기꺼이 준다. 내게 가장 이상적인 교통수단은 '하늘을 나는 양탄자'이다.

사실 중동의 환상을 대변하는 하늘을 나는 양탄자가 의미하는 세계는 아편을 즐기는 속물들의 꿈이다. 그래도 좋다. 그 꿈을 이룰 수만 있다면 내 전 재산을 다 바쳐도 좋을 것만 같다. 페르시아에서 가장 위대한 장인이 짠 4평방미터짜리 양탄자를 타고 아시아 상공을 날 수만 있다면! 나는 여섯 살 때 이후로 하늘을 나는 양탄자에 대한 상상의 나래를 펴며 시간을 보내곤 했다.

파나마시티의 공항에서건 브레스트에 있는 슈퍼마켓에서건 나는 카트를 쓰지 않는다. 여행을 하다 만난 사람들이 선물을 주고 싶어하면, 다시 돌아올 테니 잘 간직하고 있으라고 말한다. 이렇게 내가 가져가 주기를 기다리는 선물이 지인들의 집에 자리를 차지하고 있다는 점이 마음에 걸리지만 나는 내 집 주차장을 기념품으로 채우고 싶지는 않다.

물건과의 인연을 거부하는 나는 가끔씩 자문해본다. 그렇다면 과연 내가 인연을 맺은 장소는? 그런 곳이 있었던가? 확실한 것은 내가 사랑하는 사람들, 사랑했던 사람들과는 어떤 관계를 맺었다는 것이다. 폴리네시아에 가면 나는 마법에 걸린다. 그러나 그것은 이미 흘러가버린 시간의 마법이 아니라 현재 일어나고 있는 마법이다. 내가 풀려나지 못하는 그 마법은 사람들이다. 느긋하고 거리낌이 없는, 다가가기 쉬운 사람들. 앞서 이야기한 대로 나는 투명인간이고 싶다. 어린 시절의 하늘을 나는 양탄자와 함께 투명인간은 나의 가장 소중한 꿈이었다. 투명인간이라고 해서 남을 훔쳐보는 변태 짓을 하고 싶어서 그런 것으로 오해하지는 마시길. 눈에 보이지 않으면 인생에서 잠깐이나마 축복받은 순간들을 얻을 수 있을 것 같다. 그저 친구들이 제삼자의 존재를 의식하지 않을 때 그들의 얼굴에 자연스럽게 떠오르는 은근한 미소를 볼 수 있을 것 같다. 루이비통 트렁크를 끌고 노트북을 메고 귀에는 아이팟을 꽂은 채 여행하는 투명인간을 본 적이 있는가?

이동하는 사람들

어떤 곳을 알기 위해 떠들썩하고 다채로운 시장을 넋 놓고 돌아다니는 것은 내 방법이 아니다. 노벨상을 받을 것도 아닌데 전문가가 되겠다고 시간낭비를 할 필요는 없다고 본다.

어딘가로 '이동하는' 것은 여행이 아니다. 18일에 떠나서 29일에 돌아온다? 과달루페 섬에 갔다 왔다? 몰디브에 다녀왔다? 노르웨이의 피오르드를 보고 왔다?

어떤 곳을 진짜로 알고 싶다면 자동차를 수리점에 맡기는 것으로 그 위대한 한 발을 내딛는다. 말하자면 자동차 수리점에 부지런히 드나들면 단번에 그 사회의 면면을 잡아낼 수 있다. 윤활유와 브레이크 페달을 교체하는 와중에 그 사회의 고질적인 악습이니 정치적인 대립이니 음모니 미덕의 이면들을 낱낱이 알게 되는 것이다.

여행을 한다는 것은 흘러가는 시간을 받아들이는 것, 한 번에 모든 것을 해내겠다는 욕심을 버리는 것이다.

〈월요일 : 요트타기, 화요일 : 스쿠버다이빙, 수요일 : 증류공장 견학.) 이래서는 곤란하다. 나의 월요일 계획이 무엇이냐고? 아무것도 안 하는 것이다. 화요일? 빈둥거리기. 수요일? 가만히 뜨는 해를 바라보기. 목요일엔 그나마 낚시 계획이 있다. 내가 좋아하는 것은 이런 것이다.

사람들이 뭔가를 '하려는' 이유는 이 탐욕스러운 세상이 마지막 부스러기가 없어질 때까지 모두 소비해야 한다고 부추기기 때문이다. 추억들을 게걸스럽게 삼켜야 한다고. 이런 식으로 생각하는 사람들은 이동을 할 뿐, 여행을 하지 못한다.

나는 언제 떠날지는 알아도 언제 돌아올지는 모른다. 대략 언제쯤이라고 예상할 뿐이다……

그래도 여행기간은 대략 삼 주 정도가 된다. 언제나 마음에 드는 정도에 따라 달라지고 뭘 하느냐에 따라 달라진다. 혹은 무엇을 하지 않느냐에 따라. 하룻밤 새에 맺어진 우정, 그리고 나를 붙잡아두는 그 무엇에 따라.

나는 재촉하는 것을 못견뎌하는 꿈꾸는 아이들 같은 사람이다. 계속 꿈을 꾸고 싶어 한다. 관광객들은 급하게 구경을 한다…… 그런 다음에는 이러쿵저러쿵 불평들을 하는 경우가 많다. 꿈꾸는 자는 절대 불평을 하지 않는다. 꿈꾸는 자는 행복을 인생의 원천으로 삼는다. 기차를 놓치고 비행기를 놓친다. 가볍게 먹고 서두르지 않으며 돼지 여물 같은 식사를 제공하는 단체 여행에는 절대로 끼지 않는다. 여행자들은 봇짐 연합회의 회원들이다. 나 역시 그 연합회의 일원이다. 내가 유일하게 가입한 단체라고나 할까.

땡땡의 모험, 어린 시절의 여행

우리 가족은 다 함께 항해길에 올라 앤틸리스 제도로 여행을 떠나곤 했다. 내가 여섯 살 때, 누나들이 "스카프여 안녕, 마드라스여 안녕"이라는 노래를 합창했던 기억이 난다. 나는 마드라스가 인도 마드라스산 무명으로 만든 큰 손수건이라는 것을 모르고 누나들에게 그것이 무엇이냐고 물어보았더랬다. 내가 간직하고 있는 추억들이다. 나는 항상 그 세계를 찾아가겠다고 생각했다. 머릿속에 각인된 뭔가가 있었다. 세계를 탐험하러 나서리라는 생각을 항상 품고 있었다. 어떻게 보면 내가 결정적으로 방랑자가 된 것은 나의 누이들이 부르던 옛 노래 덕분이었다.

오랫동안 나는 내 결심을 무슨 일이 있더라도 반드시 행동으로 옮겨야만 한다고 생각했었다. 그러나 일곱 살이 되던 해에 어떤 확신을 갖게 되는 기회를 만나게 되었다. 어린 시절의 마지막 해에『땡땡의 모험』을 읽었던 것이다. 나는 땡땡의 이야기를 달달 외울 수 있었고 카누 조종사의 노래를 따라 부를 수 있었다. 내가 곧 여행이었고 여행이 곧 나였다.

우리 가족이 살던 외딴 브르타뉴 시골에는 TV도 극장도 없었다. 그저 하루하루를 살아가는 것, 그것밖에는 없었다. 바깥세상을 볼 수 있는 유일한 방법이 바로『땡땡의 모험』이라는 만화책이었다. 내가 태어나던 해에 출간된『라캄의 보물』은 내가 항해사라는 직업을 갖게 되는 결정적인 계기가 되었다. 정말로 열심히, 그리고 감명 깊게 읽었던 그 책이 결코 나를 속이지 않았다는 사실을 그 후로 25년 동안 여행을 하면서 확인할 수 있었다. 이 세상과 사람들은 에르제가 그린 만화와 많이 닮아 있었다.

어떤 여행자인가?

여행자로서의 자신의 성향이 어떠한지 알아두면 도움이 되는데, 나는 거리를 두고 남을 존중하며 여행하는 것이 중요하다고 생각하는 편이다.

나는 연안에서 2킬로미터 이상 멀어지게 되는 순간부터 주변을 둘러보지 않는다. 나는 해안이라는 세계를 잘 알고 있다. 바닷가에 대한 엄청난 추억을 간직하고 있다. 모든 바닷가를 기억하고 있는 것이다. 내가 들어갔던 모든 항구들을 그려보라고 하면 단숨에 그려낼 수 있다. 협로, 입구, 길게 이어진 방파제 등등 모든 것을 머릿속에 간직하고 있다.

나는 전세계의 거의 모든 항구에 들어가 보았다. 항구 하나하나에 들어갈 때마다 얼마나 흥분되던지. 또 호기심을 누르기가 얼마나 힘들던지. 이런 관점에서 보면 나는 하나도 늙지 않은 것 같다. 40년 전에 새로운 항구를 발견하면서 맛보았던 그 특별한 감정과 똑같은 느낌을 아직도 받고 있으니. 몇 월 며칠에 발파라이소 항에 정박했던 경주용 요트의 모습. 라 코로뉴 항에서 본 스페인 트롤선의 생김새. 생트 루시 항에 들어가 있던 자메이카 화물선의 이름 등등.

모든 항구는 보물이 숨겨진 보고이다. 그물의 모양, 이물의 모양,

배의 길이, 페인트 색깔 등등. 나는 세상의 모든 항구들을 거의 만나
보았다.

바다의 모험

　이제 나도 지나간 이야기를 할 만큼 나이를 먹은 것 같다. 내 나이
스무 살 때, 나는 내가 관심을 가질 수 있는 것만 하겠다고 마음먹었
다. 그 누구도 내 인생을 훔쳐가지 못했다. 군복무를 할 때에도 즐거
운 마음으로 임했다. 나는 조국에 기여하고 싶었다. 이왕이면 정예
부대원이 되고 싶어서 낙하산 부대에 입대하려고 나름대로 준비를
하기도 했다. 그런데 그때에 에릭 타발리를 만났다. 에릭은 내가 해
군으로 군복무를 마치면 제자로 받아주겠노라고 말했다. 국방부에
서 꽤 높은 위치에 있던 피에르 메스메르가 내가 졸업한 예수회 중학
교의 선배였다…… 예수회 중학교가 쓸모 있었던 건 그때가 처음이
었다.

　나는 열아홉 살 때부터 서른다섯 살 때까지 내 앞가림을 제대로 할
만큼 돈을 벌지 못했다. 항해 잡지에 원고를 써 주고 몇 푼을 받았을
뿐…… 사는 건 궁색했지만 나는 아름다운 배를 타고 듣도 보도 못한
곳으로 여행을 다녔다…… 가난하게 살았음에도 얼마나 멋진 인생
이었던지! 항해사들의 운항솜씨가 기가 막히던 사각 돛단배 경주대
회가 생각난다. 나는 항해사들의 힘과 능숙한 솜씨에 매료되었다.
마르티니크 경주대회에 참여했던 항해사들의 솜씨가 특히 기억에

남는다. 이 세계는 대단히 역동적인 세계이다. 내가 좋아하는 것은 이 세계의 가혹한 동시에 감동적인 면이다.

바다에서 첫 해를 보내고 나자 잠시나마 육지에 들러 머무는 것이 따분해졌다. 1973년, 첫 세계 일주를 마치고 난 후, 내가 하고 싶은 것은 딱 하나밖에 없었다. 광활한 바다로 돌아가는 것. 결국, 어렸을 적의 나의 소망은 먼 나라로 나가는 것이었고 어른이 되어서는 먼 바다로 나가는 것이었다.

30년 동안 내가 찾아다닌 곳은 바다였다. 육지에서는 점점 더 마음이 멀어진다. 그저 좋은 추억만 간직하고 있을 뿐이다.

그럼에도 불구하고 나는 그때 그 시절에 대한 어떤 향수를 느낀다. 변명은 하지 않겠다. 이상할 것 하나 없다고 생각하니까. 그 시절은 지독하리만치 거친 시절이었고 나 같은 젊은이에게는 완벽한 환경이었다. 힘들었지만 참을 만했다. 아니, 나는 그런 강렬함이 정말로 좋았다. 그리고 그 짜릿한 느낌을 되찾기 위해서는 강렬함의 강도가 점점 더 높아져야만 했다. 그렇지 않으면 더 이상 흥미를 느낄 수 없었다. 혹은 무감각해졌는지도. 위험한 상황이 없는 인생은 의미가 없어보였다. 모노코크식 배를 타고 세계 일주에 나설 때처럼 여정에 따라서는 엄청난 위험을 감수해야 할 때가 있었다. 목숨을 걸어야 하는 것이다. 솔직히 말하자면 요즘 시대의 위험은 과거에 비해 훨씬 그 수위가 약하다. 배 건조기술이 놀라우리만치 발전했다. 특히 유람선들의 발전은 상상을 초월한다. 우리가 펜 듀익 호를 타고 항해를 할 때만 해도 기상이 나쁘면 40노트의 속도로 출발했었다. 궂은 날씨는 진저리가 날만큼 오래 계속되었다. 눈이 움푹 패고 진이 다 빠질 만큼.

세상의 중심

딱히 이 문제에 관해 누군가에게 자세히 말해 본 적은 없지만, 이제 세상의 중심은 동쪽으로 옮겨간 것 같다. 스무 살 때, 나는 이제는 존재하지도 않는 항공사의 비행기를 타고 여행을 했다. 호주에 가려면 꼬박 3일이 걸렸다. 해병대의 스카이 블루 팀원들이 기항지에서 각자 작은 짐을 들고 기약 없이 다시 출발하기만을 기다리던 생각이 난다. 공항에는 사람들이 거의 없었다. 근사한 정자가 딸린 고급 저택에 살 것 같은 콧수염을 기른 여행자들만이 몇 눈에 뜨일 뿐이었다. 그들은 1930년대의 영웅들을 대표하는 사람들, 폴 레노 정권하에서 부가티(＊이탈리아 자동차 회사. 1998년 폭스바겐이 인수했다)를 굴리던 명사들, 여류 성악가, 교양 있고 자유분방한 예술가들의 작은 집단이었다. 전쟁 전에는 거의 모든 사람들이 파리 근교 부르제 공항에서 지금은 없어진 UTA항공사의 비행기에 오르기를 기다렸다.

이제는 사라지고 없는 이 세계가 촌스러운 것 같지만, 나는 최신식 교통수단으로 단시간에 이동하게 된 탓에 모든 것이 하나의 신기루가 되었다고 생각한다. 타인에 대한 무관심. 게다가 8,000킬로미터 떨어진 목적지에 도착해도 사정은 마찬가지다. 증거? 서양인들이 지나가도 눈길을 주는 사람 하나 없다. 이제 관광객들에게는 옷가게에 걸려 있는 재킷에 붙어 있는 것과 같은 가격표가 붙어 있는 것일까.

누군가는 내게 비행기를 비롯한 교통수단을 보다 저렴한 가격에 이용하게 되었으니 민주적으로 바뀐 것이 아니냐, 이런 상거래 행위가 놀라운 발전을 한 것이 아니냐고 반박할 것이다. 글쎄. 그런 말들은 무시하고 싶다. 그런 발전에는 전혀 감동을 할 수가 없는 걸 어쩌란 말인가! 그런 발전 때문에 우리의 세상이 완전히 훼손되었고 마지막 남은 아름다움이 파괴되었다. 다른 이들이 발전이라고 말하는 것이 내게는 어떤 이단적인 것으로 보인다. 나는 여행자들이 메신저 역할을 하던, 점보여객기 이전의 세상을 경험했다. 그들은 소식을 짊어지고 다니던 행상인들이었다. 모든 것이 빛나고 감동적이며 단순했던 세상. 가슴이 벅차오르던 세상. 여행이 대중화된 이후의 부작용을 생각해보아야 한다. 아무런 책임 없이 러시아 코사크 기병처럼 전진만을 계속하는 관광객들.

혹자는 이를 두고 '개인 관광객' 이 그들을 받아들이는 사회 전반에서 누리는 특권이라고 할지도 모르겠다. 앤틸리스 제도나 발레아레스 제도나 모리스 제도, 혹은 발리에서 매일 볼 수 있는 광경이다. 분명 그 이면에는 내가 잃어버린 환상이 얼마쯤은 남아 있을 것이다. 그러나 가끔씩 기적이 일어날 때가 있다. 동네를 한 번도 벗어나 본 적이 없는 브르타뉴 시골의 농부들이 이곳의 풍경과 섬사람들에게 매료되는 것과 같은 일이다. 모든 것이 신기한 관광객들. 나와 다른 사람들을, 그들의 풍습과 고기잡이를 궁금해하는 여행자들을 만나게 되는 경우가 있는 것이다. 나는 간소한 옷차림과 소박한 몸가짐을 한 사람들, 행복에 겨워 말을 아끼는 사람들에 대한 기억을 간직하고 있다. 그들을 보며 가슴이 먹먹했었다. 내가 못견딜 정도로 싫어하는 것은 가끔씩 맞닥뜨리게 되는 허세 부리는 작자들, 잘난 척하는 작자들, 호들갑떠는 작자들의 교양 없는 작태들이다.

여행의 대중화?

그보다는 '패키지 투어 전문 여행업자'의 독재가 아닐까. 우선 이는 나의 보수적인 시각에서 하는 이야기가 아니라 내가 직접 경험한 것에서 느낀 점을 이야기하는 것임을 밝혀둔다. 물론 나도 특권계급이 열대지방으로 여행을 하던 식민지 시대가 영화 속에서나 볼 수 있는 과거의 이미지이며 바다거북 껍질로 만든 커다란 빗을 머리에 장식한 안달루시아의 여인들이나 뾰족한 두건을 쓴 수도사들을 볼 수 있는 기회가 세비야에서 열리는 성주간(聖週間) 그리스도 전례 행렬뿐이라는 것은 잘 알고 있다.

저렴한 가격의 여행을 광고하는 여행업자들이 야자수와 해수욕장, 화려한 색깔의 칵테일 사진을 실은 팸플릿들을 마구 뿌리고 있다. 그러나 이런 것들은 여행의 겉모습일 뿐이다. 여행자들의 도리는 자신이 늘 추구해 왔던 신조의 결과여야 한다. 무슨 신조냐고? 투명할 것, 느리게 행동할 것, 유랑인의 정신을 가질 것, 그리고 가벼워질 것. 그런 나는 무엇을 가지고 다니느냐고? 아무것도.

나의 정신

나는 이전 여행의 열기를 언제까지나 간직하는 편이다. 그 열기는 절대로 식지 않는다. 그렇다고 해서 다음번 출발에 대한 기대가 덜한 것은 아니다. 가끔씩 자금조달이 어려워 곤란을 겪는 경우가 있지만 그럴 때도 발목이 잡히지는 않는다. 그냥 훌쩍 떠나버린다.

나는 언제나 정신적으로 쇠약해지지 않기 위해 전투를 벌여왔으며 지루한 이야기를 끝없이 늘어놓는 사람들이 싫어 피해왔다. 그런 지가 벌써 40년이다. 이런 얼간이들에 대한 혐오는 파리에서 학교를 다닐 때 경제학을 가르쳤던 교수 때문에 비롯된 것이 아니었을까 하는 생각이 가끔 든다. 그 교수는 고무창이 달린 구두에 80킬로그램의 헛소리를 싣고 뿔테 안경 뒤로 부엉이 눈을 부릅뜨고는 나를 노려보며 경제와 세계시장에 대해 잘난 척 헛소리를 늘어놓던 인물이었다.

한 학기 만에 가문 대대로 이어온 훌륭한 기업을 파산으로 이끌어갈 만한 위인. 사실, 이 얼간이 교수가 본의 아니게 내게 도움을 준 것 같기도 하다. 40년이 지난 지금까지도 고무창 신발을 신은 사람들을 보면 일찌감치 피할 수 있으니까.

개성은 사라지고

세계의 특성은 그것이 언젠가는 사라진다는 것이다.

지금으로부터 60년 전, 아이들은 교복을 입어야만 했다. 요즘 청소년들은 스스로 원해서 교복을 택한다. 의복의 암시적인 의미는 사회적인 차이를 지우는 데에 있다. 그러나 비평의 자유는 그 어느 때보다 크게 보장되고 있고 우리의 욕구는 팽배해 있다. 한 세계가 사라졌다. 그리 오래 전도 아닌, 16세기 태평양을 정복한 스페인 탐험가들처럼 여행을 하던 유럽인들의 세계가. 그들은 자유로웠다. 신세계가 저들의 땅이라는 의식이 곧 그들의 논리였다. 그러면서도 호기심은 극도로 왕성했으니. 이들 여행자들에게는 신봉하는 교리 같은 것이 없었다. 단지 순수하게 정신적인 모험을 추구할 뿐이었다. 인도로 가는 사람들과 비슷한 심경이라고나 할까. 칼라 끝이 접힌 신사 정장용 셔츠를 입은 것으로 한눈에 영국 사람임을, 혹은 진회색 정장을 입은 것으로 스페인 사람임을, 단추 달린 상의로는 미국 사람, 머리 스타일을 보고는 이탈리아 사람임을 알 수 있었던 그 세계가 나는 좋았다. 죽은 언어를 공부하던, 그리고 여행이 영혼의 발전을 위해 꼭 필요한 것이라고 믿던 유럽인들의 세계. 그 세계는 그것만의 독특한 믿음이랄까, 열정 안에서 존재하던 세계였다. 계몽주의 시대로부터 물려받은 규범을 널리 전파하고 싶어하던, 어딘지 신랄하기까지 한 관습이 녹아 있던 고전 문화를 특징으로 하던 세계. 물론 이제는 존재하지 않는 세계를 아쉬워하며 불평할 생각은 없다. 그러나 이 세계는 조금쯤 우수에 젖은 나의 상상 속에 머물러 있다.

단 한순간도 옷 입는 개성에 대해 의심해 보지 않은 세계. 커프스 단추와 끝이 접힌 칼라와 밀짚모자, 멜빵, 그리고 브랜디를 넉넉하게 준비해 놓던 세계. 약간 어리석은 보편주의에 영향을 받던 소설적인 세계. 프랑스어가 통하는 세계가 세상의 끝인 줄로만 알았던 사람들의 세계. 나는 프랑스어의 마지막 자취가 남아 있는 곳을 항해했다. 이탈리아 사람들은 맛깔스럽게 프랑스어를 썼고 브라질 사람들은 에밀 리트레(*1801~1881, 19세기 프랑스의 의사이자 언어학자, 철학자)를 알고 있었으며 이집트 사람들은 파리 5구에서 의학공부를 했고 레바논 사람들은 프랑스 북부 다마스에서 영국인 보모의 손에서 성장하여 파리 2 대학에서 법률공부를 했다. 예수회 학교에서 교육을 받고 자란 시골뜨기인 나의 추억들과 다를 것이 없다. 아니, 오히려 나의 추억이 그들의 것보다 약간 더 실망스럽다. 그래서일까, 나는 옛 프랑스 식민지 시대에 영화를 누렸던 해외 상점들을 헤매고 다닌다. 30년 동안 나는 윌리엄 셰익스피어가 17세기 고전 비극의 거인 장 라신을 추월하고 엄청나게 깊은 문명의 수렁 속으로 그를 밀어넣었음을 목격했다. 내가 언제나 중시하던 세계관은 결국 구약성서의 관점과 꽤 가까운 것이었다. 제임스 쿡, 라 페루즈(*1741~1788, 본명 장 프랑수아 드 갈룹, 프랑스의 해군장교이자 해양 탐험가), 그리고 요즘 사람들이 그저 한 사람의 식물학자로 여기는 부갱빌(*1729~1811, 프랑스의 탐험가)은 이 세계의 선지자인 셈이다.

이 시대의 프랑스 사람들은 보수주의적인 경향을 가지고 있었던 동시에 대단히 범세계적이었고 세계에서 가장 외진 나라의 목가적인 분위기에 열광했으며 그 계보를 잇기 위해 노력을 기울였다.

25년 전에는 우리가 인도로 갔지만 요즘에는 인도 사람들이 진열장에 전시된 유럽을 구입한다. 인도는 우리에게 마이크로프로세서와 발달된 지식을 판다. 인도가 그토록 모방을 잘 하는 것은 대상 모델의 소시민적인 성격을 잘 파악했기 때문이다. 락슈미 미탈(*인도의 철강 재벌. 기업 인수합병을 통해 자회사를 세계 6위의 철강회사로 성장시켰다)은 우리의 덩케르크(*프랑스 북부의 도시)와 위지노르(*프랑스의 철강회사)를 한입에 꿀꺽 삼킨 인도의 록펠러가 아닌가. 나는 모든 것이 쇠퇴한다는 '쇠퇴론'에 코웃음을 치는 사람이지만 이 시대는 확실히 상업과 중공업의 품위가 더 이상은 지속될 수 없음을 확인시켜 준 시대였다. 작업복 윗주머니에 볼펜을 꽂고 출석카드에 구멍을 뚫던 시절이 끝났음을. 앙굴렘의 상인들이 파리를 공략하겠다고 상경하던 시절은 막을 내렸다.

이제 상업과 공업의 중심은 인도로 옮겨갔다. 전체적으로 아시아가 세계의 중심으로 부상하고 있다. 현대의 영웅 락슈미 미탈은 런던 근교, 해수 수영장이 딸린 작은 성에서 살고 있다. 뭐, 그래도 우리에겐 발자크가 남아 있으니, 그것으로 위안을 삼아볼까 한다. 마치 끝도 없이 글을 쓰고 또 써야만 하는 중노동의 형벌을 받은 죄수처럼 글을 썼던 발자크. 그를 능가할 수 있는 사람은 아무도 없으리라. 적어도 인도가 그 분야를 넘볼 것 같지는 않다……

세계가 좁아질 것이라는 예상을 못 한 것은 유럽인들뿐이었던 것 같다. 이제 유럽은 뒤집혀 쓰러진 테이블일 뿐이다. 흩어져 있는 골동품이며 깨진 거울이다. 결국 명성이 시든 구닥다리에 불과하다.

너무나 촌스러웠던 세계

펜 듀익 호를 타고 처음으로 세계 일주에 나섰던 당시, 우리에겐 정말 아무것도 없었다. SSB(＊단측파대 전송)를 비롯한 통신 수단도 열악하기 짝이 없었다. 그저 튼튼하게 지어진 배와 용기백배한 팀원들이 있었을 뿐. 크리터 호로 세계 일주에 나섰을 때에도 마찬가지였다. 100년 전과 마찬가지로 육분의(六分儀)에 의존해 방향을 잡아 나갔다. 옛날과 비교해 바뀐 것이 하나도 없었다.

내가 단독 항해를 하기 시작했을 무렵만 하더라도 GPS가 존재하지 않았다. 그나마 돛은 데이크론이라는 합성 섬유였고 돛대는 알루미늄이었으니 발전이라면 발전을 한 것일 수도 있겠다. 얼마나 촌스러운 세계였는가. 컴퓨터도 없이 풍속계를 달고 다녀야 했으니. 불편한 것은 이루 말할 것도 없었거니와 안전도 보장되지 않았다. 당시에는 경주를 한 번 치를 때마다 거의 매번 사망자가 한 명씩 나왔다. 구조를 요청할 방법이 없었다. 혹독한 시절이었다.

그 시대의 항해사들의 마음 속에는 딱 한 가지 생각밖에 없었다. 반드시 배와 함께 돌아올 것. 이제는 바다의 세계도 많은 변화를 겪어서 배를 잃는 것이 항해사의 잘못이 아니라는 것이 상식화되다시피 했다. 그럼 누구의 잘못이냐고? 그건 아무도 모른다. 아무튼 예전에는 훌륭한 조종사라면 항로를 이탈하지 않고 배를 살려야 하는 것이 당연지사였다.

요즘에는 세 가지 규칙이 지배적이다. 최대한 빨리 갈 것, 코스를 단축할 것, 그리고 우승할 것. 뭔가 씁쓸한 느낌이 드는 변화가 아닐 수 없다. 규칙이 바뀐 이후로, 나에게 경기는 낯선 어떤 것이 되어버렸다.

난파는 부끄러운 것

배가 부서지거나 뒤집히는 것은 이제 부끄러운 일이 아니다. 어떤 한계를 넘었다고나 할까. 일종의 터부가 극복된 것이다. 가끔씩 모험을 즐기는 사람들의 세상이 끝나고 야심가들의 세상이 온 것이 아닐까 생각해본다. 하긴, 이 글을 쓰는 지금도 어디선가 누군가가 아니라고 고함을 칠 것 같다는 생각이 들기도 한다. 위험의 수위가 상당히 낮아지자 사람들의 기질도 달라졌다. 낭만적인 성격이 많이 사라진 것이다. 매력도 덜하고 문학적이지도 않고 편안하게 관조할 줄도 모르게 되었다. 지독하리만치 현실적이 된 우리 인간들은 최초로 닿아야 할 곳인 바다에서 아주 멀어져버렸다. 바다에 대한 지식이 없어도 너무 없다. 모든 사람들을 도매금으로 넘길 수야 없겠지만(무척 기분 나쁜 일이다), 적어도 내가 보아온 바로는 그렇다. 그나마 위로가 되는 것은, 이 분야에 아직도 바다에 나가는 것을 어떤 소생의 기회로 보는, 그리고 대양을 필요로 하는 위대한 사람들이 남아 있다는 사실이다.

매번, 경기에 참여할 때마다 우리는 누군가를 잃을 수도 있다는 생각을 한다. 어찌 보면 지나친 기우일 수도 있지만, 그 생각에서 벗어날 수가 없다. 동료를 잃는다는 것은 우리 가슴에 크나큰 상처로 남기 때문에 도저히 무시할 수가 없다. 이런 비극적인 운명의 굴레를 벗어난 현대의 항해사들은 행운아들이다! 그러나 죽음을 두려워하는 자들은 아예 이 길을 택하지 않았다. 항해는 인간의 기질을 송두리째 바꾸어놓는다! 소를 죽이는 진짜 투우와 소를 죽이지 않는 랑드 지방의 투우에 차이가 있는 것과 같은 논리가 적용되는 것일지도. 기술의 발전으로 그 많았던 인명피해가 줄어들 수 있어서 얼마나 다행인지……

그렇다고 해서 나를 추억 속에서 살고 있는 사람으로 여기지는 말아주시길. 나는 나를 추억으로 데려가 주는, 뭐랄까, '친절한 현재' 안에 사는 사람이니까.

"바다는 가끔 우리를 공격하지만 결코 날려 버리지는 않는다."

60년대 말, 나는 나의 꿈들을 실현하기 위해 내 삶을 세계 방방곡곡에 내다 팔았다. 거기에는 그럴 만한 이유가 있었다. 60년대의 프랑스에는 어리석은 자기만족감이 팽배해 있었다. 성탑에 갇힌 나라, 법관제복을 걸친 뻣뻣한 프랑스라는 말이 딱 어울리는 시절이었다. 도개교를 내리고 성문을 활짝 열어젖힌 당시의 영국과는 정반대되는 모습이었던 것이다. 내가 보기에 68혁명 직전의 이 세계에는 제2차 세계대전의 후유증과 공포가 더 이상 남아 있지 않은 것처럼 보였다. 식곤증 때문에 꾸벅꾸벅 졸면서 야생오리의 동정을 살피는 사냥꾼 같다는 인상을 지울 수가 없었다. 한편에는 학생들의 세계가 있었다. 내가 가까이하지 않았던 세계. 아무짝에도 쓸모없어 보이던 그들의 분노와 열정을 이해할 수 없었던 나로서는 소외감을 느낄 수밖에 없었던 세계. 나는 심카 자동차를 굴리는 납세자들과 금방이라도 폭발할 것처럼 분노에 들끓던 학생들이 주도하던 그 프랑스에서 동떨어져 있었다. 스무 살 때에는 왜 그토록 도망치고 싶은 욕구가 강렬한 걸까? 쓰레기통을 뒤덮은 쇠파리들을 피하고 싶은 욕구를 그토록 누르기 힘들었던 이유는?

나는 손가락에 침을 묻혀가며 세계지도를 넘기고 또 넘겼다. 나에게 서쪽은 그 끝이 존재하지 않았다. 바다 역시 마찬가지였다. 그런 상황에서 에릭 타발리 같은 사람이 로스앤젤레스를 출발해 호놀룰루로 향하는 횡단여행을 제의한다면 과연 무어라 대답해야 했던 말인가? 세면도구를 챙길 겨를도 없이 무조건 덤벼드는 게 정상이 아니겠는가?

앤틸리스 제도, 파나마, 그리고 샌프란시스코. 나로서는 상상을 초

월하는 경험이었다. 캘리포니아의 선창에서 함께 일하던 사내들이
이런 질문을 했던 기억이 난다. "어이, 프랑스는 요즘 어때? 소식 들
은 것 있어?" 때는 1969년, 프랑스 소식? 아예 듣고 싶지가 않았다.
곧이어 우리는 폴리네시아, 이스터 섬, 칠레, 뉴기니 섬을 거쳐 호주
에 도착했다. 배에서 본 푸른색과 사진 스튜디오에서 찍은 삽화 사진
에서 본 푸른색은 달라도 많이 달랐다. 나는 사람이 만들 수 있는 색
의 한계를 경험했고 세상의 모든 푸른색을 맛보았다.

바다를 누비며 목격한 원시적인 아름다움은 놀라움 그 자체였다.
나는 폴리네시아가 '태평양 핵실험 센터'에서 뿌린 돈 때문에 몰락
해가는 과정을 지켜보았다. 그들의 무사태평한 삶이 광적으로 질주
하는 삶으로 변질되는 과정을. 대도시가 그립지 않았느냐고? 푸, 그
런 것은 내 기억 속에서 사라진 지 오래였다. 삭제된 것이다. 3년 동
안이나 소식을 전하지 않았더니 나의 부모님은 내가 열병에 걸려 죽
었거나 미크로네시아 원주민들에게 잡혀 끓는 물에 삶겨 죽었을 거
라고 생각하셨단다. 부모님께 걱정을 끼쳐드린 것이 아직도 후회스
럽다. 너무나도 잔인하고 한심한 짓이었다. 아무튼 그렇게 나는 8년
이라는 세월을 훌륭한 지도자 밑에서 보냈다. 비할 데 없이 탁월한
항해사의 밑에서. 오후 느지막이 투아모투 제도에 도착했던 기억이
난다. 학교종이 울리고 산호초가 미동도 않던 그 순간이.

팀원들은 모두 기절하기 일보 직전이었다. 완벽한 행복의 순간. 그
런 조건에서 늙은 유럽을 무엇 때문에 떠올리겠는가. 우리의 행복을
관 받침대 위에 올려놓고 장례식을 치르라고? 대체 뭘 궁금해해야
한다는 말인가? 프랑이 평가절하되었다는 것? 이탈리아에서 파업이
일어났다는 것? 나는 남십자성 아래에서 허세 마리아 드 에레디아(*
1842~1905, 쿠바 태생 프랑스의 시인, 118편의 소네트를 비롯, 다수의 시를 남겼다)

의 시를 떠올렸다.

> 혹은, 하얀 범선 난간에 몸을 의지한 그들은
> 바다 저 깊은 곳에서부터 낯선 하늘 위로 떠오르는
> 새로운 별들을 바라보았네.

파르나스 산의 주인과 조르쥬 세구이(＊프랑스의 좌파 정치인)를 붙여 놓은 꼴이 아닌가. 처음부터 공평하지가 않은 대결이었다!

배

배는 어린아이와도 같아서 혼자 내버려 두어서는 안 된다. 나는 선원들에게 휴가를 자주 준다. 세상에서 가장 아름다운 선물인 내 배에서 혼자 자기 위해서이다. 매년 크리스마스와 새해의 밤을 나는 배에서 보낸다. 내가 좋아서 그렇게 하는 것이다. 그럴 때마다 연인을 만나는 것처럼 설렌다. 배 위에서 혼자 샌드위치를 먹노라면 야간 경비원이 된 것 같은 느낌이 든다. 미래의 배를 상상하고 생각을 정리하고 계획을 세우며 보내는 그 모든 밤들이 얼마나 아름다운지.

새해가 내게로 오는 것을 고스란히 느끼는 시간을 갖기도 했다. 어느 해 12월 31일 밤, 수수한 외모와 어색한 표정의 한 사내가 불로뉴 쉬르 메르 항구에 머물던 나를 찾아왔다. 아내가 만들어 준 따뜻한 음식이 담긴 쟁반과 케이크 두 조각을 들고. 나도 모르게 눈물이 났다. 우린 몇 마디 말을 나누었다. 서로에게 기대하는 것도 없이 참으로 무뚝뚝하게. 단순하고 착한 사람들. 이 추억을 떠올리면 아직도 가슴이 벅차다. 사내가 돌아간 후, 나는 배를 빠져나와 옷깃을 세우고 부교 위에 올라섰다. 그리고 부둣가를 걸으며 배들이 밧줄에 묶여 있는 고요한 항구를 바라보았다. 아직도 그 배들을 바라보며 돛의 반짝임에 감탄을 한다.

에릭 타발리

얇은 입술. 그 입술 사이로 내뱉는 단호한 말투. 로마인을 닮은 강인한 정신, 영원히 남을 업적을 세운 사람.

에릭은 남녀노소를 막론하고 전 세대의 존경을 받는 위대한 항해사로 범선 역사상 가장 빛날 한 장을 써냈다. 나는 그토록 재능이 풍부한 사람의 곁에서 경험을 쌓으며 내 분야의 완성도를 높일 수 있는 행운을 누렸다. 사람들의 뇌리에서 지워졌을 수도 있지만, 그는 엄청난 창의력을 가진 사람이었다. 에릭은 기교를 부릴 줄 몰랐다. 물론 항해사들의 전통을 존중하는 그였으나 쓸데없는 관습에는 의미를 두지 않았다. 나는 에릭처럼 곧은길을 가는 사람을 다시 보지 못했다. 그는 유식한 체하는 사람과 어리석은 사람을 혐오했으며 자신의 재능과 과감함을 살려 역사에 큰 획을 그으며 자리매김을 했다. 나는 범선의 역사상 유래가 없는 시절에 그의 조수가 되었다. 물론 우리에게도 좋지 않은 시절이 있었다. 우승컵을 손에 넣을 수 없었던 시절이. 그럴 때에도 에릭의 태도에는 변화가 없었다. 경기대회에서 우승을 할 때나 실패를 할 때나 그는 늘 초연했다. 우승을 하면 흐뭇해하면서 팀원들에게 그 공을 돌렸다. 그는 우승을 자신의 공으로 차지할 줄을 몰랐다. 우승을 놓쳤을 때에는 이런 말을 하곤 했다. "괜찮아. 어쨌거나 멋지게 항해를 했지 않나!"

에릭은 단 한 번도 약한 모습을 보이지 않았다. 그를 치켜세우던 언론이 느닷없이 입장을 바꾸었을 때에도 마찬가지였다. 별의별 미사여구를 동원한 엄청난 양의 기사를, 그것도 필립 드 샹파뉴의 작품처럼 우아한 전신사진을 실어가며 써대던 기자들이 갑자기 태도를 바꾸기 시작했다. 그때 스무 살이었던 나는 단단한 돌로 조각한 것처럼 표정 하나 변하지 않고 온화함을 잃지 않는 한 남자를 보며, 자신의 분야에서 최선을 다하고 조국에 기여한 그가 그런 식으로 공격을 당하는 것을 보며 분노에 사로잡혔다. 그때부터였던 것 같다. 내 안에 덧없는 언론에 대한 초연함이 생겨난 것은. 무시하는 것은 절대 아니다. 그 후에도 나는 항해 신문에 대양 횡단에 관한 사진과 기사 및 설명을 제공해왔다. 그러나 그 일로 결코 아물지 않을 상처가 생겨난 것은 사실이다. 내게는 신문기자들에 대한 본능적인 불신이 기본적으로 남아 있다. 그렇게 객관적인 시각으로 냉정을 유지하다 보니 입에 발린 칭찬 앞에 굴복하지 않을 수 있었고 온갖 중상모략을 무시할 수 있었다.

나는 사람들의 왈가왈부에 신경을 쓰지 않는다. 이는 감정마저 세분화하던 에릭에게서 배운 것이다. 나는 그가 참아내야 했던 부당한 처우들을 지켜보며 고통스러워했다. 너무나도 추잡하고 터무니없는 일이었다. 그런데 정작 에릭은 어깨를 한 번 으쓱하고 말 뿐이었다. 초대받은 몇몇을 제외하고 그가 그은 자신만의 경계를 넘을 수 있는 사람은 아무도 없었다. 이런 시련이 있었음에도 불구하고 1964년 이래로 에릭은 하나의 전설로 남게 되었으며 시간과 함께 그가 받았던 공격은 지워진 역사가 되었다.

에릭이 이렇게 중얼거리던 것이 기억난다. "오래 담금질한 쇠가 좋은 칼이 된다……" 나는 눈을 들어 그를 바라보았다. 눈을 반쯤 감은 채 태연한 표정을 하고 있는, 그러나 평범한 사람들이 도달할 수 없는 저 높은 곳에 있는 듯한 그를. 내가 아는 한 에릭은 자신에 관한 모든 글을 대수롭지 않게 여겼다. 그가 항해를 하는 이유는 항해가 주는 즐거움을 만끽하기 위해서였다.

나 역시 40년 전부터 그와 같은 길을 가고 있다. 그가 남기고 간 것들 중에서 내가 온전히 물려받은 것은 그 초연함이다. 그에게서 배운 것은 참으로 많지만 그 중에서도 특히 명확하지 않은 답변을 거부할 것, 바다의 절대적인 힘을 존중할 것, 어느 한쪽으로 치우치지 않도록 현명하게 처신할 것, 그리고 육지에 적당히 거리를 둘 것, 이런 것들이 내게 남아 있다.

에릭은 오만한 가면을 쓴 사람들에게 둘러싸여 있었다. 그리고 자신에 관해 속사포처럼 쏟아지는 말들 때문에 힘들어했다. 하루는 자신을 혹평한 기자에게 속 시원하게 복수를 해주기도 했다. 팀원들의 귀에다 대고 이렇게 속삭였던 것이다. "형편없는 자식…… 배에서는 10분도 못 버틸 놈이야!" 진정한 바다의 주인은 어떠해야 할까? 팀원들을 안전하게 이끌고 모든 책임을 지며 성공의 열매를 독식하지 않아야 하는 것이 아닐까? 에릭은 진정으로 뛰어난 사람이었다. 역사상 처음으로 경주용 다선체 선박(펜 듀익 IV호)을 건조한 사람이었고 쓸데없는 감정의 낭비를 혐오했으며 바다에 충성을 다한 사람이었다. 보통 이성적이라는 사람들은 승산이 없어 보이면 포기를 한다. 에릭은 절대로 그러는 법이 없었다. 나는 8년 간 그의 밑에서 선원으로, 부선장으로 함께 항해를 했었다. 그 세월 동안 무모해 보이는 프로젝트도 있었고 비현실적인 목표도 있었지만 에릭은 운명에 굴하지 않고 도전을 했다. 에릭은 나의 진정한 스승이었다.

1998년 1월 12일에서 13일로 넘어가던 밤, 나는 영국에서 프랑스로 향하는 페리 호를 타고 있었다. 밤은 칠흑같이 어두웠고 날씨가 좋지 않았으며 남서풍이 꽤 거셌다. 배 안에는 기계실에서 올라오는 역겨운 기름 냄새가 진동했다. 곳곳에 설치한 네온등 불빛은 왜 그리 음울하던지…… 나는 몽롱한 상태로 유리창에 기대어 서 있었다. 바다에 내린 검은 밤이 보고 싶었다. 그때 선원 한 명이 다가와 그 배의 선장이 나를 보고자 한다는 뜻을 전했다. 선장실로 올라가자 선장 (온화한 분위기가 풍기는 그의 둥근 얼굴에는 침통한 표정이 역력했다)이 이렇게 이야기하는 것이 아닌가.

"나쁜 소식이 있습니다. 당신에게도 그렇고 우리 모두에게도 너무나 슬픈 일이 일어났답니다. 에릭 타발리 씨가 바다에서 실종되었다는군요."

기운이 쭉 빠졌다! 나는 휴대폰으로 제라르 페피타스와 자클린 타발리에게 연락을 취했지만 연결이 되지 않았다. 선장이 통신 장비를 빌려 주어 겨우 연락이 닿자 그 이야기가 사실임을 확인할 수 있었다. 나는 흠씬 두들겨 맞은 사람처럼 힘없이 선장실을 나왔다. 내게 에릭은 용기나 힘이나 정직함만큼이나 영원한 존재였다. 그런 미덕의 화신이던 그였는데, 이런 식으로 사라지다니, 그건 있을 수 없는 일이었다.

나는 갑판으로 올라갔다. 비가 내렸고 바람이 35에서 40노트 가량으로 불었다. 선장과 선원이 나를 따라와 이렇게 말했다.

"괜찮으시다면 함께 기도를 올릴까 합니다."

어딘가 조금 어색했지만 한편으로는 감동이 몰려왔다. 나는 겨우 '하늘에 계신 우리 아버지' 를 중얼거린 다음 더 이상 말을 잇지 못했다. 선장과 선원이 기도를 마무리했다. 까만 밤, 우리는 바다 위에 있었다. 그리고 에릭이 경험했을 절망이 우리를 엄습하는 것을 느꼈다…… 내 귀에 선장의 기도소리가 들려왔다…… 물 속에 빠진 에릭의 모습이 떠올랐다…… 그리고 이상하게도 어떤 평화로움이 우리 주위로 내려오는 것만 같았다…… 나 혼자만 슬퍼하는 것이 아니라는 느낌. 밤, 새카만 밤, 갑판 위의 우리는 셋이었다. 갑자기 마음이 편안해졌다. 나는 혼자가 아니었다…….

폴리네시아

2005년. 여덟 달 전부터 나는 카타르 도하에서 출발하는 오릭스 퀘스트를 준비해왔었다. 다선체 요트들만이 참가할 수 있는 세계 일주 대회였다. 그런데 2월 중순, 단연 선두를 달리던 우리의 제로니모가 기권을 해야만 하는 상황이 닥쳤다. 쓰나미에 실려 온 파편에 한쪽 날개의 접합재가 파괴된 것이었다. 우리는 손상되지 않은 한쪽 날개와 한쪽 부표로 버티며 고기압대를 지나 호주의 퍼스로 향했다. 거기에 하늘의 도움이 있었으니! 퍼스까지 1800마일. 부서진 부표에 의지해 항구까지 배를 무사히 끌고 올 수 있었던 것이다. 그곳에서 우리는 배를 수리하고 무선장비를 고쳤으나 도플러 측정기까지는 손을 볼 수 없었다. 아무튼 이럭저럭 배를 수리해 호주 남단을 향해 다시 출발했다. 이삼일 만에 300마일을 따라잡았는데 내부에서 우지끈 하는 소리가 들려오는 것이 아닌가. 하는 수 없이 경기를 포기하고 시드니로 돌아왔다. 흰 수건을 던진 것이다.

부두에 내렸더니 아들이 마중을 나와 있었다. 함께 파리로 가야 했다. 나의 아들을 낳아준 여자가 죽어가고 있었다. 내 눈앞에서 내가 이루어온 세상이 무너져 내리는 것이 보였다. 그리고 아들의 세상도. 공중 폭격을 맞은 것만 같았다. 나는 유럽으로 돌아가 카롤린의 관 앞에 섰다. 그렇게 내 아들 아르튀르의 엄마 카롤린의 마지막 길을 지켰다.

장례식을 치른 지 일주일 만에 나는 시드니로 돌아와 배의 수리를 감독했다. 실패를 마무리하기 위해…… 엄청난 피로가 몰려왔다! 부선장 디디에 라고와 이야기를 나누었다. 아무래도 우리는 저주를 받은 것 같다고. 특히 개인적인 이유가 겹쳐 나의 상처는 더욱 깊었다…… 결국 디디에가 수리의 전 과정을 책임지겠다고 했고 다른 팀원들 역시 나에게 충고를 했다. 여기를 잠시 떠나 바람을 쐬라고. 폴리네시아로 가라고. 나는 다시 제로니모를 타게 되어도 지난 5년간 맛본 기쁨을 다시 경험할 수는 없을 것이라는 예감을 하며 비행기에 올랐다……

우선 그 동안 얼마만큼의 변화가 있었는지 보고 싶어 뉴칼레도니아에 들렀다. 난생 처음으로 시간이 남아돌았다. 배가 온전히 수리되려면 두세 달은 족히 걸릴 터였다. 경기는 끝났고 시간은 죽었다. 고통 속에 버려진 기간이었다. 나는 걷고 또 걸었다. 그리고 타히티로 건너갔다.

타히티에는 친구들이 있었지만 아무에게도 연락을 하지 않았다. 사람들 앞에 나설 수 있는 상태가 아니었다. ‘사회적인 관계’에 자신이 없었다. 혼자 있고 싶었고 다들 날 가만히 내버려 두었으면 싶었다. 혼자일 수밖에 없는 상황이었다! 나는 유쾌한 추억이 깃든 한 세상의 무대배경 안으로 막 들어간 참이었다. 하지만 사람들로부터는 아무것도 기대하지 않았다. 폴리네시아에게서도. 그리고 주위를 둘러보았다. 아, 순간 그곳의 아름다움을 발견할 수 있었다. 바다의 아름다움. 평온한 푸른 하늘. 폴리네시아의 아름다움은 놀랍고도 강렬하며 진했다. 다시 깨어나는 기분이 들었다.

나는 움직이기 시작했다. 섬을 돌아다니기 시작했다. 나는 추억을 찾고 있는 것이 아니라 감동을 찾고 있었다. 그리고 감동했다. 나는 스쿠너 선을 타고 정처 없이 떠돌아다니기 시작했다. 매 순간이 나를 감동시켜 주길 바라는 것 외에는 다른 목적이 없었다. 돛에서 나는 냄새를 맡으며 내 곁을 지나가는 폴리네시아 사람들을 바라보며 혹은 갑판 위에서 잠을 자며. 그 생활이 몸에 배었다. 나는 그 아름다움에 넋을 잃었다.

무레아 섬에 사는 폴리네시아 친구 집에 갔다가 길모퉁이에 있는 담뱃가게에서 담배를 샀다. 30년 전부터 알고 지내는 담뱃가게 여자가 내 사진이 실린 책을 보여주었다. 1969년에 에릭 타발리, 무아트시에, 콜라스와 함께 쿡 만에서 찍은 사진이었다. 이제 다 저세상 사람이 된 이들. 시간이 참 많이도 지났다는 생각이 들었다. 이것이 어떤 신호가 아닐까. 살아남은 사람은 나뿐인데. 그때 난 혼잣말을 했다. 죽기 전에 꼭 폴리네시아에서 살아보아야겠다…… 그 생각이 점점 구체화되더니 결심이 섰다. 이제부터 이곳 바다 위에서 시간을 보내리라. 그것도 아주 많은 시간을.

내가 살 곳이 여기라는 생각이 들었다. 이 세계를 위해 살아야 한다는 생각, 이곳이 그저 좋은 곳일 뿐만 아니라 내게 정말로 소중한 곳이 되리라는 생각이 들었다. 폴리네시아는 눈부신 곳이다. 그리고 어떤 것을 아름답게 만드는 것은 우리들이 그것을 대하는 태도가 아닐까.

주름 하나 지지 않은 젊은 날의 사랑

폴리네시아가 내게 남긴 흔적은 영원히 지워지지 않을 것 같다. 한 가지 확실한 것은 이곳 사람들이 지켜오고 있는 거의 성서적이라 할 수 있는 태도를 무시하려고 한다면 아무것도 이해하지 못하리라는 것이다. 태평양 한가운데에서 비종교적인 이성을 내세우는 것은 너무나도 독단적인 처사이다. 폴리네시아에는 순수한 믿음, 한치의 의심도 없이 믿고 따르는 그들만의 믿음이 있다. 그리고 나는 그들의 그 믿음이 좋다.

폴리네시아 사람들의 의식에 깊이 파고들기 위해서는 시간이 필요하며 비이성적인 설명을 수용하고 약간의 신비주의를 따를 마음의 준비가 되어 있어야 한다. 폴리네시아 사람들에게는 이성보다 믿음이 앞선다. 믿음에 대한 그들의 순종은 포기가 아니다. 의심할 것도 모호할 것도 두려워할 것도 없다. 그들의 순종은 의심하는 자들의 마음을 돌려놓는 하나의 논리이다.

폴리네시아 여행이 내게 남긴 이미지에는 매순간의 순수한 감동이 담겨 있다. 적어도 그 이미지를 떠올리면 마음이 편해진다. 아마 그것은 내 안의 모든 추억을 되살리는 산호초의 관능적인 힘이 아닐까 생각한다. 예를 들어 투아모투 섬의 사진을 볼 때면 내 마음 속에 어떤 독백이 흐른다. 그러나 그 의미를 알 수는 없다. 통역이 필요하다. 나로서는 내 능력에 믿음이 가지 않고, 또한 나의 해석이 너무나 중구난방이어서 결국에는 40년 전의 여행길을 다시 떠나게 된다.

폴리네시아에서 나는 내 자신과, 나의 꿈과 화해를 하는 여행자가 된다. 고향으로 돌아가는 것이다. 가끔 사람들이 나에게 폴리네시아는 어떤 존재냐고 묻는다. 그럼 나는 이렇게 대답한다. 주름 하나 지지 않은, 하나도 늙지 않은 젊은 날의 사랑이라고.

여러 얼굴을 가진 폴리네시아

폴리네시아는 참으로 다양하다. 우선 하와이를 살펴보자. 하와이는 태평양 한가운데로 뚝 떨어져 나온 미국 대륙의 한 조각으로 샌프란시스코에서 출발하여 4,000킬로미터를 항해한 끝에 처음으로 만나게 되는 폴리네시아의 첫 계단이다. 하와이 해변으로부터 6마일 지점에 가까이 다가가면? 호놀룰루에 높이 솟은 유리 건물들이 눈에 들어온다. 30년 전만 해도 진주만 때문에 태평양 함대의 분위기가 지배적이던 곳이었건만. 30년 만의 도약이 얼마나 놀라운지! 거대한 호텔, 라스베이거스의 '스트립'을 그대로 흉내낸 거리들, 재클린 케네디를 꼭 닮은 여성들의 높은 굽이 쿡쿡 박히는 두꺼운 양탄자가 깔린 로비, 산처럼 쌓인 과일, 분수처럼 넘치는 소다수, 그리고 일리노이 주에서 온 꽃무늬 셔츠를 입은 은퇴자들. 하지만 이런 이미지는 그림엽서용일 뿐임을 명심하시길.

1970년대의 하와이에서는 댄스홀에서 공연을 하는 가수들이 낮시간에 길거리 공연을 펼치는 광경을 흔히 볼 수 있었다. 그들의 음악은 요즘 취향으로 리메이크되어 타란티노의 영화 〈펄프 픽션〉 속에

삽입된 서프 뮤직 같은 것들과는 거리가 먼 것으로 지역의 명연주가들이 기가 막히게 편곡한 폴리네시아 전통 음악이 가미된 맛깔스러운 대중음악에 속한다고 할 수 있다. 아메리카 쪽의 폴리네시아는 이렇게 행복이 넘치고 민속적이지만 근본적으로 대중적인 취향을 가진 우리에게 많이 낯설지 않다. 말하자면 마지노선이 세워지기 이전 시절, 뱃놀이를 즐기며 튀김요리에 열광하던 우리 프랑스인들의 취향과 비슷하다.

비유를 더 해 보자면, 프랑스의 마른느 지방에 조정 경기를 위한 오두막집이 있었다면, 같은 시기 태평양에는 토박이 서퍼들이 있었고 이미 서핑용품 판매점이 성업 중이었다. 그러나 그 시절의 서퍼들은 치약 광고에 나올 법한 요즘 서퍼들과는 전혀 다른 모습을 하고 있었다. 그들의 서핑보드는 다림질판처럼 넓적한 것이 길이는 2미터에 육박하는 무지막지한 것이었다. 동네 서핑 챔피언들의 나이는 평균 35세. 주로 수영 챔피언 출신으로 전쟁 전에 서핑을 시작하여 60년대에는 프랑스의 비아리츠를 비롯한 바스크 해안에 서핑을 전파한 이들이었다.

요즘에는 나이 마흔이 되면 서핑계에서 은퇴를 한다고 한다. 거리마다 단층집과 이층집이 줄지어 서 있던 시절의 하와이와는 달라도 참 많이 달라진 상황이다. 그 시절에는 집집마다 연두색으로 칠해진 나지막한 울타리가 있었고 집 앞에는 하얀 휠이 박히고 도금이 반짝거리는 뷰익이 서 있었건만. 조지아풍의 분위기가 물씬 풍기는 건물 또한 매력적이었다. 하와이를 떠나 파페에테로 가면 다시 한 번 충격을 받는다. 고층빌딩은 자취를 감추고 열대지방 특유의, 그러면서도 소박한 시골 분위기가 기다리고 있기 때문이다.

1970년대에는 프랑스령 폴리네시아에 9만 인구가 살고 있었으나

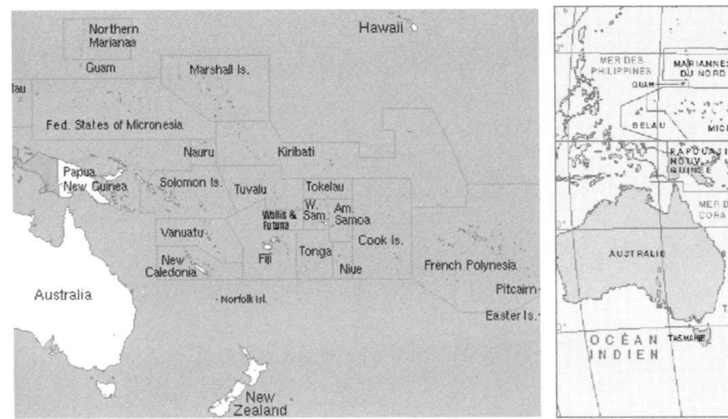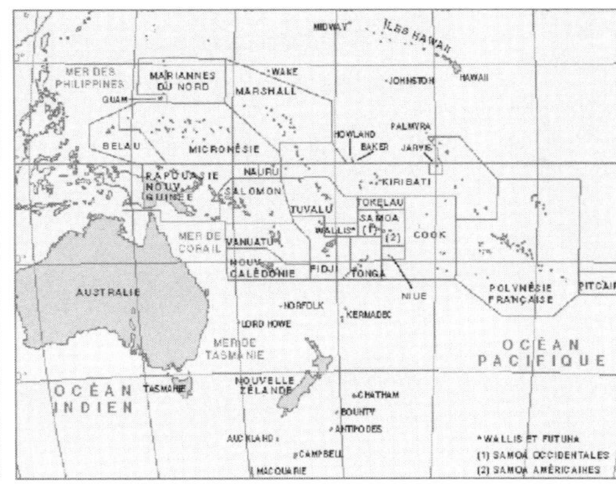

폴리네시아의 섬들.

지금은 그 숫자가 27만으로 불어났다. 그러나 일단 배를 정박시키고 사흘 밤을 보내고 나면 팀원들은 주변 사람들을 거의 다 알게 된다. 나흘째 되는 날 아침까지는 한 사람을 적어도 두 번씩은 만나볼 수 있다. 파페에테는 아직 자동차에게 점령을 당하지 않은 큰 마을이다. 하와이의 빌딩을 떠나온 사람들에게 이곳의 풍경은 소박한 꽃가게의 카탈로그처럼 느껴진다. 이유는 간단하다. 미국풍의 친절하고 화려하며 산들이 많은, 그리고 신의 손으로 매만진 것 같은 하와이와는 분위기가 사뭇 다르기 때문이다.

나는 프랑스령의 섬에서 많은 여행객들을 만났다. 그들은 폴리네시아로 여행을 올 때마다 서양인의 면모를 한 겹씩 벗는다. 유럽인들은 마치 양파와도 같아서 한 겹을 벗겨내면 또 한 겹이 나온다. 그러나 현지인들과 동화되려면 그 겹을 계속 벗겨내야 한다. 여행의 목적을 달성하고 싶다면, 즉, 현지인들 속에 자연스럽게 녹아들고 싶다면, 또 그 땅의 혼을 숨쉬고 싶다면 양파 이론에 근거하여 껍질을 벗어야 한다. 그러나 뭐니뭐니해도 현지를 가장 잘 이해할 수 있는 방법은 언어를 배우는 것임을 잊지 말아야 한다. 현지어로 표현할 수 없다면 아무리 애를 써도 그것은 가식이며 위장이며 모방이며 맹종일 수밖에 없다. 투아모투에 잠수 훈련을 왔던 프랑스 청년들이 생각난다. 그들은 산호초들의 추억을 가득 안고 고향으로 돌아갔다. 뿐만 아니라 타히티 원주민들의 문신도. 장 폴은 히로라는 이름으로, 뤽은 바히투아라는 새 이름으로 거듭났다. 팔뚝에 새긴 문신이 비자 역할을 한다는 생각을 해 본 적이 있는지. 폴리네시아 사람들이 나를 그들의 일원으로 받아주기까지는 거의 40년이라는 세월이 필요했다. 그 마음이 참 고맙지만 그 어디에도 속하고 싶지 않은 나에게 그것은 여권 위에 찍은 도장일 뿐이다.

타히티, 40년 전(1967~1969)

대도시에서는 신화가 전통을 야금야금 먹어버렸다. 타히티에는 아직도 끝이 뾰족한 모자를 쓰고 시장에서 돌아오는 중국 여인들이 있다. 어렸을 적, 일요일에 교회에서 나오는 여인들과 마주친 옛 기억을 떠올리게 하는 장면이다. 그 여인들도 머리쓰개를 하고 있었다. 이런 특수성이 하나씩 하나씩 사라지고 있다는 것이 아쉽다. 고향 마을의 성당 입구에서 볼 수 있었던 사람들에게서는 기품과 위엄이 묻어났었건만! 다만, 열도 사람들은 좀 다르다. 사원이 되었건 교회가 되었건, 믿음을 바치고 나오는 그들의 모습에서는 뻣뻣함을 찾아볼 수 없다. 단순하고 행복하고 자신감에 차 있을 뿐.

물론, 프랑스로부터 비행기로 스물두 시간을 여행해야 닿을 수 있
는 폴리네시아 역시 전통 의상을 하나하나 벗어던지게 하는 '획일
화'의 압박을 견디지 못하고 있다. 오해가 생길까봐 미리 짚어두지
만, 내가 말하고자 하는 것은 뾰족 모자니 퐁라베의 원통꼴 모자니
볼테르 시대의 가발이니 발자크 시대의 여성용 두건을 고집해야 한
다는 것이 아니다. 단지 지금으로부터 40년 전 폴리네시아에서는, 갑
자기 술판이라도 벌어지게 되면 젊은이들이 기타를 집어 들고 의자
위로 올라가 그들이 태어나기도 전에 부모들이 즐겨 불렀던 노래를
부르기 시작했었다는 것을 이야기하고 싶을 뿐이다.

요즘 폴리네시아에 가면 태평양의 파도 위에 새겨진 일종의 도전
같은 폴리네시아식 랩 음악을 접할 수 있다. 파리 교외지역의 억양으
로 또박또박 끊어 읊는 랩이다. 이로써 폴리네시아의 젊은이들은 자
신들의 섬이 외부 세계를 모르는 순진무구한 청정지역이 아니라는
것을 소리 높여 외치고 있는 셈이다.

나는 폴리네시아의 문화가 파리의 께 브랑리 박물관 안에 잠들어
있어서는 안 된다고 생각한다. 하지만 낙원으로 통하는 '열린 틈' 안
으로 들어가고자 하는 나 같은 사람들을 위해 한 마디 덧붙이자면,
나의 에덴동산은 전세계의 '지구촌'화라는 강렬한 조명에 노출되었
으니, 그저 아쉬울 따름이다. 이는 앞서 말한 추억에 관한 문제다.

나로서는 추억들과 여행에서 받은 인상들을 완전히 도금하여 가죽
부대에 보관해 놓은지라 어딘가에 조금이라도 녹이 슬면 견디기가
힘들다.

야채장수가 손수레 안을 들여다보듯 허리 굽혀 나의 기억이 담겨
있는 수레 안을 들여다보면, 당연한 일이지만 썩은 것들이 없지 않
다. 특히 밑바닥에 있던 것일수록 그렇다. 그러니 폴리네시아의 젊

은 여인들이 충격으로 다가올 수밖에. 이들은 머리모양을 '스타' 여배우 양성소의 기준에 따라 가꾼다. 가끔 지나는 길에 파페에테의 미용실 유리창 안을 들여다보면 긴 머리채가 가위에 잘려나가는 모습을 목격할 수 있는데, 마치 이집트 카르나크에 줄지어 서 있는 거석 유적을 밀어버리는 것만 같다. 지금은 고갱 시대가 아니라고 반박할 이가 있을지도 모르겠다. 케케묵은 활동사진 시대인 줄 아느냐고. 그러나 나는 엉덩이까지 치렁치렁 내려오는 그 관능적인 머리채의 물결을 싹둑 잘라버리는 것이 무엇에 도움이 되는지 묻고 싶다. 이것은 뭐랄까, 머리카락에 대한 물신숭배적인 집착이 아니라 그저 울창한 숲의 나무를 베어버리는 것에 관한 아쉬움이라고 하겠다.

잘 모르는 사람들이, 그러니까 이쪽에는 발도 들여놓은 적 없는 사람들이 폴리네시아 쪽을 항해하는 데에는 특별한 능력이 필요하지 않다고 말하는 소리를 자주 들었다. 천만의 말씀! 배들이 되도록 투아모투 쪽을 피하려 한다는 사실을 혹시 알고 있는가. 너무 위험하기 때문이다! 앤틸리스 제도의 바다에서는 북동, 남동 무역풍을 만날 수 있는 반면 폴리네시아의 바다는 험하고 겹겹이 얽혀 있다. 해류가 20노트에 달하는 해로들을 지나야 하는데 그곳을 통과하려면 배를 부술 각오를 해야 한다.

하늘에서 내려다보면 해발 2마일 상공에서도 이 해류가 눈에 보인다. 해류는 물이 스르르 빠져나가는 산호초와 다르다. 한바탕 난리를 일으키는 큰 힘이다. 난바다에서 유입된 엄청난 양의 물이 거대한 카뷰레터 안에서 부글거리는 휘발유처럼 요동을 친다고나 할까. 밀려드는 속도가 얼마나 빠른지 바다 위에 떠 있는 배의 갑판이 요란하게 진동을 하고 스크루의 날개가 헐떡거릴 정도이다. 사이펀(*대기압력을 이용하여 높은 곳의 액체를 낮은 곳으로 옮기는 'U' 자 모양의 굽은 관)과도 같은 이 해로는 살아 있는 세계이다. 상어, 만새기, 황새치, 참치 등 크기도 다양한 물고기들이 득시글거린다. 이 격노한 바다에서 고기를 잡는 어부들에게는 나름대로의 규칙이 있다. 상어는 참치를 물고 어부는 그 참치를 작살로 잡고. 그런 식이 계속되는 것이다. 물에서 방금 잡아 올린 60킬로그램에 육박하는 그 참치들을 꼭 한번 보아야 한다. 어부가 양 팔로 겨우 붙잡고 있는 그 참치를 물어뜯은 상어가 물 속에서 몸을 떨며 배 주위를 맴돈다. 마치 성난 발레리노가 격한 춤을 추는 것 같다.

갈가리 찢긴 미끼로 핏빛이 된 바다 속으로 잠수했다가 3분쯤 후 작살 끝에 참치를 꽂아 가지고 나온 그 어부를 잊을 수가 없다. 비결을 물었더니 "움직이지 말 것. 가만히 있을 것."이란다. 건장한 체구의 그 사내는 대답을 마친 후 다시 물 속으로 들어갔다. 예의도 바른 사람이어서 아침마다 '태양의 연금술사'에 묵고 있는 나를 찾아와 문을 두드리며 점심으로 뭘 먹겠느냐고 묻곤 했다. 늘 그랬던 것처럼 생선회에 밥을 먹겠느냐고.

몇 년이 지난 후에 그를 다시 보게 되었다. 차분한 분위기와 미소가 여전했다. 그는 내가 만나본 중에 제일가는 예술가적 어부였다. 그의 집에 가 보면 언제나 변치 않는 그의 좌우명이 적혀 있는 것을 볼 수 있다. "움직이지 말 것. 가만히 있을 것."

이때부터 내 안에 이곳 사람들과 태평양에 대한 존경심이 싹트기 시작했다. 내가 폴리네시아에 매료된 것은 이 세계가 가진 위대한 문화, 프랑스의 어느 섬과 비교해도 뒤지지 않는 그 풍부한 문화 때문이다. 폴리네시아 어부와 브르타뉴의 어부는 바다에 관한 한 그 누구도 따라올 수 없는 해박한 지식을 가지고 있다. 생 섬, 몰렌느 섬, 우에상 섬의 노인들 역시 그렇다. 그러나 이들이 가진 지식은 언젠가 잊혀 사라지고 말 것이다. 아프리카 사람들의 지식처럼 입에서 입으로 전해 내려오는 것이기 때문이다. 어떤 물고기를 언제, 어디에서, 정확히 어느 날 어느 시각에 잡아야 하는지, 이들은 2백 년 전부터 전해 내려오는 음력 절기를 알고 있다. 대대로 이어질 풍습이다. 그러나 언제까지 그럴 수 있을까?

브르타뉴의 몰렌느 섬에서나 타히티의 무레아 섬에서나, 일요일이 되면 낚시를 하던 섬사람들은 성당에 가거나 폴리네시아식 종교의식에 참석한다. 자주색 옷을 입은 신부가 라틴어로 이끄는 전례냐, 조금은 무미건조한 개신교식 예배냐 하는 것이 다를 뿐이다. 그러나 이 두 종파도 바다 위에서는 하나가 될 수밖에 없는 것이, 바다에서의 일이라는 것이 워낙 금욕적이고 가끔은 목숨을 걸어야 하는 데다가 바다의 권위에 굴복하지 않고는 못 배겨내는 것이기 때문이다. 바다는 그 자체가 하나의 규범이요, 도덕이며 교리이다. 바다는 의무를 다하지 못하는 자를 용서치 않는다. 이 말에 웃는 사람도 있을 줄로 안다. 그러나 이 점을 명심해야 무사히 돌아올 수 있음을 가슴에 새기길 바란다. 보쉬에(*Jacques Bénigne Bossuet, 1627~1704, 프랑스의 주교, 신학자)도 말하지 않았던가. 복음의 말씀과 신비를 묵상하고 그 말씀을 높이라고. 내가 아주 좋아하는 해석이다.

쓸데없이 동요하지 않는 폴리네시아 사람들의 세계는 나와 닮은 점이 무척 많다. 앞서 그네들의 머리카락을 소중히 하는 마음을 밝힌 바 있지만 다시 한 번 폴리네시아 여인들의 이야기를 해 볼까 한다. 폴리네시아 여인들은 낚시를 퍽이나 좋아한다. 15년쯤 전에 경험한 일이다. 한 여인이 무레아 섬의 나무 부교 위를 걸어오더니 미소를 지어보이고는 내 옆에 앉아 낚싯대를 물에 드리웠다. 얼마나 집중을 했는지 한참 후에 내가 일어났는데도 눈길 한 번 주지 않았다. 다음 날 다시 낚시를 하기 위해 그 자리를 찾은 나는 어젯밤에 본 그 여인의 뒷모습을 보았다. 꼼짝 없이 밤을 지새운 것이었다. 폴리네시아 전체 사회를 점령한 낚시에 대한 열정을 잘 보여주는 예가 아닌가.

그리고 지금으로부터 2년 전, 같은 부교에 갔을 때 낚시를 하고 있는 나이 지긋한 중국 여인을 만났다. 나는 그 여인에게 이름과 주소를 물어보았다. 아무래도 그녀의 딸이 내가 아는 사람 같았다. 몇 마디 이야기를 나누고 금방 헤어졌는데, 그날 시장에서 우연히 그 딸을 만났다. 어머니가 낚시를 많이 하셨느냐고 묻자 그녀는 짐짓 놀란 투로 이틀 후에 어머니가 돌아오셔야 알 수 있겠다고 대답했다.

이틀 후라니, 어떻게 그럴 수가? 그녀의 설명을 들어보니 폴리네시아 여인들이 낚시를 하기 시작하면 보통 이틀은 잡아야 한다는 것이었다. 들을 때에는 잠자코 있었지만 아무래도 미심쩍어 다음날 새벽에 부교에 나가 보았다. 혹시 그녀가 날 놀린 게 아닐까 싶어서. 그런데 웬걸, 그 여인은 밤새 꼼짝도 않고 자리를 지키고 있었다. 나는 미소를 지으며 그 자리를 떴다. 솔직히 감탄이 나왔다.

폴리네시아에서는 신부의 혼수품 중에 낚싯대가 필수라고 한다. 중국 여인의 딸이 깔깔 웃으며 했던 말이 교훈이라면 교훈이랄까. “부부 사이에 아무 문제가 없길 바란다면 아내가 낚시하러 간다는 것을 말리지 말아야 해요.” 무슨 의미일까? 행복이라는 것은 먼 곳에서 온 누군가의 희망 안에, 나무 부교 끝에 앉아 물고기를 기다리는 그 마음 안에 담겨 있다는 뜻일까.

폴리네시아는 겉치레가 없는 나라이다. 사람들의 의식 속에 “괜찮아." "아무렴 어때."가 자리잡고 있는 나라이다.

어쩌면 세상의 변화에 대한 이런 담담함이 나의 마음을 뒤흔들어 놓았는지도 모른다.

폴리네시아 사람들 전체의 결정이라 할 수 있는 이 사려 깊은 "아무렴 어때."가 나오게 된 배경은 그들이 지구촌의 위기에서 멀리 떨어져 있는 탓이라 할 수 있다. 프랑스의 상황을 예로 들어보자. 불로뉴 쉬르 메르에서 해동이 잘못된 참치가 스트라스부르 지역주민들의 식중독을 유발했다면 그 사건은 브르타뉴 지역 뉴스의 첫머리를 장식하지 않는가.

불로뉴는 스트라스부르를 쓰러뜨리고 스트라스부르는 렌느를 쓰러뜨리고 렌느는 또…… 도미노의 논리를 피할 수 없는 집단에 속한 나를 매료시킨 것은 그들의 이런 점, 즉 사건사고를 지나치게 노출시키지 않는 성향이라 하겠다. 아니, 이미 나는 폴리네시아식 관계에 익숙해져 버렸다. 나는 반쯤 감긴 눈으로 별 의미도 없는 우리의 싸움과 호기심을 바라보는 그들의 방식이 좋다. 그들이라고 해서 호기심이 덜한 것은 아니다. 단지 타인의 감정에 대해 보다 열린 마음을 가지고 있는 것뿐이다. 진정으로 우월한 지성은 이렇듯 지지고 볶는 세상을 담담하게 바라볼 수 있는 능력이라는 것이 나의 생각이다.

폴리네시아 사람들에게는 놀라운 표현력이 있다. 웃음만 해도 그렇다. 그들의 웃음은 변함없는 인간미의 표현이다. 나는 파페에테의 어느 거리에서 만난 두 남자에 대한 추억을 간직하고 있다. 그들은 한 타이어 가게의 벽에 기대어 서서 허리가 끊어질 듯이 웃어대고 있었다. 우리 모두는 이런 광경과 비슷한 추억을 가지고 있으리라 생각한다. 누구든 다카르나 아비장에서 큰 소리로 웃고 있는 사람들을 본 경험이 있으리라. 유치한 사람들은 그런 웃음을 웃을 수 없다. 웃음

이야말로 지성을 드러내는 위대한 실천이므로. 프랑스 사람들은 크게 웃는 것을 부끄럽게 여기고 웃음보를 자극하는 것을 상스럽게 여긴다. 쑥덕공론을 일삼고 남을 비웃으면서도 정작 진짜로 웃을 줄을 모른다. 베르히만 감독의 영화가 우리 유럽인들에게 그토록 인기 있는 것이 이 때문일까?

유럽인들의 영혼은 웃음의 중요성을 받아들이기에는 너무 폐쇄적인 것 같다. 물론 나는 폴리네시아에서의 환상적인 추억을 간직하고 있기는 하지만 그곳을 미화할 생각은 없다. 그곳 사람들에게 아첨을 할 이유도 없고, 그런다고 나에게 이득이 되는 것도 없다. 메리메(* Prosper Mérimée, 1803~1870, 19세기 프랑스의 소설가. 이국정서에 심취하여 낭만주의적 성향을 보이면서도 문학적으로는 사실주의를 지향했다. 『콜롱바』, 『카르멘』 등의 작품을 남겼다)가 코르시카를 시적으로 그려낸 바 있지만 나의 의도는 다르다. 그러나 20여 년 전부터 서비스 문화가 퍼지기 시작하면서 열렬하게 손님을 맞던 그들의 전통이 자취를 감추고 있다는 느낌을 지울 수가 없다. 옛날에는 타히티에 내린 여행자들은 거의 완벽에 가까운 환대를 받았다. 요즘 파페에테에서는 아침이고 밤이고 자동차가 꼬리에 꼬리를 물고 달리고 세대 간의 불화가 일어나고 있으며 어떤 위기감마저 조성되고 있다…… 크뢰조나 알레즈 등 프랑스의 여느 도시와 다르지 않은 상황이다.

에릭 타발리와 함께 타히티에 도착했던 때를 회상해본다. 바다에서 힘들었던 몇 주를 보낸 후에 맛보는 주민들의 친절이 감동적이었다. 폴리네시아 사람들이 고집하는 꽃목걸이와 진한 포옹에 관해서는 자세히 이야기하지 않겠다. 이런 환영에 배에서 내린 우리의 여독이 스르르 풀렸다. 바다의 공격에 아무런 상처도 입지 않은 듯한, 새로 태어난 듯한 느낌이 들었다. 우리가 폴리네시아를 좋아하는 이유가 무엇이냐고 묻는다면, 이곳이야말로 바로 우리가 꿈꾸던 행복이 펼쳐질 것만 같은 곳이기 때문이라고 하겠다. 가방을 땅에 내려놓자마자 마중 나와 있는 행복을 만날 수 있는 곳.

에릭이 워낙 유명했기에 우리까지 덩달아 쉽게 친구를 사귀고 면식을 넓혔다. 다들 자신이 가진 최고의 것을 베풀어 주는 친절한 세계였다. 우리라고 신세만 지고 있을 수는 없어서, 가진 것 중에 가장 좋은 것을 보답으로 내놓았다. 바로 우리의 마음을.

그 시절은 아직 식자기로 신문을 찍어내던 때였다. 우리의 이야기는 1면의 4단 기사를 장식했다. 일곱 번 도착하면 《타히티 뉴스》지에도 일곱 번 기사가 나갔다. 내가 기자들로부터 받았던 첫 번째 질문은 '얼마나 머무를 예정'이냐는 것이었다.

요즈음엔 상황이 많이 바뀌었다. 섬사람들이 잠시 스쳐가는 사람들과 맺었던 우정과 사랑이 곧 배반당하는 것에 질려버린 나머지 마음을 굳게 닫아걸었기 때문이다. 더 이상의 상처를 견딜 수 없어서. 이제 그들은 배에서 내린 사람들에게 호기심을 보이지 않는다. 여행객들을 만나도 파리에서는 뭐가 유행이냐는 질문은커녕 이름조차 묻지 않는다. 여행자들과의 사이에 우정이 맺어지고 사랑이 싹텄던 시절이 있었건만. 그러나 새 친구, 새 연인과의 편지가 일주일에 한 통에서 한 달에 한 번으로 줄어들었다가 일 년에 한 번이 될까 말까 하더니 연락이 끊기는 일이 잦아지면서 섬사람들은 마음을 허락하지 않게 되었다. 그들은 그 사랑놀음에 마음을 다 주었지만 상대는 어느 날 갑자기 그 마음과 주고받은 말을 가지고 영영 떠나버렸으니 그도 그럴밖에.

그러나 너무나도 조심스러운 폴리네시아 사람들은 이런 배신에 대해 일언반구도 하지 않는다. 대신 자기들의 세상을 보호하기 위해 결국 마음의 벽을 쌓기 시작한 것이다.

다행스럽게도 나는 좋은 시절을 경험했다. "우리 섬에 온 손님이니, 우리 집에 와서 밥이나 같이 먹읍시다."라고 앞다투어 초대하던 시절. 그런데 언젠가부터 그 손님이 너무 많아져버렸다. 외부인들이 몰고 들어온 육지의 새바람은 바깥으로 열린 창이 되었고 위성이 이 오래된 세상을 짓뭉개버렸다. 투아모투 제도의 거리는 저녁 여섯시가 넘으면 텅 비어 버린다. 사람들이 어디에 있는지 궁금한가? 텔레비전 앞에 앉아 있다!

삼십 년 전만 해도 투아모투에서는 야외극장에서 영화를 상영했다. 내게도 섬사람들 틈에서 영화를 보았던 추억이 남아 있다. 야자나무 두 그루 사이에 침대보를 걸어놓고 수사극을 보여주었더랬다. 10분마다 관중석에서 고함이 터져 나왔다. "조심해!" 싸움에 휘말린 주인공의 등 뒤에서 누군가가 공격을 가하려고 하면, 참다못한 관객들이 배우에게 소리를 지르는 것이었다.

영화의 인기가 예상 외로 좋으면, 이야기가 오고가 영사 기사가 밤중까지 남아 한 회를 더 상영하는 경우도 있었다. 관객석에는 전날 밤 보였던 얼굴들이 또 보이기도 했다. 한번은 주인공이 함정에 빠지는 장면을 열심히 보고 있는데, 앞좌석에 앉아 있던 아는 사람이 나를 돌아다보며 이렇게 말하는 것이 아닌가. "이봐, 올리비에, 저 친구는 바보천치야. 나쁜 놈이 어제랑 똑같이 문 뒤에 있는데 또 속아넘어가다니!" 순진한 눈으로 영화를 보던 시절이었다. 이 에피소드 하나가 70년대 폴리네시아 사람들의 마음을 대변해 주는 것이 아닐까.

이렇게 순진무구한 폴리네시아 사람들이지만 바다에 관한 한 정말로 위대한 유산을 가지고 있다. 그런데도 프랑스 항해사들은 가끔씩 어이없게 암초에 걸리는 폴리네시아 사람들을 놀려댄다.

그러나 모르시는 말씀. 폴리네시아의 암초밭은 카르카손의 성벽과도 같아서 겨우 화장실 문만 한 좁은 통로로 빠져나갈 수밖에 없도록 되어 있다. 브르타뉴에서는 암초 사이로 밀려들어갈 경우 닻을 내리면 된다. 하지만, 폴리네시아에서는 어림도 없는 일이다. 깊이가 무려 1천 미터이니, 바닥에 닿을 수 있는 닻이 있을 리 만무하다. 이곳은 항해하기가 무척 어려운 지역이다. 오죽하면 쿡 선장이 '위험한 제도' 라는 별명을 붙였을까.

태평양에서 살아남으려면 타고난 재능이 필요하다. 이쪽 사람들은 바다와 싸우는 것이 몸에 익었고 믿기지 않을 만큼 눈치가 빠르다. 게다가 각 섬 사이의 거리는 실로 어마어마하다. 예를 들어, 갬비어에서 파페에테까지의 거리가 1,000마일이다. 나는 토목공사 장비를 잔뜩 싣고 파도를 넘는 포경선을 타고 암초를 건넜다. 폴리네시아의 이런 면은 관광용 카탈로그에서는 볼 수 없다. 매번 폴리네시아는 내게 몸으로 감당해야 하는 인내와 정신의 독립을 가르쳐주었다. 나에게 있어서 섬이란 잠시 들러 필요한 물자를 챙겨가는 곳일 뿐이다. 섬들은 나로 하여금 이 세계로 연결되는 끈을 놓치지 않도록 해주는 곳이다. 나는 섬에 들러 타는 목을 축이고 이미지를 담아간다. 그 이미지들이 연결된 파노라마는 군데군데 균열이 가 있다.

폴리네시아에서 만난 사람들

우리는 마치 카지노의 문을 밀고 나오듯 유럽을 떠나 감미로움이 넘치는 폴리네시아로 향했다. 주머니 한가득 꿈을 담고서. 섬에 도착하면 역시나 따뜻한 환대가 기다리고 있었다. 당시에는 태평양을 건너오는 배가 거의 없어서 폴리네시아 사람들에게 에릭과 그의 팀원들을 맞이하는 것은 언제나 즐거운 일이었다. 그 외에도 전쟁의 상처를 치료하기 위해 폴리네시아에서의 삶을 선택한 전 레지스탕스 대원들 역시 우리를 대대적으로 환영해 주었다. 당시에 50줄에 들었던 그 양반들은 우리들의 모습에서 자신들의 젊은 날을 찾고 있었던 것이리라.

그들은 세계를 보는 우리의 얼굴과 시선을 통해 세상을 보았다. 우리가 건넨 거울을 통해 자신들의 모습을 비추어보았던 것이다. 그들에게 우리는 자신들의 확장이었으며 젊은 날의 연장이었을 터이다.

다시 생각해보면 그들은 어떤 책에서 빠져나온 인물들 같은 사람들이었다. 책에서 해방되어 독립된 삶을 꾸려나가는 인물들, 작가가 종이 위에 마련한 안전한 품을 벗어나 나름대로 발전해 나가는 인물들. 전쟁 동안 치켜세워져 있던 날카로운 맹수의 발톱 아래에서 몇 년을 보낸 그들은 나이를 먹고서 인생이라는 거대한 미끄럼틀을 힘차게 미끄러져 내려온 사람들이었다.

조국의 깃발 아래에서 큰 용기를 보여주었고 모험에 대한 미련을 버리지 못했던 그들에게는 뉴칼레도니아에서 보았던 에릭 타발리와 알랭 콜라스의 모습이 겹쳐져 있었다.

그렇게 그들은 대양 횡단 경기를 마치고 도착한 젊은이들을 반갑게 맞아주었다. 난바다의 강인한 정신으로 무장했으나 솔직히 말해, 육지에 대해서는 그다지 애착을 보이지 않는 젊은이들을. 냉소적이고 회의적이며 예민한 데다가 그 어느 것에도 의지하지 않는 독립된 정신을 가진 우리는 그들 젊은 날의 이상이었다. 무엇보다 그들의 마음에 들었던 것은, 비할 데 없는 재능을 가진 에릭에게 충성을 다하면서도 절대로 길들여지지 않는 우리의 특성이었던 것 같다.

충만한 삶을 살고 있었으면서도 그래도 뭔가가 아쉬웠던지 그들은 비가 추적추적 내리는 어느 날 브르타뉴 반도를 출발해 태평양을 건너와 안부를 묻는 먼 친척뻘 되는 젊은이들과의 만남에 마냥 행복해하며 마음을 열었고 집의 대문도 활짝 열어주었다. 그들은 우리를 앞세워 추억을 사냥했다. 전투에 참가했던 그들은 결국, 똑같다고는 할 수 없으나, 전투에 참가하기로 결심한, 즉 바다와의 싸움에 뛰어든 새로운 세대를 만난 것이다. 당시에는 항해가 그만큼 어려웠다. 고통스러운 항해를 마치고 나면 흔적이 남았다. 항해사들은 그렇게 상처투성이로 망가지면서도 한 마디 불평도 하지 않았다.

특히 기억에 남는 대단한 사람이 있다. 타히티에서 만난 강비니 대령은 코르시카 출신의 아버지와 베트남 출신의 어머니를 두었는데 1969년에서 1970년까지 폴리네시아 군 정보부의 책임자로 근무했다. 나는 강비니 대령을 무척 좋아했고 그분도 나를 퍽이나 좋아했던 것 같다.

아무튼 이 양반들은 '태평양의 노땅들'이라는 일종의 클럽을 만들어 자주 모였다. 40년 전쟁에 참전했던 사람들, 특히 패주와 탈주와 유배를 경험한 사람들한테만 가입 자격이 주어지는 클럽이었다. 이들은 전쟁의 상처가 깊은 사람들이었다. 공포와 고통과 죽음을 경험한 이들, 그리고 결국 아무리 노력해도 피할 수 없었던 패배를 경험한 이들.

이분들 덕에 나는 곰팡내 나는 구세계를 깨끗이 버릴 수 있었다. 그들은 그 세계에 눈길 한 번 주지 않고 떠나버린 사람들이었다. 모든 구속을 거부한 사람들. 그들은 자신들을 파멸시킨 세계, 방향을 잃고 헤매는 세계에 더 이상 미련이 없었다. 한눈에 보기에도 쾌활했던 그들의 태도는 아마도 상대를 편하게 해 주려는 예의가 아니었을까. 그러나 때로는 감춰둔 체념을 짐작할 수 있는 고통스러운 침묵이 엄습하는 때가 있었다. 끝나지 않을 것만 같은 침묵이었다.

그들은 뼛속 깊이까지 현실주의자들이었고 우정을 진하게 표현하지 않고는 못 배겼으며 근본적으로 착한 사람들이었다. 그분들 집의 대문은 누구에게나 열려 있었다.

우정을 소중히 여기는 진실한 사람들. 주관이 뚜렷하고 고난에 굴하지 않는 사람들. 그러나 이미 너무 많은 것을 보아버린 사람들. 이쯤에서 생각나는 사람이 있다. 마크 다누아, 아르덴 전투에서 한쪽 다리를 잃은 분이다. 앤틸리스 제도 출신인 그의 외모는 수려했고 머리는 새하얗게 세어 있었다. 당연히 강비니 대령과 절친한 사이였고 또 한 사람, 영국 외인부대 출신의 코코 샤스와도 가까운 친구였다. 이 세 명이 노땅 클럽의 주 멤버였다.

입담이 무척이나 센 분들이었다. 그 비꼬는 말투라니. 이들은 개성이 강하기도 했지만 예리하기가 이루 말할 수 없을 정도였다. 이분들을 보면서 언젠가 본 〈모아나 섬의 사인방〉이라는 영화를 떠올렸다. 낚시를 하며 세계 일주를 하기 위해 배를 타고 떠난 네 남자에 관한 영화였다.

20년이 흐른 뒤, 이들은 폴리네시아의 클럽 메드에 일자리를 얻었다. 전쟁이 끝날 무렵 열여덟 살이었으니까, 그때 이미 마흔 줄에 들었더랬다. 폴리네시아에 정착한 이들은 더 바랄 나위 없이 행복해했다. 아직도 태양 아래에 서 있던 그분들이 생각난다. 40년이 지난 지금까지도 그분들만 생각하면 감동이 밀려온다.

부둣가에 서 있던 익살스럽고 정겹던 그 모습들. 유럽의 역사에 얽매이지 않고 모든 속박을 벗어났던 분들. 배에서 내린 우리를 따뜻하게 맞이하며 에릭에게로 달려와 손을 꽉 잡던 분들. 나이는 에릭보다 대여섯 살이 많은 분들이었지만 그들은 어쩐지 같은 족속이라는 느낌이 드는 신비한 미소를 지닌 에릭과 함께 한다는 것을 정말로 기쁘게 생각했었다.

폴리네시아에 가기만 하면 밤이건 낮이건 언제나 대대적으로 환영을 해 주는 그들이 대체 누구냐고 묻는 질문을 프랑스에 돌아가면 많이 받았다. 누구긴 누구겠는가. 그리스 신화에 나올 법한 미남이고 다리가 하나뿐인 앤틸리스 섬사람과, 런던으로 드골 장군을 따라간 외인부대 출신 옛 전사와 코르시카 베트남 혼혈의 노땅들이지. 두 달 동안 계속된 바다의 공격으로 처참히 무너져갈 때 꿈꿀 수 있는 세상에서 가장 아름다운 환영단.

타고나길 말수가 적은 분들이었지만 이것저것 자세히 묻는 우리의 질문에는 신이 나서 대답을 했다. 우리는 그들이 살아온 생애와 폴리네시아에서의 삶에 대한 내밀한 이야기를 들을 수 있었다. 나 역시 누군가에게 그렇게 많은 질문을 해 본 적이 없었던 것 같다. 호기심이 빗발쳐서 견딜 수가 없었다. 모든 것이 궁금했다. 사회적인 관습을 거부하는 동시에 미묘하고도 융통성 있는 사고를 따르는 점에 있어서 우리와 닮은 점이 많아도 너무 많은 분들이었다. 강비니 대령이 내게 해준 말이 아직도 귓전을 울린다.

"이보게, 올리비에, 그 시절에 혼혈아로 프랑스 군대 생활을 한다는 것이 어떤 것인지 자넨 모를 걸세. 난 말일세, 다른 장병들과 한 식탁에 앉지도 못했다네……"

스무 살 청년에게 그런 이야기는 어리석은 세상의 어두운 면을 깨닫게 해주었다. 40년이 지난 지금까지도 나는 속내를 털어놓던 그분의 표정을 잊지 못하고 있다.

나에게 그분들은 지식의 보고이자 대학교수였으며 야학 교사였다. 말하자면 내가 놓친 배움의 기회를 되돌려 준 분들이었다. 그들은 1940년 6월을 경험했고 인도차이나의 굴욕과 혼혈인의 모욕을 겪었다. 그들을 어떻게 설명해야 할까? 지옥에서 탈출한 사람들, 피부색 하나로 너무나도 오랫동안 멸시를 당해 온 사람들. 에릭과 우리 승무원들과의 만남이 그들의 정신적인 상처를 서서히 아물게 했다. 우리 사이에 어떤 강한 자기장 같은 것이 형성되었던 것 같다. 그분들은 충격적인 무언가를 뿜어내고 있었다. 돌이켜 생각해보니 우리를 만나면서 정말로 위안을 얻었을지 의심이 간다. 우리로서는 그들이 겪은 모욕을 그저 상상할 뿐, 실감할 수 없었기에.

스무 살 때에는 모든 이야기가 귀에 쏙쏙 들어오는 법. 게다가 그렇게나 공감이 가는 이야기였으니 어찌 민감하지 않을 수 있겠는가. 그들에게는 유쾌한 신랄함과 가슴을 울리는 어떤 우수가 있었다. 유럽으로 돌아가면 당연히 사방에서 질문이 쏟아졌다. 누구 집에 머물렀다는데, 그게 누구냐, 여자들은—흔히들 말하는 이국적인 여자들이더냐 등등. 솔직히는 그런 괴로운 질문들 때문에 더욱더 돌아가기가 싫었다. 그따위 바보 같은 질문에 대답을 해야 하다니. 그것도 68

혁명의 정신이 만연한 그 분위기에서.

　내가 한 번도 잊은 적 없는 다누아의 이야기를 다시 해 보련다. 이탈리아 원정을 마친 후에 이 앤틸리스 출신의 군인은 태평양 전투부대 소속으로 남게 되었다. 전쟁이 끝난 1946년 초. 이미 왼쪽 다리를 잃은 상태였다. 그리고 그에게는 가족이 없었다.

　어디로 가야 할지 알 수가 없었다고 했다. 섬으로 돌아갈까 고민도 했단다. 그러다가 회복실에 함께 있던 타히티 출신 장병들의 제안을 받았다.

　"어이, 우리와 함께 가는 게 어때!"

　그렇게 모두가 함께 배를 타고 타히티로 돌아왔다. 그때 다누아의 나이는 스물넷. 전쟁이 끝난 후 한 발로 살아가야 하는 세계에서 그는 더러운 꼴도 많이 보았다. "그래도 살았어! 다른 삶을 살았지!"

　다누아는 유럽에 관한 이야기를 듣고 싶어하지 않았다. 이미 6년 전부터 저속한 감정의 소용돌이에 휘말린 유럽이 싫었던 것이다. 나 역시 내 나름대로 다누아와 비슷한 입장이었다. 그가 살아온 삶에 비하면 아무것도 아닐지 모르지만 나는 나대로 자유를 빼앗긴 18년을 막 마감한 참이었다. 구금 상태의 18년을. 가족이라는 답답한 울타리에 끔찍한 학교까지. 나는 나의 구원이 저 먼 바다와 너무나 오랫동안 내게 강요되었던 가치들과는 다른 가치를 나누는 것으로부터 올 것이라고 믿고 또 믿었다.

　나 역시 개나 물어가라며 줘버리고 싶은 저 구세계에 대한 이야기는 듣고 싶지도 않았다. 내가 보기에 자신의 직감에 충실하여 형제애로 뭉친 폴리네시아 동료 장병들의 제안을 받아들인 다누아는 용기와 올바른 상식을 몸소 실천한 인물이다. 늘 다정한 미소를 잃지 않는 그는 극기의 지혜를 가지고 있었다.

이분들은 나의 성장에 정말로 큰 도움을 주었다. 그것이 얼마만큼인지 수량화하기는 힘들지만 무엇보다 이들이 세상에 대한 헛된 환상을 버리고 혜안을 키운 능력자들이라는 말만은 꼭 하고 싶다. 이들과 함께 했던 시절은 나의 삶에 큰 획을 그은, 정말로 중요했던 한순간이었다.

한 가지 짚고 넘어가야 할 것이 있다. 나의 태도가 반항심에서 비롯된 것이 아니라는 점이다. 난 그렇게까지 순진하지 않았다. 그저 도망치고 싶었을 뿐이다. 결국 나는 떠나버리기 위해 터널을 팠던 것이다. 터널 끝에서 '태평양의 노땅들' 이라는 집단이 날 기다리고 있었다. 재치 있고 반항적이며 신의를 지킬 줄 알고 명석하며 독립적인데다가 우둔한 세상을 거부할 줄 아는 사람들의 모임. 영혼을 소중히 여기는 자유롭고도 경이로운 사람들의 모임.

그분들의 냉소가 사무치게 그립다. 당시만 해도 섬의 요직을 차지하고 있던 그들이었지만 뻐기는 태도는 전혀 찾아볼 수 없었다. 섬에서 만난 그분들은 인생에 있어서 정열적인 한때를 보내고 있었다. 그들과 우리 사이에는 용기라는 공통분모가 있었다. 그들은 자신들의 젊은 날을 떠올리게 하는 우리들을 참 좋아했다. 그들이 보기에 묵묵히 자신의 길을 가는 에릭이 얼마나 성실해 보였을까.

몇 년이 지났지만 나는 그때의 추억을 그대로 간직하고 있었다. 어느 날 강비니가 파리의 한 병원에 입원해 있다는 소식을 들었다. '별로 좋지 않은 상태' 라고들 했다. 나는 발-드-그라스의 병원으로 달려갔다. 암이었다. 그것도 거의 말기에 접어든. 강비니는 남은 날이 얼마 되지 않는다는 것을 잘 알고 있었다. 큰 병실과 높은 천장, 그리고 병으로 수척해진 그의 모습이 아직도 기억에 생생하다.

"대령님, 좀 어떠십니까."

"아, 올리비에. 이렇게 와 주다니 정말 고맙네."

"걱정하지 마세요. 곧 좋아지실 겁니다. 어서 다시 뭉쳐야죠, 네?"

"올리비에, 날 위로하려고 애쓸 필요 없네. 거짓말은 자네한테 안 어울려."

마지막까지 고상함을 잃지 않는 대령의 모습에 내가 오히려 위안을 얻었다. 그 순간을 어떻게 잊을 수 있으랴.

2004년, 우리는 '대양의 연금술사' 호를 타고 산호초 사이를 항해하다가 투아모투 제도 남쪽, 광산 회사가 버리고 간 어느 섬 가까이에 닻을 내렸다. 회사가 인광석을 캐다가 15년쯤 전에 작업을 그만두고 떠나버렸던 것이다. 채굴 장비에는 이미 녹이 슬어 있었다. 내가 잘 아는 타히티 사람이 우리와 동행했는데, 그 친구의 안내로 여기저기를 둘러볼 수 있었다. 버려진 항구, 컨베이어 벨트, 금이 쩍쩍 간 고무 밴드. 당시로서는 규모가 꽤 컸던 광산인 것 같았다.

한 15분쯤 걷다 보니 작은 집 한 채가 나왔다. 집에서 음악이 흘러나오고 있었다. 일흔 살쯤 되어 보이는 한 노인이 보였다. 아주 잘생긴 얼굴의 그 노인이 반바지 위로 늘어진 셔츠자락을 휘날리며 우리에게로 다가왔다. 자세가 아주 꼿꼿했다. 아무도 먼저 말을 건네지 않았다. 나는 주위를 둘러보다가 정원 안에 있는 무덤 하나를 발견했다. 함께 있던 선원들 모두 침묵을 지켰고 음악소리만이 잔잔히 흐를 뿐이었다. 우리가 불편해한다는 것을 알아챈 노인이 부드러운 목소리로 말을 하기 시작했다. 'r' 발음을 심하게 굴리면서.

"일요일마다 나는 아내의 무덤가에 앉아 라디오를 듣지요. 둘이서 함께 듣는 거라오."

눈물이 나올 것만 같았다. 노인 말이, 40년 동안 둘이 함께 라디오를 들었던 그 자리에 이제 아내가 묻혀 있다고 했다. 일요일 아침에는 신부의 설교를 듣고, 다른 시간에는 음악을 듣는다고. 두 분이 감싸안고 있던 그 분위기를 느끼기 위해. 노인의 변함없는 사랑과 그를 둘러싼 세상에 거리를 두는 그 모습이 나를 감동시켰다. 당연한 일이겠지만, 그는 광산 노동자였다. 은퇴를 했으니 아내도, 일도 없이 두 배로 외로워진 셈이었다. 자식들은 도시로 나갔고 노인이 사는 섬은 파페에테에서 32킬로미터나 떨어져 있었다. 우리가 발걸음을 돌리자 그는 다시 의자에 앉았다. 아내의 무덤가에. 배를 출발시킬 때, 미풍에 부드럽게 흔들리는 세 그루의 바나나 나무 뒤에서 음악소리가 다시 들려왔다. 나는 아직도 잊을 수가 없다. 노인의 얼굴에 나타나 있던 그 사랑의 신비를.

칼레도니아

1969년부터 1970년까지, 나는 뉴칼레도니아와 폴리네시아에서 생활을 했다. 주변 상황 때문에 임시방편으로 택한 생활이었지만 흥미진진하고도 바쁘게 지냈던 시기였다. 한편으로는 에릭과 모든 팀원들에 대한 사람들의 호기심이 무성하던 시절이었다.

1967년, 펜 듀익 III호를 타고 시드니―호바트 구간을 횡단한 직후, 우리는 환상적인 한 해를 마무리할 계획에 부풀어 있었다.

횡단을 마친 우리 팀은 누메아에 기항을 했다. 에릭과 우리 팀원들이 체류 기간 동안 최고로 편안하게 지낼 수 있도록 애를 쓰던 뉴칼레도니아 사람들 틈에 앙리 마르티네가 있었다.

앙리 마르티네는 1939년, 르노 사의 2인승 자동차를 뉴칼레도니아에 들여오려는 시도로 세 차례나 파산을 하고도 결국 성공을 거두어 프랑스 본토와 태평양을 이어주었던 전설적인 인물이다. 프랑스에서 태어난 마르티네는 이미 40년 전부터 누메아에 터를 잡고 살아왔다. 얼마나 대담한지 말로 표현이 안 될 정도였던 그는 약학을 공부한 후에 비행기가 공중에 뜨는 물리법칙에 매료되어 진로를 바꾼 사람이었다. 그에게서 가끔 20세기 초의 천재 발명가 가브리엘 부아쟁(＊1880~1973, 유럽인으로서는 최초로 정상적인 항공기와 수상비행기를 개발했다)의 강인한 일면이 보이기도 했다. 태평양에 두 개의 항공사를 설립했으니 자기 분야에서는 선구자적인 역할을 했다고 할 수 있지 않을까.

우리가 처음 만났을 때, 그는 이미 고령이었지만 상대를 압도하는 그의 에너지만큼은 누구에게도 뒤지지 않았다. 마르티네는 미군이 태평양 전쟁으로 뉴칼레도니아를 점령했을 때 사용하다가 두고 간 작은 비행기를 수리하는 데에 성공했다. 나는 그가 조종하는 복엽기 '위대한 대지'를 타고 하늘을 날았다. 기분이 묘했다. 뭐랄까, 4백 킬로미터나 되는 거대한 콩줄기를 무뎌 터진 병따개로 자르는 느낌이랄까. 박식한 마르티네와 함께 했던 그 비행은 내게 아주 멋진 추억으로 남아 있다. 하늘은 맑았고 비행기의 코는 산호해의 서쪽을 향하고 있었다. 네 시간 후, 우리는 누메아 공항을 한눈에 내려다보게 되었다. 그는 나와 그 경험을 함께 했다는 것에 마냥 기뻐했고, 나는 전쟁 전인 1939년, 파리와 누메아를 150시간 만에 횡단하며 비행의 역사에 큰 획을 그은 인물과 함께 비행을 했다는 사실에 감격했다.

그 시절에는 태평양이 군 전략상으로 중요한 곳이었다. 해군 장교였던 에릭은 언제나 열렬한 환대를 받았다. 누메아와 파페에테를 연결하는 Cotam(＊군사 항공 교통 사령부)의 비행기가 매주 운행되고 있었는데, 우리에게 가끔씩 누메아행 비행기를 탔다가 돌아와야 하는 일이 생겼다. 군에서는 문제가 생기면 도와주겠노라고 했지만 에릭은 단 한 번도 부탁을 하지 않았다.

우리는 장교들의 회식자리나 해군 대장의 집에 초대를 받았고 가는 곳마다 따뜻한 환대를 받았다. 해군 대장이라고는 하지만 차렷 자세로 위엄을 부리는 스타일은 아니었다. 나보다 열네 살이 많았던 에릭은 당시 서른일곱이었고 태평양의 요직을 맡고 있는 친구들을 많이 알고 있었다. 해군항공대의 친구들과 농담을 주고받던 그의 모습이 생각난다.

"해군에도 멍청이들이 있지만 다른 데보다는 적은 편이야."

관습에 얽매이지 않았던 그 사회는 에릭에게 활짝 열려 있었다. 우리는 폴리네시아와 뉴칼레도니아 사이를 여러 번 왕복했다. 나는 펜 듀익 Ⅲ호를 타고 뉴칼레도니아를 처음 만났고 펜 듀익 Ⅳ호를 타고 그곳에 다시 돌아갔다.

그때쯤 에릭이 재정적으로 곤란을 겪었다. 국세청에서 사사건건 트집을 잡았던 것이다. 알랭 콜라스가 에릭으로부터 삼동선을 구입하겠다는 의사를 밝혔다. 갑자기 나는 배도, 선장도, 돈도 없는 처지가 되고 말았다. 그 즈음에 태평양에 정착을 한 유럽 1 방송의 진행자인 위베르 와야프가 아이디어가 넘치는 타히티 사람 자키 마르탱과 손을 잡고 SPOT, 즉 폴리네시아 연예 기획사를 차렸다. 본국의 인기 연예인들의 남반구 순회공연을 유치하겠다는 의도였다. 아무튼 이 두 남자는 엄청난 의지를 불태웠으나 '순회공연' 분야에는 경험이 없었다. 그럼에도 불구하고 위베르가 파리에서 쌓아둔 인맥 덕분에 당대 최고의 여가수 달리다에게서 두 달 후에 리사이틀을 열겠다는 동의를 받아내었다.

그리하여 어느 날 아침, 누군가가 나를 찾아와 달리다가 곧 도착을 하는데 아무런 준비가 되어 있지 않다고 하소연을 하는 사건이 벌어졌다. 달리다는 비행기에서 내리자마자 '선탠'을 하고 싶다고 했다. 해변, 비치타올, 그리고 접는 의자. 나는 그늘에 세워둔 자동차에 등을 기댄 채 스타를 기다렸다. 솔직히 내리쬐는 햇볕이 걱정되었다. 마침내 그녀가 출발 지시를 내렸고 우리는 띠오(*Thio, 그랑떼르 남부에 속하고 누메아에서 120킬로미터 떨어진 지역)로 이어진 골목길을 달렸다. 리사이틀이 열릴 예정인 니켈 광산촌을 향해. 세 시간 동안 차에서 시달리다가 녹초가 되어버린 달리다는 바닷가재처럼 벌겋게 달아오른 얼굴에 붉은 흙먼지를 뒤집어쓴 채 목적지에 도착했다. 천막 아래에는 6개월 동안 여자 구경을 못한 광부들이 하나 가득 모여 있었다. 태양과 맥주로 한껏 달아오른 사내들이. 안으로 들어가려면 팔꿈치로 옆사람을 밀쳐야 할 정도였다. 나는 임무를 완수하기 위해 난동을 피우는 토착민 둘을 때려눕혀야 했다.

우리의 디바는 붉은 흙이 튄 하얀 드레스를 입고 무대에 섰다. 무대 인사를 여러 차례 되풀이하고 나서야 커튼이 내려졌다. 성황리에 공연을 마친 그녀를 4륜구동차에 태워 누메아로 다시 모셔가는 길에 예정대로 나는 그날의 수익금을 거두어 자키 마르탱에게 전달했다. 그런데 이 양반이 착각을 하여 돈을 넣어둔 차를 두고 다른 차를 몰고 가버린 것이 아닌가. 몇 시간 후에 차를 찾으러 가보니 동전 하나까지 그대로 남아 있었다. 기적이었다! 뭐든지 천천히, 느릿느릿이 생활화된 곳이라지만 이 정도일 줄이야.

순회공연 사업의 범위가 타히티로 넓어지자, 위베르와 자키는 짐 가방 사이에 나를 끼워 가기로 결정했다. 그러나 두 사람은 기획사 일에 곧 싫증을 느꼈고 졸지에 내가 관리인 자리를 맡게 되었다. 4개월 전만 해도 펜 듀익 IV호를 타고 바다를 누비던 내가. 그러나 폴리네시아의 야자수 아래에서, 더 심하게는 칼레도니아의 니켈 광산에서 펼쳐지는 공연 관리인이라는 직업은 내게 어울리지 않았다. 광산은 보안관 보조 하나만 있으면 딱인 서부 같았다.

몇 달 후, SPOT는 결국 사업을 접었다. 그리하여 나는 그동안 모아둔 약간의 돈과 함께 출발점으로 되돌아갔다. 그러나 펜 듀익 IV호가 알랭 콜라스에게 팔렸기 때문에 항해 계획은 잡을 수가 없었다. 주머니에 양 손을 찔러 넣고 타히티로 갈 수밖에 없었다. 오래지 않아 나는 타히티 마린이라는 곳에서 일자리를 얻었다. 내가 믿을 만했는지, 주인이 본국으로 떠나면서 가게 열쇠와 자동차 열쇠, 그리고 할리우드 영화에나 나올 법한 저택의 열쇠를 내게 맡겼다.

그러자 2년 전, 에릭과 함께 시작한 모험에서 한참 멀어졌다는 느낌이 들었다. 운명치고는 참 얄궂다는 느낌도. 6개월 전만 해도 태평양을 누비던 내가 선외발동기에 대한 기사나 끼적거리고 밤이면 석호가 내려다보이는 저택의 깃털 이불 속에서 잠이 들다니. 정신적으로 편하지가 않았다.

여덟 달 후, 나는 이 소설 같은 생활을 접고 파리로 떠났다. 어쨌거나 가능한 한 장사를 망치지 말아야겠다고 결심했던 덕에 수익이 줄어들지는 않았다. 폴리네시아가 내 가슴을 뛰게 만드는 것은 사실이다. 청소년기를 벗어나 자아를 찾는 데에 그렇게 많은 시간을 허비하지 않았다면 아마 그대로 폴리네시아에 머물러 있었으리라. 그만큼 그곳에 마음을 빼앗겼었다. 유럽인들은 바운티 호의 반란(*1789년 영

국 군함 바운티 호에서 일어난 반란 사건) 이후 이 지역에 대한 상상을 키워
왔다. 그 때의 그 여덟 달 동안 나는 앞날에 대해 깊이 생각을 해 볼
수 있었다. 거기에 2주 동안 더 있어야 할 상황이었다면, 난 아마 몸
져누워 버리고 말았을 것이다. 나는 항해사의 삶으로 돌아가야 했
다. 나는 시계공이 자신이 해야 할 일을 알고 있듯이, 부선장의 임무
를 잘 알고 있었다. 하지만 다른 일들은 어쩐지 돈 때문에 누군가의
하인이 된 듯한 느낌이었다. 그리고 그것은 나에게 전혀 어울리지 않
는 일이었다. 만일 그대로 머물렀다면, 나는 내 자신에 대해 영원히
알지 못한 채 살아갔으리라.

앤틸리스 제도

나는 앤틸리스 제도에서 주변을 바라보는 법을 배웠다. 그곳에서 나는 언제나 발뒤꿈치를 들고 걷는 여행자였다. 여행자라면 영혼은 활짝 열어두어야 하고 말은 아껴야 한다. 여행을 한다는 것은 감정의 변화를 두려워하지 않는 상태에서 명철한 정신으로 공부를 하는 것이기 때문이다. 여행자들은 말 없이 여러 가지를 머릿속에 그려보아야 한다. 우선 벤치를 하나 고른다. 가능한 한 철물장식이 있는 것으로. 그렇게 이야기의 중심에 완벽하게 자리를 잡고 앉는 것이다. 나는 과들루프의 푸앵트아피트르 부두에서 안성맞춤인 의자를 찾아내었다.

자리를 잡고 나면 돌풍처럼 지나가는 여러 가지 것들을 관찰할 수 있게 된다. 19세기의 훌륭한 심리소설 속에서처럼 어떤 매력을 잡아내고 반영된 무언가를 이해하게 되는 것이다. 내 귀에는 늘 같은 후렴구가 들린다. 앤틸리스 사람들은 이렇고 저렇고. 사실 이쪽 사람들은 '까다롭다'는 평을 듣는다. 어떻게 까다롭다는 걸까? 내가 아는 한, 그들은 관광객들의 개념 없는 태도 때문에 화를 내는 것인데.

프랑스의 생갈미에나 카리브 해의 포르드프랑스에서도 마찬가지이다. 여행자는 어디까지나 낯선 존재라는 사실을 잊어서는 안 된다. 아무것도 요구해서는 안 되고 아무거나 물어서도 안 된다. 말을 아끼고 평정을 잃지 말아야 한다. 식당 문을 열고 들어갈 때나, 수예점의 커튼을 젖히고 들어갈 때나 간단한 인사말을 건네는 것으로 충분하다. 여행자는 버스를 기다리는 사람과 같다는 사실을 늘 기억해야 한다. 남에게 아무것도 강요해서는 안 된다. 말이건 생각이건 간에. 그러나 여행자가 곧 소비자인 요즘에는 사정이 많이 달라졌다. 선택을 하고 비교를 하고, 심지어는 감자튀김이 시원찮게 튀겨졌다고 법정에 고소를 하기도 한다. 앤틸리스 제도에서 외부인들이 얼마나 많은 악행을 저질렀는지를 기억해야 한다. 나로서는 절대 실감할 수 없겠지만, 노예제도에 대한 기억이 그들에게 얼마나 큰 상처로 남아 있는지. 바로 이런 이유 때문에 말을 아껴야 한다. 침묵으로 흑인과 백인 사이에 벽을 쌓자는 뜻이 아니라 말을 아낌으로써 예의를 지키려는 의지를 보여주어야 한다는 것이다. 여행자들은 주변에 떠도는 침묵에 실망해서는 안 된다. 앤틸리스 사람들은 점잖지 못한 태도를 싫어한다. 그리고 회피하는 것도.

관광 개발은 결과적으로 바닷가에 살던 사람들을 쫓아내고 말았다. 30년 전만 해도 앤틸리스 제도에서는 돈 없는 사람들이 바닷가에 살았었는데 이제는 그 반대가 되었다. 프랑스를 비롯한 다른 나라와 같은 상황이 되고 말았다. 바닷가에 가까울수록 땅값이 싸고 섬 안쪽으로 들어갈수록 땅값이 비싸다는 것은 이제 옛이야기다. 이제 직업에 따라 사는 곳이 정해지게 되었다. 농부, 브랜디 제조업자, 땅주인. 즉 현실에 따라. 관광 사업이 사람들의 터전을 산산조각 내버렸다. 바다에 기둥을 박고 집을 지어야 할 판이다.

카리브 해는 지나치다 싶을 정도로 정돈이 잘 되어 있다. 마치 장롱 속에 차곡차곡 개어 넣은 이불들 같다. 어질러지는 경우가 거의 없다. 물론 섬들 사이의 해협에는 파도가 높게 인다. 넓은 바다의 물결이 4백 미터 너비로 몰려드니 그럴 수밖에. 바다가 이렇게 잔잔한 것은 적도 남북에 형성된 고기압대에서 부는 무역풍 덕분이다. 또한 항해사들은 이 바다에 부는 횡풍을 완벽하게 이해하고 있다. 남동풍이냐 북동풍이냐에 따라 진로를 정하여 바람을 타고 나아갔다가 순풍을 받으며 돌아온다. 20마일 간격으로 나타나는 섬들은 훌륭한 피난처가 되어 준다.

펜 듀익 IV호를 타고 카나리아 해에서 다이아몬드 곶까지(10일 12시간) 대서양 횡단을 마친 직후 포르드프랑스에서 보낸 한때가 기억난다.

에릭 타발리와 콜라스가 본국으로 돌아가 있는 동안 여비를 마련하지 못한 나는 카리브 해에 혼자 배를 지키며 남아 있었다. 섭섭하거나 불편한 감정은 전혀 없었다. 감미롭고 평화롭던 포르드프랑스와 크레올 음악이 잔잔히 연주되던 아담한 술집들이 아직도 생각난다. 이제는 사라지고 없는 세계, 그래서 이 이미지를 떠올릴 때마다 감동이 밀려온다. 그 시절 그곳에는 섬세하면서도 가벼운 그 무엇과 독특한 분위기와 비현실적인 분위기에 흠뻑 빠진 장난기 가득한 사람들이 있었건만.

나는 감상주의를 지독히 싫어하는 사람이지만 솔직히 모든 이들이 형제 같았던 그 시절의 앤틸리스 제도에 대해서만은 아련한 추억을 간직하고 있다. 잔잔한 미소가 넘치던 곳, 꾸밈없이 소박했던 그곳. 내게도 이런 면이 있었다는 점이 의외라고? 나라고 그러지 못할 이유가 없지 않은가?

세월이 많이 흘렀지만, 그곳에 돌아갈 때마다 늘 같은 음악이 들려온다. 포르드프랑스의 사반느 광장은 매력적이면서도 어쩐지 우수

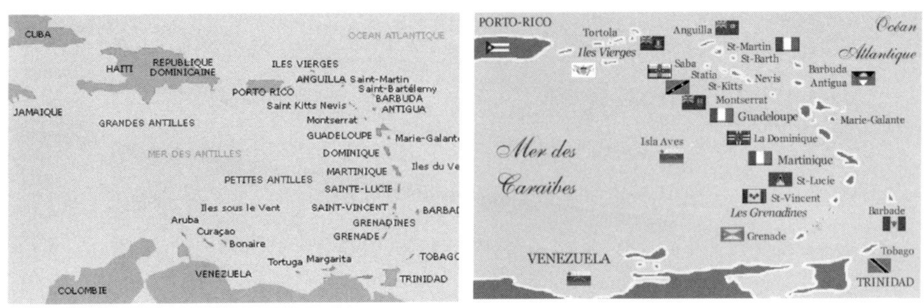

앤틸리스 제도. 카리브 해와 멕시코 만에 걸쳐 있는 여러 섬들.

에 젖은 곳이었다.

마르티니크 섬 포르드프랑스에서 태어난 파트릭 샤무아조(*Patrick Chamoiseau, 1953~1992년에 발표한 『텍사코』라는 작품으로 공쿠르상을 수상했다), 나는 그의 『옛날 나 어렸을 적에』를 읽으며 이제는 잃어버렸다고 생각했던 즐거움을 다시 한 번 느꼈다. 어쩌면 내가 경험한 것이 그렇게 똑같이 표현되어 있는지.

샤무아조의 글에는 추억이 담겨 있다. 귀청을 울리는 언어로 어린 시절을 재현해놓고 있다. 샤무아조의 글을 통해 나는 어린 시절로 돌아간다. 어떻게 감동하지 않을 수가 있겠는가. 작가는 어린 시절을 섬세하게 재구성하여 과거에 한 선을 그었다. 그리하여 과거는 현재의 흔들리는 의식에서 뚝 떨어져 더욱 경쾌한 것으로 되살아난다.

혹시 내가 과거를 너무 낭만적으로, 유리종 아래 보관된 그 어떤 것으로 본 것은 아닐까…… 그러나 그 세계는 분명 여인들이 시장을 오가고 생선 비늘을 벗겨내며 열심히 일하던 그 세계였다. 그렇다. 말쑥한 옷을 차려입은 아이들이 신나게 뛰놀던 세계, 부끄러움을 모르던 세계. 내가 간직하고 있는 세계.

앤틸리스 제도 사람들에게는 본토 프랑스 사람들이 쫓아오지 못할 만큼 정확한 프랑스어를 구사하고자 하는 욕망이 있다. 앤틸리스 출신 작가들의 작품을 보면 그런 야망이 그대로 반영되어 있다. 나로서는 풍부한 어휘가 밑받침되는 그들의 언어가 얼마나 부러운지 모른다. 그 언어에는 쉽게 만나볼 수 없는 아름다움이 있다. 무지갯빛 물방울과 부싯돌을 비비는 듯한 표현, 뜻밖의 암시, 놀라운 이미지들을 한 마디에 담아내는 고전적인 언어. 찬란하기 그지없으며 미학적 효과를 최대한으로 살려내는 언어. 본토의 그 누구도 따라하지 못하는 언어.

나는 앤틸리스 제도에 살면서 많이 보고 많이 배우는 기쁨을 누렸다. 1971년과 1972년, 펜 듀익 IV호와 펜 듀익 III호로 항해를 하던 그 추억은 특별한 것으로 남아 있다. 풍만한 바다에 대한 추억. 바다는 언제나 짙고 별났으며 강렬하고 생기가 넘쳤다. 우리 사이에는 언제나 끈끈한 우정이 있었다. 나로서는 최고로 충만했던 시기였다.

그 시절, 앤틸리스 제도에는 모두 여덟 척의 전세용 배가 있었다. 선장들도 다 아는 사람들이었다. 그들은 돈 때문이라기보다는 그저 좋아서 그 일을 하는 특이한 이들이었다. 전세용 배의 고객들 역시 살짝 맛이 간, 그러나 보헤미안의 영혼을 지닌 대단히 특이한 사람들로 구성되어 있었다. 배우고 성장하고 싶다는 목표를 가지고 여행을 하는 열성적이고도 모험심 강한 사람들. 출항하기 전에 토요일 저녁 메뉴로 바닷가재가 나오기를 기대하며 기웃거리거나 아무개 씨네 포도주 저장고에서 가져온 최고급 포도주에나 눈독을 들이는 그런 부류가 아니었다.

이들은 앤틸리스의 바다를 항해하고 싶다는 진지한 욕망을 가지고 있는 사람들이었다. 특이했던 그 세계는 기존의 세계와는 다른 방식으로 세련되고 우아했으며 멋이 있었다. 그렇다고 쓸데없이 점잔을 빼는 세계는 아니었다. 포르드프랑스에 있는 호텔이라고는 바쿠아 호텔 하나뿐이었다. 소박하면서도 격조가 있는 객실 열다섯 개짜리 호텔이었다. 나는 호탕하게 웃으며 우리 같은 '이가 들끓는 거지'들에게 한몫 단단히 잡을 수 있는 기회를 주는 스위스 은행가들과 진 러미 카드게임을 했다. 그러던 중에 놀라운 재능을 가진 사진작가 샤를르 보네를 만났다.

앤틸리스 제도에서 만난 사람들은 모두 무대에서 방금 뛰어내려온 것같이 재미있는 인물들이었다.

보네의 미국인 동료들은 그를 '위대한 찰스'라고 불렀다. 호치민을 최초로 카메라에 담았던 그는 세계의 시선을 장기 집권자 살라자르가 득세했던 포르투갈로 끌어모으기 위해 낙하산을 타고 반파쇼 군사세력이 납치한 대형 여객선 위로 뛰어내린 경력이 있는 기인이었다.

1968년 11월, 우리는 펜 듀익 IV호로 남대서양을 10일 12시간 만에 주파하는 기록을 세운 후 앤틸리스 제도에 기항했다. 아침에 배에서 내린 우리는 심한 갈증에 시달렸다. 섬사람들이 펀치를 준비하여 우리를 맞아주었다. 나는 한 잔, 두 잔, 세 잔, 네 잔…… 끝도 없이 펀치를 들이켰다. 저녁이 되자 프랑스-앤틸리스의 사장이 우리를 저녁식사에 초대했다. 식사자리에 갔더니 최초의 호치민 사진으로 《라이프》지의 일면을 장식한 보네가 초대를 받아 와 있었다. 그런데 하루 종일 마시고 또 마셨던 나는 좌석에 털썩 주저앉아 정신을 차리지 못했다. 완전히 KO상태였다. 내가 음식에 손도 대지 못한 그 저녁식사가 끝나갈 무렵, 이름만 겨우 아는 사이였던 보네가 나를 쳐다보더니 이렇게 말하는 것이 아닌가.

"프랑스 항해사들은 정말 훌륭하지요. 미국에도 이런 항해사들이 있다면 얼마나 좋겠습니까."

그렇게 우리는 친구가 되었다. 그리고 곧 타발리와 콜라스가 본국으로 돌아가 버리고 나는 혼자 남아 배를 지키게 되었다. 배에 들른 보네가 빈털터리였던 내게 자기가 묵고 있는 호텔에서 같이 지내면 어떻겠냐고 했다. 보네는 마르티니크에 있는 유일한 고급호텔 바쿠아에 머물며 돈을 펑펑 쓰고 있었다. 변두리 지역의 말씨만 아니라면 러시아의 왕자가 따로 없을 것 같았다. 세계에서 가슴이 가장 풍만한 여자들과 시시덕거리고 츄잉 검 회사 상속자의 어깨를 툭툭 치던 그의 모습이 아직도 생각난다. 그런 사람이 나를 붙잡고 하는 말이라니. "자네, 그거 아나? 자네나 나나 가족도 없고 매인 데가 없잖나. 우린 보헤미안이라네."

1968년 12월 24일 아침, 보네는 미국 팬암 항공사의 스튜어디스들이 바쿠아 호텔에 묵을 예정이라는 정보를 입수했다. 호텔 예약계에 확인해 보니 과연 객실 열한 개가 예약되어 있었다. 그는 "조촐하게나마 크리스마스 파티를 열어주어야겠다."며 남은 방을 모조리 예약해버렸다. 그리고 호텔 지배인에게 스튜어디스들이 호텔에 들어서면 신사 두 분이 크리스마스 정찬을 준비하고 기다리고 있다고 알려주라고 일러두었다.

보네는 성대한 정찬을 준비하도록 지시했고 테이블 위에는 한 사람 한 사람을 위한 작은 선물을 올려놓았다. 그의 세심한 마음 씀씀이에 스튜어디스들은 눈물을 흘렸다.

여색을 밝히기로 유명한 보네는 4백 달러짜리 고급 옷을 걸치고 친절이 배인 우아한 몸짓을 곁들여 가며 라파예트며 후르시초프를 들먹이다가 신발이며 쿠바의 해안이며 캐딜락의 길이까지 언급해가

며 프랑스와 미국 간의 우정에 관하여 외교적 성질이 다분한 연설을
한바탕 늘어놓았다.

그는 타고난 이야기꾼이자 위대한 사진작가였다. 이후에 보네는
여러 차례 나를 뉴욕으로 데리고 갔다. 그는 모든 클럽에 가입이 되
어 있었다. 보네가 가는 길은 자수정으로 포장이 되어 있는 것만 같
았다. 여자들이 환호성을 지르며 그에게 달려들었다. 그와 함께 다
니자니 내가 마치 커다란 백상아리에 빌붙어 사는 빨판상어가 된 느
낌이었다. 보네는 그렇게 방탕한 생활을 이어갔다.

어느 날 밤, 바쿠아 호텔에서 한 스위스 은행가가 보네에게 진러미
카드게임을 하자고 했다. 며칠 후, 대단한 멋쟁이인 그 은행가가 떠
나기 전에 보네를 찾아왔다. "친구여, 당신에게 게임 빚을 갚아야 하
겠소." 1점당 1상팀을 걸고 게임을 한 줄로만 알았던 보네는 1점당 1
달러로 계산했다는 사내의 말을 듣고 깜짝 놀랐다. "그렇게 큰돈을
받을 수는 없어요." 은행가가 펄쩍 뛰었다. "제발 받아주시오." 그리
고는 호텔 로고가 새겨진 봉투를 내밀었다. 그 안에는 자그마치……
만 달러가 들어 있었다. 보네는 그 돈으로 2주 동안 흥청망청 파티를
벌였다.

그 외에도 보네는 사진으로 어마어마한 돈을 벌어들였다. 그러나
70년대 초반, 그는 백만 달러가 넘는 돈을 수상쩍은 재단에 맡겼다가
모두 날리고 끝내 재기하지 못했다. 몇 년이 지난 후, 나는 폴리네시
아에서 그를 다시 보았다. 내가 알던 보네가 아니었다. 기가 죽고 쇠
약해져 그의 혈관 속에는 더 이상의 생기도, 약간의 광기도 남아 있
지 않은 것 같았다. 몇 달 후 나는 그가 자살을 기도했다는 소문을 들
었다. 보네는 지금으로부터 20여 년 전에 로스앤젤레스에서 죽었다.
병들고 몰락한 채 홀로. 그는 피츠제럴드적인 삶을 살다 갔다. 처음

만났을 때부터, 보네는 내게 베트남 전쟁을 취재하러 함께 떠나자고 제안을 했었다. 아직도 나는 가끔씩 그 당시 단호하게 거절하고 말았지만 여전히 머릿속에 남아 있는 그의 제안을 생각하곤 한다. 그때 내 나이 스물넷, 어리고 허약했던 시절이었다. 무엇에 내 자신을 바쳐야 할지 고민도 참 많았다. 그와 함께 했던 삶은 단숨에 몸을 데워주는 매운 수프 같았다. 보네는 자신의 삶을 괴물들의 입 속으로 던져 넣었다. 한 마리 멋진 늑대의 입 속으로.

나는 최근에 과들루프에 다녀왔다. 2007년 초, '럼(Rhum) 항로 경주대회' 와는 상관없이 그냥 들렀던 것이라 보통 경주가 끝날 때 마중을 나오는, 사선을 넘어온 항해사들과 관련 있는 온갖 사람들로 구성된 환영인파에 둘러싸이지 않을 수 있었다.

이렇게 해양 전문 신문기자들이 대거 모여들지 않을 때면 가장 매력적인 앤틸리스의 리듬을 맛볼 수 있다. 자유롭기 그지없는 섬사람들의 천성과 그들의 심오한 아이러니와 고통의 흔적을 고스란히 느낄 수 있는 절호의 기회이다. 이런 앤틸리스는 나의 고향이나 다름없다. 그러나 우리 사이는 오랫동안 틀어져 있었다.

나는 장장 20년 동안 앤틸리스에 대해 화를 내고 있었다. 모든 것이 가증스럽고 제멋대로인 데다가 엉망진창이 된 것 같아서. 그러다가 2007년이 되어서야 첫 번째 만남에서 한눈에 반했던 그 느낌을 다시 한 번 느낄 수 있었다. 잊고 있었던 사소한 것들을 되찾았고 아무것도 읽어낼 수 없었던 시선에서 무엇인가를 간파할 수 있었다.

파나마에서 돌아오다가 잠시 들렀던 작년에 다시 한 번 축복의 기회가 찾아왔다. 기상이 너무 좋지 않아 출항을 연기해야 했다. 경주대회가 있는 것도 아니었고, 배도 30개월 원정에서 막 돌아왔던 참이

라 파고가 30피트가 넘는 북대서양으로 서둘러 나갈 이유가 하나도
없었다!

그런데 그때, 처음으로 아주 오랜만에 본국으로 돌아가야 한다는
것이 슬펐다.

여인네들 이야기를 하지 않고 넘어가는 건 예의가 아니라고 생각
한다. 특히 나처럼 상스러운 사내로서는. 뻔뻔하다고 해도 좋다. 하
지만 여인들에 관한 이야기는 언제나 멋지고 재미있지 않은가. 앤틸
리스의 여인들은 상상을 초월할 만큼 정열적이고 기운이 넘치며 낙
천적이다. 철의 손으로 살림을 척척 해내는 그네들에게 존경을 표하
는 바이다.

앤틸리스 제도는 1978년에서 1980년 사이에 전환점을 맞이하였
다. 섬의 발전을 위해서라는 명목으로 활 모양의 제도 전체를 일반
관광객에게 개방하기로 결정했던 것이다. 그리하여 안하무인의 관
광객들이 들어오게 되었다. 반바지, 반팔 셔츠 차림으로 불평을 늘어
놓는 위험한 존재들을 어떻게 상대해야 했을까? 앤틸리스 사람들은
혼란에 빠졌다. 이런 강압적인 상황을 받아들이려니 그럴 수밖에.
이거야말로 저 유명한 생텍쥐페리 소설 속에 나오는, '뱀이 무는' 이
야기가 아닌가.

아무튼 사람들이 들이닥쳤다. 추억을, 더, 더 많은 추억을 만들려
고 안달을 하며. 이 땅의 돌들을 집어갔다. 제자리에 놓을 생각을 하
지 않았다. 그들이 찍는 사진 한 장 한 장이, 동영상 하나하나가, 앤
틸리스의 순진함을 앗아갔다. 물론 일시적이기는 하나 관광 사업으
로 일자리가 창출되었다. 그러나 그 이면으로는 사회적인 난제들과
엄청난 스트레스가 생겨났다. 한 마디로 관광 사업에 대한 이해가 부

족했다. 설명도 제대로 되지 않았다. 관광객들은 잠시 왔다가 떠나는 사람들이다. 다른 관광객들이 온다고 한들 그들의 고통을 가져갈 수 있을까? 문제는 사람들이 이곳 섬들의 매력을 제대로 보지 못한다는 데에 있다. 나는 경험으로 그렇게나 많은 사람들이 이 섬에 들어오는 것 자체가 얼마나 괴로운 것인지를 잘 알고 있다. 그들이 길에서 아무에게나 불쑥 말을 걸고, 해변으로 가는 길을 막는다며 시골 길을 가는 농부의 트랙터를 향해 사정없이 경적을 눌러대는 광경을 수도 없이 보아왔다. 그렇기 때문에 나는 막무가내로 요구를 해 오는 관광객들에게 싫은 표시를 내는 앤틸리스 사람들을 백번 이해할 수 있다. 그들은 바람과 나무줄기를 타고 올라오는 수액과 구름과 파랑의 소리가 어떤지 까맣게 잊은 사람들이다. 모든 영적인 것들의 중요성을.

내가 지금 루소식 자연주의라는 진부한 꿈을 들먹이는 것이라고 생각해서는 곤란하다. 다만 비인간적이고도 인위적인 교육, 그리고 자연과의 단절에서 일말의 원인을 찾아볼 수 있다는 이야기를 하고 싶은 것이다……

내가 어렸을 적, 그러니까 1950년대의 브르타뉴에는 인구가 거의 없었다. 사는 사람들이라고 해보았자 얼마 안 되는 어부와 농부들뿐이었다. 노동력이 절실하게 필요하던 시절이었다. 그러다가 처음으로 관광객들이 들어왔다. 우리에게 언제나 관광객들은 일종의 침입자들이었다. 사실 브르타뉴 사람들이 관광객들에게 참으로 무뚝뚝했다는 것은 인정하고 넘어가야겠다. 왜 그렇게 배타적이었냐고? 이유는 단순하다. 그들의 행동거지 때문이었다. 당시로서는 최신식 자동차를 몰고 나타난 그들은 우리를 시골뜨기 취급하며 함부로 행동을 했다. 무례하기 짝이 없는 행동들을. 아직도 나와 형이 파리 번호가 찍혀 있는 자동차를 보기만 하면 새총을 쏘아댔던 것이 기억난다. 그들은 우리의 적이자 더러운 침입자였으니 그렇게 하는 것이 당연하다고 여겼다. 우리는 증오를 불태우며 짜릿한 쾌감을 느꼈다. 그러나 너무나 역설적이게도, 그들이 없으면 우리는 살아갈 수가 없었다. 외부인들이 들어와야 호텔 객실이 들어차고 가게가 명맥을 유지했으며 모래 삽과 접이식 의자를 파는 동네 잡화점의 일 년 수지가 맞았음은 물론이고 길모퉁이에 있던 동네에서 유일한 주유소가 돈을 벌 수 있었다. 물론 우리가 차를 구멍투성이로 만들고, 지나가는 관광객들에게 욕설을 퍼부었던 일이 '페어플레이'가 아니었다는 것을 나도 잘 알고 있다. 그러나 헐값의 여행상품을 제공하는 여행사가 포르드프랑스의 계류장에 관광객들을 쏟아내었을 때, 앤틸리스 사람들이 느꼈을 그 느낌을 상상해보라. 공갈협박이 아니면 달리 무엇이겠는가.

나는 한껏 들뜬 관광객들과, 심드렁한 혹은 아무 준비가 되지 않은 섬사람들의 빗나간 만남을 자주 목격했다. 가끔씩 이런 만남에서도 예기치 못한 즐거움이 생겨날 때가 있다. 사람의 기분은 전염성이 있어서 상대의 기쁨에 저도 모르게 동화되는 경우가 많기 때문이다.

그러나 앤틸리스 사람들은 이런 즐거움을 누리지 못했다. 앤틸리스 제도에서는 진심으로 여행을 즐기는 사람들을 좀처럼 찾아볼 수 없었다. 이곳 사람들이 경험한 것은 관광객들로 인한 곤란한 상황뿐이었다. 혹은 돈 때문에 감내해야 하는 것들도 많았으리라. 나는 그들의 모욕감과 분노와 자신들의 섬을 지키기 위해 벌였을 그들의 전투를 십분 이해할 수 있다. 그러나 모든 것을 관광객들의 탓으로만 돌릴 수는 없을 것 같다.

앤틸리스 사람들을 어떻게 이해하지 않을 수 있을까? 어떻게 그럴수가? 그러나 우리는 서로를 이해하지 못했다. 25년 동안 빗나간 약속이 계속되어 왔다. 교류가 이루어지지 않았다. 빗나간 약속은 양쪽 모두에게 고통을 안겨준다. 상대는 아무런 반응이 없는데, 한쪽에서만 만났다고 할 수는 없지 않겠는가? 뭔가를 나누었다고 할 수는 없는 것이 아닌가? 이로써 사람은 다양한 문화를 접할 수는 있으나, 가장 소중한 '나눔'이라는 것을 소유할 수는 없다는 것이 증명된다.

그러나 바다 건너 이 낯선 땅에서도 진정한 만남이 이루어질 수 있다. 이 멋진 사람들, 언제나 두 발로 꼿꼿이 서 있는 사람들의 땅에서 말이다. 앞서 말했듯이 나는 음악에 영 젬병이지만 선율에는 민감한 편이다. 나는 누군가가 어떤 곡을 연주할 때 그 사람의 가장 큰 기쁨이 표현된다고 믿는다. 그래서 담배를 물고 길을 지나가다가 어느 집에서 흘러나오는 음악을 듣게 되면 내가 있는 그곳에서 단 백 미터밖에 떨어지지 않은 곳에 기쁨에 가득 찬 사람들이 있다는 생각이 들면서 가슴이 뭉클해진다. 그렇다고 해서 그들과 어울려 기쁨을 나눈 적은 없다. 나로서는 그저 생각으로만 머무는 것이 더 감미로웠기 때문이다.

축제가 벌어져도 나는 그 판에 끼어들기보다는 멀찍이 있는 층계에 앉아 정자 아래에 모여 있을 아름다운 여인들과, 서로 주고받는 눈빛들과, 그 사이에서 필연적으로 싹틀 사랑을 상상해보는 것이 더 좋다. 이는 내가 즐거움을 누릴 줄 몰라서가 아니라 다른 이들의 행복을 점묘화처럼 아스라하게 느껴보는 것이 더 좋아서이다. 그런 식으로 멀찌감치 떨어져 나를 지키는 것이다. 나는 이런 것을 '잠시 심장을 멈추어 보기'라고 부른다.

　지리학적으로도 특이한 활 모양의 앤틸리스 제도는 여러 개의 아늑하고도 넉넉한 섬으로 이루어져 있다. 프랑스령 앤틸리스 제도에는 아직까지도 그대로 보존되고 있는 매력이 있다. 앞서 샤무아조를 언급했지만 앤틸리스라고 하면 우리 시대의 위대한 시인 에메 세제르(＊Aimé Césaire, 1913~2008, 마르티니크 출신의 프랑스 시인, 작가, 정치가. 불문학에서 흑인 정체성 회복 운동의 기초를 마련하였다)를 떠올리게 된다. 그런데 이곳에 수많은 세제르가 있다는 사실을 알고 있는가. 또한 덧붙이고 싶은 말은 배들을 마구잡이로 만들지 않는다는 사실이다. 배를 복제하는 일은 불가능하다. 목수들이 어떤 형태의 배를 만드는 데에는 다 그만한 이유가 있으니, 어느 육지에 붙은 어느 바다가 그런 형태를 요구하기 때문이요, 그런 유형의 바다에 적합한 배가 따로 있기 때문이며, 그 바다에서 조종하기 쉬운 배의 형태가 그러하기 때문이다. 그런 조건에 맞추어 설계된 배만이 그 바다에 합당하기 때문에 어떤 배를 따라 만든다는 것은 있을 수 없는 일이다. 해안의 생김새, 기후, 바다의 조건은 하나하나가 다 다르다.

　앤틸리스의 배는 그곳 바다의 특이한 파도에 맞는 모양새를 하고 있다. 매일 바다에 나가는 선원들이 비록 명문대학교 출신들은 아니지만 바다에 관한 한 이들을 따라올 자들이 없다.

　물론 마이애미나 칸에서 설계한 배를 이 바다로 가져와 항해를 나갈 수는 있다. 그러나 그 배가 현지에서 만든 배들의 품격을 따라갈 수는 없다. 미국 배나 유럽 배들은 이 바다에서는 이물이 너무 넓고 후미가 너무 둔하다. 앤틸리스의 파도 위에서는 우스꽝스러워질 수밖에 없는 것이다.

아시아

일본

프랑스 북부 파드칼레를 드나드는 배들이 많다고 해도 일본의 도쿄만으로 들어가는 배들의 숫자에 비하면 아무것도 아니다. 여기는 신호등이 세워지기 전의 콩코르드 광장만큼이나 혼잡스럽다. 화물선들이 꼬리에 꼬리를 물고 일본이라는 하나의 점으로 몰려든다.

세계의 어느 나라건 바다로 둘러싸인 나라의 선원들은 간단한 영어나 스페인어를 몇 마디 정도는 구사할 줄 안다. 그러나 일본의 선원들은…… 일본어밖에 할 줄 모른다. 그렇기 때문에 이 나라에 침투한다는 것은 아예 꿈도 꾸지 못할 일이다. 결국 마젤란 시대 이후로 온 세상을 찌르던 '주사바늘'은 일본 열도에서 부러지고 말았다. 오죽했으면 예수회마저도 이 열도에는 백신 주사를 놓지 못했을까.

항해사로서 정말 감동적인 일은 바닷가에서 어부들과 함께 시간을 보내고 그들을 알아가며 그들의 가슴을 울리는 것들을 함께 경험하는 것이다. 그리고 험하고도 힘든 이 일을 하게 된 이유를 알아가는 것이다.

그런데 일본에서는 그게 불가능하다. 통역사의 도움을 받으면 되지 않느냐고? 통역을 거치면 자연스러운 대화를 할 수 없다. 그러니 유럽인들은 일본이라는 나라가 완전히 봉쇄된 곳이라는 인상을 가질 수밖에. 일본인들 역시 우리를 전혀 이해하지 못하는 것 같다. 여행자들에게 눈곱만큼의 관심도 보이지 않는다. 나의 항해사 경력을 통틀어 일본은 내게 가장 아쉬운 곳으로 자리매김했다.

일본은 빈틈이라고는 도무지 찾아볼 수가 없는 갑옷이다. 내게 남은 기억이라고는 주석 빛깔의 탁한 바다와 수면 위에 비친 나의 모습뿐이다. 서예작품이며 일본 배며 일본식 정원이며 사원이며, 하나도 구경을 못 해 보았다.

나로서는 실패한 여행이었다. 외국인들에게 철저히 문을 닫아건 곳, 내가 느낀 일본은 그런 곳이었다. 미묘한 인간 관계나 언어의 섬세한 차이나 꽃이 활짝 핀 사과나무나 다도(茶道)는 접해 볼 수도 없었다. 아무것도 이해하지 못했다는 것이 얼마나 당혹스럽던지. 하나도 이해를 하지 못했기 때문일까, 일본을 생각하면 기운이 쭉 빠진다. 바다에 관한 한 누구 못지않게 잘 알고 있다고 생각했는데, 일본은 내 손가락 사이로 교묘하게 빠져나가 버렸다. 이 나라는 내게 아무것도 보여주지 않았다. 아직도 껍질 속에 꽁꽁 숨어 있다. 도무지 그 껍질을 열 수가 없다. 일본이 가지고 있는 모든 흥미진진한 것들과 신비로운 것들, 심지어는 배의 형태마저도 꼭 닫힌 궤짝 안에 숨겨져 있다.

어떻게 하면 낚시를 가는 일본 사람과 동행할 수 있을까? 미션 임파서블이다. 나는 칠레 사람, 노르웨이 사람, 폴리네시아 사람, 캄보디아 사람과 함께 낚시를 하러 가 보았다. 그러나 일본 사람과 함께 낚시를 하러 간다는 것은 꿈도 못 꿀 일이었다. 서로가 서로를 이해하지 못하는 답답한 상황이었지만, 그것이 바다를 공유하기 위해 감내해야 할 외국인의 몫이라고 생각했다.

그러나 그로부터 60년이 지난 지금, 어떤 일이 일어났는가? 도요타, 미쓰비시가 자사제품으로 온 세계를 휩쓸었다. 지하자원도, 에너지 자원도 없는 나라, 개미처럼 지칠 때까지 일만 하는 나라, 휴가라고는 고작 일주일밖에 되지 않는, 그 일주일을 황금의 일주일이라고 감지덕지하는 그 나라가 말이다. 나로서는 그저 기절초풍할 일이다.

일본 사람들은 소형차 피아트 500에 열 명이, 그것도 미소를 잃지 않으며 탈 수 있을 정도로 몸집이 작다. 그 사람들이 키가 1미터 80센티미터인 미국 사람들이 배에서 내리는 장면을 본다고 상상해보라. 일본 사람들은 중국, 한국, 필리핀을 향해 끊임없이 세력을 뻗치려 했다. 이웃 나라에서는 일본을 증오하는 분위기가 만연해 있다. 일본 사람들은 전쟁을 신성화한다. 유럽 사람들로서는 이해할 수 없는 점이다. 세상을 바라보는 그들의 시각은 수상쩍다. 여러 가지로 황당한, 열쇠를 두 번 돌려 단단히 잠근 나라. 이런 사실을 알게 된 이후로 나는 일본을 경계하게 되었다.

일본에서 겪은 일화를 하나 소개해 보련다. 프랑스 대사관에 가야 할 일이 있었다. 어떤 프랑스 사람이 일본 군도(軍刀)를 주문했는데 우리에게 물건을 프랑스로 가져다 달라고 부탁을 한 것이었다. 누군가가 그 검이 1만 5천 유로짜리 고가의 물건이라고 내게 귀띔을 해주었다. 일 년에 세 개의 군도만을 만드는 문제의 장인은 문화재급 대우를 받고 있다고도 했다. 나는 기가 막혔지만 놀라지는 않았다. 일본은 노동표준화와 노동세분화를 도입한 테일러리즘을 신봉하는 나라인 동시에, 한편으로는 뛰어난 금은세공 솜씨를 지닌 장인들이 있는 나라였으니까.

친구를 공항으로 데려다주어야 할 일이 생겨서, 나는 도쿄 구경도 할 요량으로 공항 방향으로 차를 몰았다. 백 킬로미터가 넘는 거리를 운전하는 동안, 프랑스의 라데팡스 같은 신도시밖에 보이지 않았다. 한 마디로 고속도로의 악몽이었다. 일본은 그렇게 나에게서 멀어졌다. 가라테나 꽃꽂이를 배워야만 이 나라를 이해할 수 있는 걸까?

심지어 일본 사람이 아니면 그들의 고급 술집에 들어갈 수가 없다. 완벽한 일본어를 구사할 수 있어야 필요한 예의범절을 지킬 수 있기 때문이란다. 일본 열도에 침투하기가 얼마나 힘든지를 잘 보여주는 예가 아닌가.

일본 근해는 대단히 복잡하다. 19세기에 돛 세 개짜리 범선을 몰고 여기 오기까지, 얼마나 엄청난 고생과 희생이 뒤따랐을까! 그렇게 힘든 여행을 감행한 사람들은 역시 포르투갈 사람들뿐이었다. 도쿄에는 인기가 별로 없는 해양 박물관이 하나 있다. 방문객들을 위한 전시실 안쪽 벽에는 지도가 걸려 있는데 단추를 누르면 해로에 불이 들어오도록 되어 있다. 훌륭하다. 아주 교육적이다. 그러나 그 지도를 본 순간, 난 눈이 튀어나올 정도로 놀랐다. 해로의 방향이 반대로 표시되어 있는 것이 아닌가. 특히 영국과 미국 사이의 해로는 완전히 거꾸로 되어 있었다! 물론 그 누구도 감히 방향이 틀렸다는 지적을 하지는 못했다!

내가 도쿄에서 무엇을 했느냐고? 군중을 바라보며 몇 시간이고 벤치에 앉아 있었다. 화성에 불시착한 느낌이었다. 그나마 나는 태평양을 횡단한 다른 항해사들은 해 보지 못했을 특이한 경험을 했다. '도그 바'에 들어가 보았던 것이다. 이름에서 알 수 있듯이 이 바는

일본의 도쿄만.

네발 달린 견공들을 위한 곳이다. 일본 사람들은 삼삼오오 짝을 지어
눈망울이 촉촉한 개의 겨드랑이를 받쳐 안고는 이야기꽃을 피웠다.
우루과이 축구팀 유니폼을 입은 개를 지극정성으로 끌어안거나 유
모차에 태우고 온 사람들도 있었다. 뿐이랴. 아기들에게 입히는 우
주복(수놈은 파랑, 암놈은 분홍)을 입힌 개를 안고 쇼핑을 하러 가는
그 광경이라니. 바다에서 2주를 보낸 항해사로서는 보아 넘기기 힘
든 장면이었다.

  일본의 기후는 혹독하고 습도가 높으며 겨울에는 무지하게 춥다.
더운 8월엔 길을 걸어가다 심하게 쏟아지는 소나기를 만나기 일쑤
다. 생선회 애호가인 데다가 호기심 넘치는 브르타뉴 사람인 나는 도
쿄의 어시장을 구경하러 갔다. 놀랍기가 이루 말할 수가 없었다! 상
상을 초월할 정도의 경건한 자세로 일에 임하는 팔천 명의 일꾼들이
군도만큼이나 커다란 칼을 휘두르며 민첩하게 생선살을 저며내고
썰어내고 있었다. 시장에서는 바다냄새, 썰물과 밀물의 냄새가 났다.
비린내 빼고는 모든 냄새가 다 나는 것 같았다.
  그날 아침 살집 좋은 다랑어가 2만5천 유로에 주인을 만났다. 나로

서는 이해할 수 없었지만 그 다랑어에게 바치는 어떤 의식이 거행되었다.

도쿄만으로 나갔더니 어부들이 기름이 둥둥 뜬 바다 위에서 작업을 하고 있는 것이 아닌가. 스크루가 만들어낸 소용돌이 한가운데에서 말이다. 그때 난 결심을 했다. 이쪽에서 잡히는 생선은 절대 먹지 않겠노라고.

도쿄 항이 깨끗하다, 물이 맑다, 등등은 모두 잘못된 정보였다. 오염된 수족관 물이 따로 없었다.

나의 세계와 다른 세계라는 느낌이 그렇게까지 강렬했던 적이 없었다. 철저한 계급사회인 일본은 난폭한 방법으로 이웃 나라들을 식민지로 삼았다. 내 나이 예순넷, 그런데도 일본은 아직 이해할 수 없는 나라로 남아 있다. 단절이 심해도 너무 심하다. 삼동선 제로니모에 일본인 선원을 태운 적이 있었다. 대단히 용감한 사람이었지만 능력을 제대로 발휘하지 못했다. 상황에 대처하는 방법이 우리와 너무 달랐기 때문이었다.

유럽의 모든 탐험가들은 아시아를 동경했다. 나는 아시아로 떠나기 전에 인도차이나, 라오스, 베트남, 코친차이나를 탐험한 마리 가르니에(＊Marie-Joseph François Garnier, 1839~1873)의 탐험기록을 다시 한 번 읽어보았다. 그의 보고서는 내게 많은 도움을 주었다. 그가 말하길, 유럽 사람들은 아시아 사람들과의 교제에서 상처를 입을 수 있다고 했다. 그의 말을 있는 그대로 받아들이기로 했다.

홍콩

　홍콩의 앞마당은 바다이다. 먼 바다에서 보면 완만한 언덕들이 먼저 눈에 들어온다. 이렇게 먼 바다에서 보이는 모습은 호주의 보터니만과 많이 닮았다. 홍콩의 관문에서는 드나드는 배들이 무척 많다는 것만 제외하고는 뉴칼레도니아에 도착할 때와 비슷한 인상을 받는다. 이곳에 도착하면 모두들 결국 중국의 문 앞에 왔다고들 말한다! 모든 절차가 간단하고 쉬우면서도 명료하다. 너무 쉬워서 오히려 이상할 정도이다.

　나는 내가 홍콩에 왔다는 사실을 요트 클럽측에서 모르도록 하기 위해 조심했다. 회원이 천이백 명, 고용인 숫자만 삼백 명인 대형 클럽이다. 휴대폰 사용이 금지된 그 클럽은 머리가 약간 이상한 영국 노인들이 30년 전 제국의 영광을 기리며 잔을 부딪치는 곳이다.

　그들은 모든 것을 자신들의 무덤이 될 이 아시아에서 백인들의 모험이 막을 내렸다는 의미로 받아들인다. 그들은 시대의 변화에 합류하지 못했다. 쇠락한 영광에 대해 애도를 표할 생각도 하지 않았다. 이것이 늙은 홍콩의 모습이다.

　홍콩에는 몰락한 빅토리아 시대에 대한 추억이 있다. 사람들은 잔 밑바닥에 남은 찌꺼기를 물끄러미 바라보고 있다. 그들을 여기로 이끈 것은 아편이 들어간 고기만두가 지글지글 익어가는 소리였지만, 이제는 아편 대신 진이 그 자리를 대신하고 있다. 그들은 진을 마시는 게 아니라 카뷰레터 소리를 내며 뱃속으로 들이붓는다. 그들은 상하이와 카키색 반바지를 기억하고 있다. 톨레도 검(劍)을 휘두르던 결투와 상류계층이 모이던 극장과 오후에 즐기던 골프를. 얼마나 매혹적이었을까. 그들은 과거 영국의 스털링(*영국의 화폐)과 막강했던 철강 산업을 철석같이 믿고 있던 사람들이었다. 역사의 심판에 대해서는 개의치 않던 이들이었다. 곡주에 얼큰히 취한 채 영국 국기가 걸린 깃대를 부여잡고 대나무처럼 꼿꼿이 선 채로 죽어 갈 사람들이다.

메콩 강—캄보디아

나는 광활한 공간을 꿈꾸던 세대에 속한 사람이다. 메콩 강을 거슬러 올라간 경험은 하나의 선물이었다. 부선장 이브 푸이오드가 나와 동행해주었다. 가는 도중에 우리는 바주카포(로켓포)를 사고파는 캄보디아 사람들과 마주쳤다. 아메리카 인디언들의 무기처럼 화살통에 든 로켓포도 거래되고 있었다.

그 무렵, 나는 고요한 곳을 그리워하고 있었다. 주변에 사람들이 너무 많았다! 내가 결코 포기할 수 없는 꿈은 창문을 열어도 반경 2킬로미터 이내에 사람이 아무도 없는 곳에서 지내는 것이다. 로빈슨 크루소의 꿈이라고나 할까. 정글 한복판으로 3일 동안 걸어 들어간다면 모를까, 아시아에서는 꿈도 꾸지 못할 일이다. 아시아에는 주변에 늘 누군가가 있다.

운명처럼 나는 캄보디아를 좋아하게 되었고 어떤 계시처럼 메콩 강을 거슬러 올라가야겠다는 결심을 했다. 내가 본 캄보디아는 핏기가 가실 정도로 심한 출혈을 한 나라였던 동시에 우리의 저속한 문명에 물들지 않은 나라였다. 사람들의 차림은 간소했다. 직접 재단한 옷을 입은 것이 꼭 전쟁 후의 영국 사람들 같았다. 남자들은 검은색으로 물들인 군용 셔츠를 입고 있었고 전세계 사람들이 오만 가지 방식으로 쓰는 야구모자가 아닌 군용 모자를 쓰고 있었다. 모두 다 캄보디아에서 만들어진 것이었다. 여자들은 어디에 있어도 확연히 눈에 뜨일 몸매를 하고 있었다. 전쟁에서 남은 것을 가지고 옷을 지어 입었고 아무래도 '남은 것' 이었으므로 그들은 솜씨를 발휘해 그것을 활용해야 했다.

내가 본 것은 무엇이었던가? 30년 동안의 전쟁으로 피투성이가 된, 크메르 루주에 시달릴 대로 시달린 나라. 침묵의 나라, 그리고 그 침묵은 사람을 두렵게 만들었다. 그러나 사람은 역시 혼자여서는 안 된다. 특히 아시아라는 세계에서는 앵글로색슨의 세계에서보다 나처럼 혼자인 사람을 더욱 수상쩍게 여긴다는 사실을 알게 되었다. 나는 캄보디아에서는 죽을 때가 되어서야 비로소 혼자가 될 것임을 깨달았다. 내가 살면서 추구해 온 것과는 정반대가 아닌가. 타인의 존재, 그가 보내는 연민의 눈길. 어리석음과 죄악에 짓밟힌 이 나라는 나를 나만의 고독 속으로 밀어넣었다.

우리는 이렇게 불균형한 캄보디아에서 어떻게 하면 균형을 찾을 수 있을까? 소통의 기호를 찾을 수 있는 창구는 영화뿐이다. 이곳 사람들 사이에 유일하게 공통된 문법이다. 캄보디아에서는 문법마저도 크메르 루주에 의해 학살된 것이 아닐까.

영국과 아메리카

영국의 문화

내가 1970년대에 만났던 영국 사람들은 대부분 행동을 원칙으로 삼는 사람들이었다. 30년이 지난 후에도, 그들에 대한 나의 생각은 바뀌지 않았다. 그들은 결코 항복할 줄을 모르는, 그러면서도 절대 넘어지지 않는 영혼의 소유자들이다. 맡은바 임무를 다하고 왕국과 조국과 여왕에 헌신하면서도, 정작 동포들에게는 소홀한 이들.

영국 사람들은 일찌감치 외부로 눈을 돌렸다. 이제 영국이 세계에 남긴 흔적은 잉크가 서서히 지워지듯 사라졌으나 혹독한 섬 생활과 틈이 보이지 않는 계급과 박물관에 대한 과도한 욕심과 이미 너무나 앞서간 산업화에 지친 그들은 다른 곳을 찾아 떠났다. 행복을 찾아서. 나라가 섬나라이다 보니 영국 사람들은 언젠가 한 번쯤은 배를 타야 하는 숙명을 타고났다. 5세기 동안, 영국의 항해사들은 바다의 주인 노릇을 했다. 선택의 여지가 없었다. 바다로 나가는 것은 살아남기 위한 행동이었다. 그런데 일단 바다로 나갔더니 경계가 없는 세계가 펼쳐졌던 것이다.

대영제국에는 없는 동물이 없었다. 언젠가부터 동물이란 동물들은 모두 제국의 동물원으로 잡혀 들어왔다. 표범도 영국 동물이요, 알을 낳는 포유류 오리너구리도 영국 동물이었다. 털이 억센 애완견 복서마저도.

영국 사람들은 영어라는 언어를 전세계에 전해주었다. 좋은 영향력을 행사한 유일한 행동이었다. 또한 세련된 것과 그렇지 않은 것의 기준을 제시하여 온 세상 사람들로 하여금 그것이 옳다고 믿도록 만들었다. 그들의 기발한 재주에 경의를 표하는 바이다!

몽테스키외는 "인식의 자유와 상업의 자유가 보장된 나라"라며 영국을 대단히 높이 평가했지만 지리적으로 가까운 나라임에도 불구하고 나는 영국 숭배 분위기에 편승하지 못했다.

육지에서나 바다에서 영국 사람들과 가까이 지내본 경험에서 나는 자기들의 관습을 결코 포기하지 못하는 그들의 성격을 파악할 수 있었다.

프랑스 사람들은 이렇다. 폴리네시아로 파견되는 총독은 본국을 떠날 때 단추 하나 떨어지지 않은 완벽한 제복을 입고 갔다가 돌아올 때에는 허리에 두르는 타히티 원주민의 의상을 입고 온다. 그럼 영국 사람들은 어떨까? 피지로 발령을 받은 총독은 법관처럼 근엄한 의복을 입고 조국을 떠난다. 그 총독이 태평양을 떠날 즈음이 되면 피지 사람들의 반 이상이 총독과 비슷한 차림을 하고 있다. 그들의 차이는 바로 이런 점이다.

영국 사람들은 절대 양보하는 법이 없다. 즉, 그들은 정복한 나라에서도 늘 외국인으로 남아 있다. 그런 점에서는 상대를 배신하지 않는다. 포르투갈 사람들은 브라질이나 모잠비크나 앙골라, 마카오 등지에서 현지인들과 결혼을 하고 아이를 낳는다. 영국 사람들은 그 어디에서도 결혼을 하지 않는다. 라틴 민족은 아무 데서나 결혼을 하고 애를 낳는다. 그럼 영국 사람들은? 어림도 없는 이야기이다.

영국 사람들은 인도나 중동이나 아시아나 오세아니아에 도착하자마자 현지인들이 따라할 만한 표본을 제시했다. 아랍놈(Wog) 같은 모욕적인 표현이 생겨난 것도 영국 사람들 때문이었다. 동양 사람인데 얼굴이 하얀 편이면 신사 대접을 하기도 했다. 내가 만나본 영국 기자들은 프랑스어를 완벽하게 구사할 줄 알면서도 꼭 영어로만 질문을 했다.

영국 사람들은 제국주의자들이지만 프랑스 사람들과는 반대로 괜한 고집을 부리지 않는다. 아무튼 나는 무엇으로도 무너뜨릴 수 없는 영국 사람들의 특성에 감동을 했다. 그들이 세계로 뻗어나가자 세계가 그들에게로 스며들었다. 마치 오리 깃털에 물이 스며들듯이.

영국 귀족들은 장사를 하는 것을 품위 손상이라고 생각하지 않았다. 프랑스에서는 상상도 못할 일이다. 결과적으로 영국 사람들은 부와 권력을 모두 손에 넣을 수 있었다. 우리의 이웃들은 몇 세기 전부터 실용주의의 중요성을 완벽하게 이해하고 있었던 것이다. 그런 와중에서도 지켜야 할 원칙이 하나 있었으니, 그것은 바로 섞이지 않는다는 것이다. 그들은 그들만의 세계에 머물렀다. 자기들만의 클럽에서 자기들끼리 술에 취하되 좀처럼 자신을 드러내 보이지 않는다. 영국 사회에는 1066년, 헤이스팅스 전투 때부터 지켜온 경이로운 계급 문화가 존재한다.

라틴어는 오랫동안 프랑스 사람들과 영국 사람들의 공용어로 사용되어 왔다. 양쪽 사람들이 쇠사슬 갑옷을 입고 만났을 때, 전의를 불사르며 주고받았던 말은 모두 라틴어였다.

배편이 유일한 상업의 수단이었던 시절이 지나자, 영국 사람들은 헌신짝 집어던지듯 해상 무역을 버렸고 그와 아울러 해양 스포츠의 패권도 포기해버렸다. 현재 요트 경기와 대양 횡단 경기에서는 스위스 항해사들이 두각을 나타내고 있다.

과거보다는 그 화려함이 많이 사라졌지만 전자상거래를 지배하는 언어가 영어이기 때문에 영국은 아직도 영향력을 발휘하고 있다. 자본주의의 맥락 안에서 서로를 쫓고 또 쫓는 유산계급들이 존재하는 한 영국의 영향력은 사라지지 않을 것 같다.

크리터 호를 구입하던 당시의 일이 떠오른다. 1975년, 나는 영국 잉글랜드 남서부 도시에 있는 조선소에 들렀다. 원래부터 웃지도 않고 농담을 하던 조선소 사장이 내게 말했다. "올리비에, 혹시 알고 계셨습니까? 영국 사람들에게는 장사꾼 기질이 있답니다." 제 나라 사람들을 그런 식으로 평하다니, 나는 어리둥절하여 그를 바라보았다. 그리고 그가 내민 청구서 금액대로 수표를 끊어주었다. 뭔가 이상했다. 아니나다를까, 이미 합의된 배 값에 전화 세 통을 걸었던 금액이 추가되어 있었다. 웃음이 나왔다. 사장이 '장사꾼 기질'이라고 했던 것이 이해되었다. 그렇게 나는 백만 프랑 오십 상팀을 수표로 결재했던 것이다.

영국에 정박을 하면 아무리 작은 배를 가지고 들어가도 10분 만에 누군가가 나타나 세금을 물리고 간다. 예외는 없다. 공짜라는 것도 존재하지 않는다. 라틴계 사람들에게는 황당한 일이 아닐 수 없다. 영국 사람들에게는 모두 한 가족이라는 개념과 디킨스식 쩨쩨함이 공존한다. 영국은 눈덩이처럼 불어나는 속도로 부를 축적하는 나라인 동시에 위대한 기인들과 조국을 잔인한 시각과 냉소적인 유머로 파헤친 대작가들의 양성소이다. 이블린 워(*Evelyne Waugh, 1903~1966,

당대 최고의 풍자가로 평가받는 영국의 작가)는 이쪽 분야의 대가로 자리매김했다.

로마가 지중해를 평정했다면, 런던은 전세계를 평정했다. 세계의 회계장부는 런던이 보유하고 있다. 1982년, 아르헨티나가 영국령 포클랜드 제도를 침공하자 바로 다음날 전쟁이 선포되었다. 마가렛 대처 수상은 네팔인으로 구성된 최정예 용병부대 구르카 부대를 파견했다. 내가 기억하는 한, 프랑스에서는 탱고 세 소절을 흥얼거릴 동안 아르헨티나는 영국군을 바다로 쫓아버릴 것이라는 예상들을 했었다. 영국이 어떤 나라인지 몰라서, 혹은 잊고서 하는 소리였다. 지금으로부터 8년 전, 나는 포클랜드 제도 앞바다를 항해했다. 살이 덜덜 떨릴 정도로 추웠다. 그곳에서 누굴 보았는지 아는가? 소형 쾌속정으로 야간 훈련을 하는 영국의 저 유명한 해병대였다. 전쟁에도 미덕이 있다면(물론 나는 그런 의견에 회의적인 입장이다), 포클랜드 전쟁처럼 무모한 전쟁은 국가 체제를 무너뜨릴 수도 있다는 것을 알렸다는 점이다. 그것만 해도 어디인가.

나는 영국 사람들의 한없이 자유로운 태도가 좋다. 그들은 잘난 척을 하지 않으며 말한 것을 반드시 지킨다. 그리고 우리 프랑스 사람들처럼 사소한 것에 쉽게 흥분하지 않는다. 그들은 자신들의 정당성을 조금도 의심하지 않으며 걱정이라는 것을 하는 법이 없다. 온 세계가 들썩들썩 움직여도 영국 사람들은 꿈쩍하지 않는다. 움직여야 할 이유가 없다는 것이다. 장 모네(*1888~1979, 유럽 공동체 설립에 기여한 프랑스의 경제학자. 유럽공동체 의장을 지냈다)의 주도 아래 전 유럽이 에어로빅을 할 때에도 영국 사람들은 파이프를 입에 물고 불도그가 엎드려 있는 난롯가에 앉아 태연한 표정으로 그 형국을 지켜보기만 했다.

얼마나 실용적이고 냉철한 사람들인가. 내가 무엇을 얻을 수 있는가, 내게 돌아오는 이득은 무엇인가, 내 주머니에서 나가야 하는 돈은 얼마인가…… 그들의 머릿속은 이런 생각들로 가득하다. 런던 테러로 영국 사람들은 상처를 받았다. 그들의 자유는 광기로부터 보호받아야 한다고 생각했기 때문에. 엄청난 충격과 근심에 휩싸였음에도 그들은 바뀌지 않았다. 절대 굴복하지 않았던 것이다.

그들에게는 온갖 비웃음에도 절대 굴하지 않는 원칙이 있다. 바로 왕권에 대한 절대복종이다! 타협이란 없다. 모하메드 알 파예드는 해롯 백화점을 사들인 이후 15년간 영국 국적을 얻기 위해 무진 애를 써왔다. 여행객들이 호주에 도착하면 이민국 앞에 늘어선 두 줄을 맞닥뜨리게 된다. 영국인과 비영국인. 이것이 그들의 이분법이다. 런던은 매일매일 새로 채워지는 화수분 같은 백만장자의 가죽부대이다. 러시아, 인도, 파키스탄의 자금이 흘러들어오는 영국을 금광 배당권을 차지한 자에 비할 수 있지 않을까.

영국은 세계의 부를 빨아들인 이후, 우크라이나의 억만장자들과 좀더 느슨한 세제를 원하는 다양한 예술가들을 흡수하기 시작했다. 이 나라는 현실적이고도 확실한 진리를 숭상하는 나라이다. 누가 이 나라를 놀라게 할 수 있을까? 누구라도 불가능하다. 영국은 현실주의자들의 나라이니까.

존 불(＊영국 사람의 별명, 스코틀랜드의 풍자작가이자 의사인 J. 아버스넛이 탄생시킨 전형적인 영국인의 이름에서 비롯하였다)과 미적지근한 맥주와 조랑말과 자조(自嘲)의 나라 영국은 1829년 산업혁명의 시대처럼 세계를 다스리지는 못하고 있지만 정신적으로는 공략이 불가능한 단단한 성채 안에 머물러 있다. 영국 사람들에게는 영국의 것이 아닌 것

들에 대한 경멸이 뿌리 깊이 박혀 있다. 하긴, 그런 면이 나를 감동시
킨다는 사실은 인정하고 넘어가야겠다.

영국 사람들은 자기 성찰 따위로 약한 모습을 보이지 않는다. 그렇
게 할 필요를 느끼지 않는다. 그들은 이미 스스로를 정확하게 파악하
고 있다. 그래서일까. 그들은 모든 것을 자신들의 기준으로 판단하
려 한다.

영국에서는 심리학이 잘 통하지 않는다. 심리분석가들이 설 자리
가 별로 없다.

영국 사람들은 본국인 섬을 떠나 확실하고도 뚜렷한 스타일을 전
세계로 전파했다. 그리고 돌아올 때에는 떠나온 자리에 꿈을 남겨두
었다. 물론 영국 사람들이 꿈을 꾼다는 전제하에서. 그들의 신조는
이러하다. 가져가되 모두 돌려주지는 않는다. 예를 하나 들어볼까?
카리브 해의 섬들을 살펴보도록 하자. 영국령 섬들과 프랑스령 섬들
은 달라도 참 많이 다르다. 지금 내가 프랑스령 섬에서는 모든 것이
완벽하다는 주장을 펴려는 것이 아니라는 점을 알아주시기 바란다.
그러나 확실히 프랑스령 섬에 가 보면, 도로가 정비되어 있고 병원이
제구실을 하고 있으며 빈민들을 위한 방편이 마련되어 있다는 것이
눈에 보인다. 그러나 영국 사람들은 사탕수수 수확량이 만족스럽지
않다거나 하면 정복한 섬을 방치해 두고 떠나버린다.

예를 들어, 어떤 섬이 치외법권 지대라고 치자. 섬을 지배하는 힘
은 폭력이다. 그곳의 개발이 불가능하다고 판단되는 순간, 영국 사람
들은 그 섬을 버리고 떠난다. 그들의 생각이 틀렸다는 것이 아니다.
생각하는 방식이 다르다는 것뿐이다. 또한 그들은 반란을 이해하지
못하는 사람들이다. 혁명에 대해서는 더 말할 것도 없다. 영국 사람
들은 혁명을 한심스럽게 여긴다. 내가 아는 영국 사람들은 자기네들

이 정복지에 대영제국의 자유를 전파했다고 굳게 믿는다. 그리고 그 자유를 유지하는 것도 자기네들 몫이라고. 프랑스 사람들도 비슷한 생각을 하지만 프랑스는 식민지에 대해 어떤 서정적인 애정을 가지고 있다. 영국 사람들에게는 얼마나 몰상식해 보일까.

영국은 200년 동안 식민지에 대규모 상관(商館)을 운영하고 있었으면서도 짐을 꾸려 런던으로 떠날 때에는 일말의 책임감도 느끼지 않았다.

프랑스 사람들은 복음전파에 비견될 의무감과 영웅적인 열정을 가지고 식민지에 들어갔다. 이런 이유 때문에 오랫동안 영국 사람들은 우리를 어린애 취급했던 것이다. 아니, 유치하게 보았다는 표현이 더 어울리겠다.

특히 그들은 전해줄 사상이라는 것이 없었다. 사명감이 전혀 없었다는 말이다. 우리에겐 1789 혁명의 정신, 뤼미에르 형제, 쥘 페리(* 프랑스 식민지 제국주의 확장에 기여한 정치가)가 있었다. 그들에게는? 이런 방면으로는 아무것도 없었다. 반면, 프랑스 사람들은 그들이 발견한 광명을 눈먼 자들에게 전달하고 싶다는 욕구에 불타올랐다. 영국 사람들은 진실과 열정을 구분짓는다. 언제나. 프랑스인들은 순진하다 못해 실수투성이이고 격렬하면서도 까다롭다. 영국 사람들은 인도를 점령하면서도 어떤 사상을 전하겠다는 의지가 없었다. 한편으로, 자국의 직물생산이 인도에 추월당할 기미가 보이자 구식 베틀기를 없애고 새로운 기계를 도입했다. 정말 놀랍지 않은가! 식민지와의 관계가 각별하지 않았으니 가차없이 버릴 때에도 미련이 남지 않았던 것이리라.

프랑스 사람들은 복음을 전파하는 사명감과 비슷한 마음으로 식민지 정책을 펼쳤다. 관계를 맺기 위하여. 영국 사람들은 뭔가를 얻기 위해 식민지를 만들었고 프랑스와는 다르게 그 의도를 구태여 숨기려 하지도 않았다. 그리고 프랑스보다 더 빨리 식민지 지배를 포기했다. 방법적으로도 훨씬 더 수월하게. 60년이 지난 지금, 런던은 상업적으로 그 어느 도시보다 우위를 차지하고 있다. 그렇게 그들은 런던을 세계의 재정 수도로 만들며 다시 한 번 세계를 지배하려 하고 있는 것이 아닐까. 자만심이라고 할 정도의 확신을 가지고 말이다.

그럼 프랑스는 어떠한가? 프랑스는 공화국 정신을 널리 퍼뜨리겠다는 신념밖에는 가진 것이 없다. 프랑스에게는 세상에 광명을 주어야 한다는 사명감이 있다. 영국 사람들에게는 사명감도, 세상에 전해 줄 광명도 없다. 무엇을 살 수 있을까? 무엇을 팔 수 있을까? 그들의 생각은 딱 여기까지였다. 다른 것은 문제를 삼지 않았다. 피지가 독립하던 때, 나는 그 역사적인 현장에 함께 하는 행운을 누렸다. 화려한 차림의 찰스 황태자가 양국의 관계를 끊으러 왔다. 그것이 피지의 독립이었다. 섬사람들은 이제 대영제국의 먼지가 아니었고 '뭐라 말할 수 없는 것'의 일부가 아니었다. 아주 간소했던 행사가 기억난다. 여행자수표와 '헤비어스코퍼스(＊Habeas Corpus, 타인의 신체를 구속하는 사람에 대해 피구금자의 신병을 법원에 제출하도록 명한 영장. 1967년 영국 국회에서 제정한 법에 의해 다시 수정, 확대되어 현재는 영미법계 나라에 널리 보급되어 있다)의 발상지는 그렇게 피지의 독립을 인정했다.

영국이라는 나라는 입헌 군주제를 모르고서는 이해할 수 없는 세계이다.

문제는 프랑스에서는 권력이 이리저리 옮겨진다는 것이다. 월요일엔 마르셀, 화요일엔 데데……목요일엔 레옹. 뭐, 이런 식이다. 프랑스 사람들은 정부의 급격한 변화에 대해 별다른 관심이 없다. 어쩌면 일부러 그러는지도 모르겠다. 영국 사람들은 짓궂음을 숨긴 채 친절하게도 프랑스가 '계속된 공화제가 만들어낸' 진지하고도 신선한 이미지를 지켜온 민족이라고 이야기할 것이다.

영국 시(詩)는 엄격한 운율을 지닌 반면 프랑스 시는 자유시이다. 그래서 영국 사람들이 프랑스인들을 낭만적이라고 하는지도 모르겠다. 영국 사람들은 신을 믿고 자기 자신을 믿는다. 프랑스 사람들은 아름다운 영혼과 직감과 엠마 보바리를 믿는다. 중상주의와 금고를 만들어낸 나라, 카를 마르크스를 펴내고 섹스피스톨스(＊1977년에 데뷔한 영국 펑크 그룹 1세대)를 탄생시킨 이웃나라에 맞서 싸우기에 프랑스의 역량은 턱없이 부족하다.

몇 년 동안 아르헨티나나 브라질에서 제법 잘 산다는 사람들은 세탁물을 런던으로 보내 표백을 했다. 결국, 영국 사람들은 전세계 사람들로 하여금 이렇게 약간 이상하고도 위생적으로 논란의 여지가 있는 습관을 들이도록 만들었다. 전세계가 이 추세를 따라 런던에서 세탁을 했던 것이다. 현재까지도 바뀐 것은 아무것도 없다. 러시아 사람들이 아직도 하이드파크에서 빨래를 하고 있으니.

그들은 프랑스의 샤를라에 정착을 하거나 캐나다의 킹스턴에 뿌리를 내리고 살다가도 언젠가 섬으로 돌아간다.

섬사람들이 모두 그렇듯, 영국 사람들에게는 섬에 대한 강한 애착이 있다. 거의 본능적인 집착이다. 그러나 그 애착은 영국의 부동산 가격이 폭등한 12년 전부터 서서히 약해지기 시작했다. 반면, 영국 국적을 포기하는 사람들은 극히 드물다. 프랑스 사람들이 국적을 쉽게 버리는 것과는 대조적이다.

영국 사람들은 끝까지 영국 사람으로 남는다. 어디에서나 그들은 자기들의 관습을 고수한다.

뉴칼레도니아에 들어갔던 선교사들의 영향으로 아직도 그곳의 여인들은 크리켓을 즐긴다. 정부가 섬 내에서의 사냥을 금지한 것은 참으로 유감스러운 일이다. 아무리 그래도 기마 수렵의 전통이 있는 나라가 아닌가. 여우를 보호하기 위해서이기도 하지만 이게 다 가발을 쓴 채 하인을 대동하고 가시덤불에 들어가 코뿔소를 너무 많이 잡은 탓이다. 영국 사람들이 죄책감을 느껴서라고 생각해도 좋을까? 그들에게는 너무 어울리지 않는 듯하다.

미국

나는 아메리카의 모든 나라를 사랑한다. 특히 미국에 대해서는 각별한 애정을 가지고 있다. 그러나 지난 몇 년이 흐르는 동안, 아메리카의 국가들은 다른 태평양의 연안국들에 비해 한참이나 '뒷전'으로 밀려나고 말았다. 10년이 지나면 아시아의 강대국들이 완전히 패권을 장악할 것이고 그렇게 되면 아메리카는 21세기라는 소설 속의 조연 역할을 맡아야 하는 수밖에 없다.

2004년, 나는 제로니모의 선원들을 캘리포니아와 폴리네시아, 그리고 호주로 데려가고 싶었다. 나로서는 펜 듀익 IV호와 함께 남긴 흔적을 다시 한 번 더듬어 볼 수 있는 기회이기도 했다. 그때 시작된 이야기가 아직 끝나지 않았다. 나는 태평양에 면한 그 세계에 다시 가 보고 싶다는 강한 욕망에 불타올랐다. 40년 전에 나를 사로잡았던 그 매력에 다시 한 번 빠져보고 싶었다.

　제로니모의 선원들에게 나의 추억을 강요할 생각으로 그 항해를 계획한 것은 아니었다. 항상 나의 곁에 있는 그들과 멋진 여정을 함께 함으로써 기쁨을 나누고 싶었던 것뿐이다.

　어느새 나는 추억을 더듬는, 여행사진을 다시 들추어보는 사람이 되어 있었다. 홍콩의 페닌슐라 호텔 꼭대기층에 있는 나, 시드니 오페라하우스 지붕 위에서 중심을 잡고 서 있는 나, 샌프란시스코의 금문교를 바라보는 나. 나는 감격스럽고 희망으로 가득했던 그 시절을 되살려주는 이런 상상이 즐거웠다. 이는 지나간 추억을 들추며 감동을 하는 하나의 방법이 아니라 내가 사랑했던 이 세계의 아름다움을 찬양하는 방식이었다. 샌프란시스코에 도착하자, 어쩐지 브르타뉴의 라 트리니테 쉬르 메르(*브르타뉴 해안의 작은 마을)와 비슷한 분위기가 느껴졌다. 왜 그런 비교를 했던 것일까?

　그리 많은 시간을 보내지 않았음에도 불구하고 그곳이 편하게 느껴졌기 때문이리라. 가방을 내려놓고 싶은 곳, 잠시 멈추고 싶은 곳.

　샌프란시스코에서 보낸 한때는 내 인생에 찾아온 축복의 순간이었다. 우선 그곳에 도착하면 캘리포니아는 가스버너처럼 뜨겁게 달아올라 있으리라는 예상을 뒤엎는 서늘함이 느껴진다. 이는 네바다에서 데워진 공기가 얼음장처럼 차가운 태평양 바닷물에 발가락을 담그는 바위투성이 투박한 군화모양의 폐곡선 해안 빅서(Big Sur)의 포도밭에 도달하면서 조금씩 그 위력을 잃기 때문이다. 그러나 그것도 잠깐. 곧 목덜미에 뜨뜻한 바람이 느껴진다. 태평양에서 가장 아름다운 쇼윈도우, 샌프란시스코의 바람이다. 놀라운 것은 공기가 무척 가볍다는 것이다. 해가 있는 동안은 공기에 습기가 많기 때문이다.

　우리는 제로니모로 로스앤젤레스—호놀룰루 횡단 기록에 도전하기 위해 처음 열두 시간 동안 평균 5노트의 속도를 유지했다. 열두 시간이 지나자 서풍이 일었다. 차가운 바다 위로 일순간 더운 바람이 불었던 것이다. 움직이는 것은 돛의 맨 꼭대기, 30미터 위의 한 부분 뿐이었다. 마치 차가운 바다 위를 날아가는 '하늘을 나는 양탄자' 같 았다.

나는 40년 세월이 흐른 후에 내 배를 몰고 나를 정말로 매혹했던 그 장소들을 다시 찾아가 보고 싶다는 소망을 품어왔다. 그리고 펜 듀익 IV호의 시대로부터 40년이 흐른 후 돛을 올리고 바로 그곳으로 돌아왔다. 그 당시 배에는 콜라스와 나, 단 둘뿐이었다. 지도도 없었 고 전기도 없었으며 불도 없었다. 아무것도 없었다. 도중에 샌프란 시스코—도쿄 횡단 기록에 도전하기 위해 배를 준비해야 했던 에릭 을 샌디에이고에 내려주었다. 콜라스와 나는 빈털터리였다. 가진 것 이라고는 달랑 캘리포니아 도로 지도뿐. 우리는 한밤중에 모로베이 에 들어왔다. 삼동선이라는 이름에 걸맞은 배로는 처음으로 타 본 펜 듀익 IV호를 타고.

거의 40년이 흐른 뒤, 호주 경기와 너무나도 치열했던 로스앤젤레 스—호놀룰루 횡단에서 기록을 세운 제로니모를 타고, 우리는 바로 그 만으로 들어갔다. 나는 역사의 흔적을 따라가고 있었다. 스무 살 시절, 가슴을 뛰게 했던 그들의 후예가 되어. 나는 선원들의 눈에서 나를 사로잡았던 열정과 똑같은 불길을 보았다. 나는 내가 40년 전에 경험했던 것을 그들에게 전하고 싶었다.

또한 로스앤젤레스—호놀룰루 구간을 다시 항해할 수 있다는 것이 만족스럽고 감동적이었다. 이미 태평양에 익숙한 우리였지만, 이곳 의 만들은 늘 새롭고 매력적이다. 문제는, 제로니모의 덩치가 너무

크다는 점이었다. 만으로 들어가기에는 너무 커서 진로를 바꾸어야
만 했다.

샌프란시스코의 매력은 그대로였다. 모든 것이 안개를 뚫고 우뚝
솟은 금문교의 붉은 탑에 아로새겨져 있었다. 60년대 말의 지나치다
싶은 자유와 욕망이, 그 시절의 광기가 느껴졌다. 그 모든 것이 피셔
맨스워프(＊Fisherman's Wharf, 샌프란시스코의 해안가 관광명소)와 해물요리
를 파는 식당에 그대로 남아 있었다. 안개가 내리면, 뭔가 로맨틱한
기대감이 주위에 넘친다. 이곳에 여러 번 왔었지만, 올 때마다 나는
금광을 찾는 사람들이 몰려들어 승승장구했던 시대가 떠오른다. 그
긴 세월도 이곳에 새겨진 추억을 묻어버리지는 못했던가 보다.

증거는 언제까지나 남아 있다. 나는 이곳이 아메리카 대륙 역사상
아주 중요한 한순간을 목격했다고 생각한다. 피셔맨스워프의 부두
에는 이 역사의 흔적이 여실히 남아 있다. 나로서는 시간이 남긴 자
국을 그냥 지나칠 수가 없다. 변치 않는 배경이 나를 감동시킨다. 샌
프란시스코는 그 시절의 흔적을 그대로 간직하고 있다. 물론 이곳은
유명한 관광지로서 사람들이 끊임없이 몰려드는 곳이다. 그러나 난
주위 분위기에 아랑곳없이 역사의 숨결을 느낄 수 있었다. 완벽했
다. 40년 전의 느낌과 똑같았다. 나무바닥이 깔린 부두들은 40년 전
내가 펜 듀익 호를 정박시켰던 모습 그대로였다. 그 고장에서는 먼
바다와 그 맞은편 세계, 아시아의 냄새와 호흡이 느껴졌다.

한 도시보다 하나의 항구가 더 많은 이야기를 들려준다. 적어도 내
게는 그렇다. 파리? 모든 것이 아름답고 오스만식으로 정리되어 있
지만 오래된 항구 하나가 주는 감동과 같은 감정을 불러일으키지는
못한다. 샌프란시스코의 언덕과 빅토리아풍의 집들. 그 변함없는 모
습. 이곳은 프랑스의 좁디좁은 브레스트 항구의 입구와 흡사하다.

라페루즈(＊콩트 드 라페루즈, 프랑스의 해양 탐험가)와 부갱빌(＊루이 앙투만 드 부갱빌, 프랑스의 항해가)이 지나갔던 그곳과 많이 닮았다.

이곳은 멕시코의 몬테레이처럼 나를 감동시킨다. 철길의 침목으로 만든 둑, 안데르센의 인어공주 같은 자태로 바위 위에 앉아 있는 바다코끼리들. 분명 대도시에 있는데, 고기잡이를 마치고 돌아오는 배에서 던져주는 생선 내장을 받아먹으러 물 속으로 뛰어드는 바다코끼리를 볼 수 있다니.

40년이라는 세월이 흘렀건만, 내가 그곳에 남겨둔 자취는 여전히 생생했다. 나는 영어를 샌프란시스코에서 배웠다. 그곳의 부두에서. 도로청소부에서 시작해 결국 쓰레기차 운전수 자리를 얻어냈던 그때 내 나이는 스물셋이었다. 공장 노동자들과 비슷한 수준의 수입을 유지할 수 있었다. 일주일에 셔츠와 청바지를 한 장씩 살 수 있었고 하루에 두 끼는 따뜻한 음식을 먹을 수 있었다. 그러면서도 뭔가 큰 것을 살 수 있는 능력이 있다고 믿었다. 그러다가 어떤 선주의 눈에 띄어 낡은 의장품에 니스 칠을 하는 일꾼으로 고용되었다. 시급 5달러짜리 일이었다. 나는 행복했다. 최고로 빛나던 시절의 미국을 보았으므로.

수완이 좋았던 아일랜드 사내가 기억난다. 부두에서 일을 하던 친구였는데 정말로 특이하면서도 정이 넘치는 사람이었다. 나중에, 그것도 본인의 입을 통해 알게 되었지만, 그 친구의 아버지가 다름 아닌 제6대 타잔 조니 와이즈뮬러라는 것이 아닌가. 비행기 조종사로 일을 하다가 어떻게 부두로 흘러들어온 모양이었다. 아무튼 그때 그 순간, 타잔의 아들은 나와 다를 것이 하나도 없는 부두 노동자였다. 수완가였던 그는 컨테이너에 싣고 온 물건을 바닥에 내던져 팔 수 없는 상태로 만들어버린 다음 그것들을 따로 챙겨 암시장에 내다팔았다. 나중에는 펜 듀익 호를 타고 우리와 함께 항해를 했다. 그의 부모들은 돈맛을 보았고 할리우드에서 온갖 영광을 누렸을 뿐 아니라 인기의 쇠락과 대중의 뇌리에서 잊히는 쓸쓸함을 경험했다. 우리에게 그 친구는 하나의 쇼크였다. 전설적인 인물의 아들이 팔다 남은 할인상품을 뒤지며 장을 보다니. 굴절된 운명이 이런 것인가 싶었다. 그러나 그가 간절히 바라는 것은 딱 하나뿐이었다. 항해. 그 친구의 생각은 미국이라는 나라만큼이나 광대했다. 르네 코티(*1882~1962, 프랑스의 정치가)가 대통령으로 재임하던 그 시절, 기껏해야 자전거나 타고 돌아다녔던 시시한 우리 유럽의 사내들은 그런 그의 생각에 홀딱 반해버리고 말았다.

미국 사람들은 자기도취에 빠지지 않는다. 그것이 우리 유럽 사람들과의 차이점이다. 각자가 자신의 노력을 쏟아 부을 수 있는 길을 선택한다.

캘리포니아의 에너지가 사람들의 생각과 꿈에 스며들어 있었다. 40년이 지난 후에도 변한 것은 아무것도 없었다. 이 나라는 구석에 처박혀 사람들이 뭔가를 가져다주기를 바라는, 그런 나라가 아니다. 먼저 나서서 세계를 손 안에 넣고 마음껏 주물러야 직성이 풀리는 나라이다.

티뷰론 해변이라고 하면, 아직도 짙은 안개의 위험을 알리는 세 가지 경적 소리가 귓전에 맴도는 듯하다. 샌프란시스코 만 이편, 금문교의 북단에 위치한 소살리토는 또 어떠한가? 부르주아적 분위기가 물씬 풍기는 곳이 되었지만, 아직도 소살리토에는 전설적인 분위기가 남아 있다. 내가 젊었을 적에 처음 본 나를 히피들이 대단히 반갑게 맞아주었던 기억이 난다. 친절하기도 했지만 굉장히 예민한 사람들이었다. 마리화나 때문이었을까. 이상하게도 나는 마리화나와 관련된 것들을 아주 혐오해왔다. 그렇게 연초에는 관심이 없었으나 그래도 달랑 꽃무늬 원피스 하나만 걸친 여자들은 좋았다. 히피들은 약간의 우수에 젖은 향락주의자들이었다.

그 시절은 소비풍조가 만연하던 사회에 대한 반감이 고개를 들기 시작한 때였고 베트남 전쟁이 한창이던 때였다. 당시 젊은이들은 놀라울만큼 강한 믿음을 가지고 있었다. 아직도 그 시절의 문화가 하이트-애쉬베리(*1960년대 반문명적 진앙지. 히피들의 상징적인 장소가 됨)의 교차로에 그대로 남아 있다. 물론 1967년 히피들의 축제인 '사랑의 여름'이나 언더그라운드 그룹 같은 것은 더 이상 찾아볼 수가 없다. 이제는 상업색이 짙은 민속풍의 가게들이 있을 뿐이지만 의류 브랜드 갭 대리점과 보보 벤&제리 아이스크림 가게 사이에서는 기본적으로 반체제적인 분위기가 물씬 풍겨나온다. 나는 이런 미국이 좋다.

미국이라는 나라는 국가 자체와 국민들에 대한 강한 믿음을 가지고 있다. 모두에게 열려 있는 나라, 누구나 일거리를 얻을 수 있는 나라. 유럽과는 달리 막노동을 부끄럽게 생각하지 않아도 되는 곳. 그것은 모든 미국인들이 배관공으로건 접시닦이로건, 한번쯤은 노동으로 먹고살아 보았기 때문이다. 이런 점에서 나는 미국을 업신여기는 것이 잘못되었다고 생각한다.

어떻게 한 나라가 단지 60년 동안 세계를 상대로 그렇게 많은 일을 할 수 있었을까. 그들은 식민지를 만들고 음모를 꾸미고 내각을 쓰러뜨리는 한편, 지성과 지식에 무한한 공헌을 했다. 미국은 세상 사람들이 흔히 입에 담는 모욕적인 비판을 들을 이유가 없는 나라이다.

젊었을 적, 나는 스페인에 머물면서 등대 발치에 놓인 수많은 동판을 보고 충격을 받았다. 〈미국인들이 스페인에 드리는 선물〉. 70년 대 이비자(*Ibiza 섬은 스페인 동쪽 해안의 발레아레스 제도에 있는 4개의 섬을 통칭한다. 크기 순서로 마요르카, 미노르카, 이비자, 포르멘테라이다) 옆 작은 섬 포르멘테라의 히피들은 바람을 피하기 위해 몰라(Mola) 등대 아래에 모여 대마초를 말면서 제국주의를 비난했다. 르네 샤르의 시구가 떠오른다. "당신에게 아무 짓도 저지른 적이 없는 나를 왜 미워하나요?" 가끔씩, 미국은 자기표현을 너무 못 하고 있다는 생각이 든다. 제가 잘한 일조차도 그렇다. 유럽에서 미국 사람들의 지지로 당선된 누군가는 바보 취급을 받는다. 세상 사람들은 미국 사람들을 업신여긴다. 아니면 그 앞에서 구역질날 정도로 비굴하게 굴거나.

나는 버클리 폭동의 현장을 취재하고 사진을 찍었다. 내가 처음으로 단박에 돈을 벌었던 기회였다. 물론 금방 다 써버리기는 했지만. 그리고 곧장 프랑스로 돌아왔다. 그 시절에는 국제선 비행기들이 오를리 공항에 내렸다. 새로 타르를 깐 고속도로를 달려 파리에 입성해 당시 100만 부를 발행하던 《파리 마치》에 들어갔다. 1주일에 7백만 부를 찍던 《라이프》지(誌)에서도 내 글을 싣겠다고 했다. 미국에서의 생활은 나를 미친 놈으로 만들었다. 프랑스 서해안에서는 미국 물을 먹었다고 하면 촌뜨기 취급을 하지 않았다.
미국에서 살았던 경험 덕분에 나는 유럽 사람들의 자만에 대해 눈을 뜰 수 있었다. 브르타뉴의 중소도시 반느의 크레디 리요네 은행 부지점장이 시골 마을에 가서 연방 은행장이라도 된 듯이 뻐기는 분위기였으니 말이다. 그 작자의 객쩍은 소리를 들었을 때, 그 충격이 얼마나 크던지.
바다 위에서 수많은 세월을 보낸 나에게 한 가지 아쉬운 점은, 미

국 사람들이 우리의 다선체 배에 대해 너무나도 모르고 있다는 사실
이다. 그들은 규모가 좀 큰 배에 대해서는 별 관심을 보이지 않는다.

하와이에 비해 턱없이 형편없는 샌디에이고의 유람선은 볼 때마다
그저 놀랍기만 하다.

뉴욕

맨해튼의 발치에 정박하는 순간, 우리는 수평이던 세계에서 수직
의 세계로 넘어간다.

밤이면 이민자들의 유령이 어슬렁거리는 것만 같다. 지쳐 빠진 얼
굴에 초라한 행색으로 늙은 대륙에서 건너온 여객선을 빠져나오던
그 유령들이. 새로운 삶을 찾아 이곳에 온 여인들과 아이들. 부두에
가면 이 모든 것들이 몸으로 느껴진다. 가끔씩 나는 혼잣말을 한다.
같은 고통을 두 번 겪는 법은 없다더니, 이건 대체 뭐냐고.

그러나 나이를 먹으면서 산다는 것은 친구들의 이름과 전화번호가
적힌 수첩 같은 것이 아닐까라는 생각을 하게 되었다. 더 이상 연락
을 하지는 않아도 쉽게 그 이름을 지워버릴 수 없는 것처럼 우리의
생도 그러할 것 같다는 생각 말이다. 허드슨 강을 거슬러온 유대인들
과 폴란드 사람들 역시 저들의 이름과 주소가 적힌 수첩을 남겼다.

뉴욕은 울부짖는 곳이다. 6월의 로마의 성 베드로 광장, 해가 뜨기
전 인적이 없는 그곳처럼.

뉴욕에 정박을 하면 세상의 모든 울부짖음이 들린다. 그 소리는 여

객선의 선창에서 큰소리로 떠들어대는 유령들의 외침이다. 그 세계 때문에 나는 혼란에 빠진다. 가만히 서서 그 소리를 듣고 싶은 욕구가 일어난다. 시간의 소리에, 그들이 견딘 고통과 모욕에 귀를 기울이고 싶어진다.

머나먼 이국에서 온 노동자들의 흐느끼는 소리가 들린다. 그들의 번민이 느껴진다. 얼마 지나지 않아, 배가 항구에 닿는다. 밧줄이 팽팽하게 당겨진다. 고통은 끝이 나고 모든 것이 새로 태어날 수 있다는 가능성이 보인다. 약속의 땅…… 노력하면 한 세상을 얻을 수 있다는 약속, 행운을 얻을 수 있는 기회, 풍요의 뿔, 그러나 실패할 경우에는 또 다른 나락으로 추락할 수 있다는 두려움!

이탈리아 토스카나 사람인 베라자노가 발견한 맨해튼은 이후 네덜란드인들의 도시가 되어 수달피 판매가 이루어졌다. 부푼 꿈을 안고 시실리 섬을 떠나 뉴욕 항에 내린 이탈리아 사람들은 이곳을 보며 어떤 생각을 했을까. 모든 연고를 끊고 미래를 바라보던 이민자들의 시선을 생각해본다. 신부의 의사를 물어보지도 않고 결혼을 시키는 고향, 종교 때문에 자신들을 저주했던 조국이 있는 쪽의 난바다를 마지막으로 바라보는 그들의 모습이 눈에 보이는 듯하다.

갑자기 손금이 바뀌고 인상과 손짓 하나하나, 옷 색깔이 의미심장해진다. 각자 마음속에 엘도라도의 희망을 품는다. 모든 곳이 약속의 땅이 된다. 그 중에서도 뉴욕이 주는 약속이 가장 크다. 그러나 조심해야 한다. 모든 것에 값이 매겨지는 세계가 열릴 터이니! 나의 가치는 얼마일까? 어떤 곳과의 만남은 결코 쉬운 일이 아니다. 마치 저 멀리, 1킬로미터쯤 떨어진 길 끝에서 낯선 윤곽 하나가 나타나는 것과도 같다. 우선 그림자가 보이고 그 다음으로 뉴욕의 확실한 윤곽이 드러나는 것이다.

어떤 땅에 첫발을 내딛은 사람이 그곳에 적응하는 데에는 대개 스무 시간 정도가 필요하다. 이민자들은 굳은 결심을 하고 뱃길을 따라 낯선 땅에 도착한 사람들이다.

뉴욕은 소수에게 관용을 베푸는 도시이다. 역동하는 도시, 빙긋이 벌어진 틈으로 세상과 통하는 도시, 그리고 그 뒤에는 대륙의 모든 문들이 있다! 탐험가들과 방랑자들과 은행가들과 재단사들, 마권업 자들, 구두닦이들의 도시. 세상의 모든 울림을 담고 있는 도시. 같은 조국에 대한 사랑으로 뭉친 모든 민족들의 에너지가 표출되는 도시.

콜롬비아

『보물섬』을 쓴 작가 로버트 루이스 스티븐슨은 당나귀를 타고 프 랑스의 세벤느 산맥을 넘었고 나는 아름다운 펜 듀익 IV호를 타고 콜 롬비아의 해안에 닿았다. 카르타헤나의 이국적이고도 견고한 건축 물들은 훈훈한 열대의 바람에 삭아 있었다. 한때 화려했으나 이제 녹 이 슨 철물로 장식된 높은 발코니에서 서 있노라면 멋진 여자들이 우 리를 올려다보았다. 아, 감미롭고도 덧없는 순간이여. 동맥을 팔딱팔 딱 뛰게 만들던 그 축축함이 생각난다. 복권을 팔던 사내들, 구운 아 몬드의 냄새, 그리고 룸바가 끊임없이 흘러나오던 구식 라디오도. 그 때만 해도 콜롬비아는 아주 낙후한 나라여서 오토바이를 탄 자객(刺 客)들이 설치고 마약왕 에스코바가 판을 치고 있었다. 어쩐지 예전에 부모님과 함께 가 보았던 스페인이 생각났다.

콜롬비아 해안에서는 요트는 찾아볼 수가 없었다. 보이는 것들이라고는 돛 끝에 어마어마한 구멍들이 난 마상이(*카누의 일종으로 하나의 통나무로 만든 가장 간단한 형태의 통나무배)들뿐이었다. 카누 같기도 하고 마상이 같기도 한 그 배는 커다란 돛의 힘을 빌려 앞으로 나아가는 배였다. 바람이 한점도 없는데 모든 배들이 정확히 1노트의 속도로 전진을 했다. 콜롬비아 세관원들을 보고서도 비쩍 마른 우리들은 웃음을 잃지 않았다. 뚱뚱한 데다가 털북숭이인 콜롬비아 세관원들은 『땡땡의 모험』 만화책에서 방금 튀어나온 인물들 같았다. 혁대는 뱃살의 압박에 금방이라도 터질 것만 같았고 반들반들하게 닦은 부츠는 태양빛을 반사하고 있었다. 그중 한 명이 목덜미에 흐른 땀을 닦아내더니 냅킨만큼이나 커다란 손수건을 펼쳐 배의 조종석에 깔고는 좁은 좌석으로 그 큰 몸집을 우겨넣었다. 2주 동안 바닷물에 씻긴 그 자리가 더럽게 느껴졌던 모양이다. 곧이어 너무나도 두려워하던 순간이 닥쳤다. 서류 작성! 세관원이 준비해온 서류는 당연히……화물선용이었다. 하긴, 돛을 단 20미터짜리 삼동선을 어느 카테고리에 넣어야 하나?

세관원은 모자를 벗고 머리를 긁었다. 배 위에는 아주 무거운 침묵이 흘렀다. 그런데 갑자기 도저히 웃음을 참을 수 없는 상황이 되고 말았다. 스페인어를 한 마디도 하지 못하는 에릭이 조바심을 내기 시작했던 것이다. 내가 보기엔 분명 통역을 담당한 우리 선원이 일부러 세관원의 말을 엉터리로 옮겨 세관원을 웃음거리로 만들었던 것 같다. 상황이 이러했으니 땀을 뚝뚝 흘리는 그 공무원의 형이하학적인 질문을 이해하지 못한 에릭의 신경이 곤두설밖에. 그때 이후로 나는 그곳에 다시 가지 못했다. 콜롬비아는 내게 세관원 앞에서 전에 없이 이성을 잃었던 에릭의 모습을 목격했던 나라로 남아 있다.

브라질

상루이스와 헤시피 사이를 항해하려면 위험을 감수해야 한다. 천 킬로미터에 달하는 모래사장이 펼쳐져 있는 긴 해안선을 따라가는 도중에 잠시 쉬어갈 만한 곳이 없다. 남쪽으로 내려갈 때에는 살바도르와 바이아, 그리고 리우데자네이루를 거친다. 평온한 뱃길이다. 대서양 중에서도 이쪽 부분에는 그리 강하지 않은 북동 혹은 동남동 무역풍이 분다.

나는 이 길을 거슬러 올라갔다. 펜 듀익 III호에 오른 우리 여섯 명은 해가 뜰 무렵부터 낚싯대를 드리우고 그때부터 오전 아홉시까지 하루 종일 먹을 식량을 잡아 올렸다. 그 시간이 얼마나 감미롭던지. 도중에 '악마의 섬'에 잠시 배를 댔다. 섬이 박물관으로 변모하기 이전이었다. 사람이라고는 그림자조차 찾아볼 수가 없었다. 예배당의 성화도 그대로 보존되어 있던 시절이었다. 당연히 예배당을 지키는 사람도 없었다. 그 그림들을 몽땅 훔치고 싶은 욕구가 치밀었으나 그럴 수는 없는 일. 그것이야말로 신성모독이 아닌가! 우리는 십대 청소년들처럼 이리저리 돌아다녔다. 이 섬에 유배되었던 알프레드 드레퓌스의 벤치를 발견하고는 차례로 앉아보기도 했다. 이렇게 가끔씩 역사를 만나는 것이 참으로 재미있다. 드레퓌스 대위가 유배지를 향해 떠났던 프랑스 키브롱의 알리겐 항구, 나는 그곳의 벤치에도 앉아보았다.

칠레

   1970년 11월, 살바도르 아옌데가 칠레 대통령으로 당선되던 때 나는 그 현장에 있었다. 인구가 천 명 남짓한 거석의 섬, 이스터 섬에서 책에 넣을 사진을 찍으며 한 달 반을 보낸 후 칠레에 들어갔던 것이다. 정치적, 사회적 혁명이 거듭되던 칠레는 그야말로 혼란의 도가니였고 도심은 연일 떼를 지어 행진하는 군중의 무리로 혼잡하기 이를 데 없었다.

   이스터 섬에서는 미국측이 선거 결과를 탐탁치 않아 한다는 것을 그대로 느낄 수 있었다. 미군은 공식적으로는 공항 활주로를 관리한다는 명목을 내세우면서 1966년부터 이스터 섬에 주둔해 오다가 아옌데가 대통령으로 선출되자마자 섬에 있는 모든 항공표지를 몰수해 버렸다. 결국 칠레의 자력으로 항공표지가 다시 설치될 때까지 칠레 항공의 조종사들은 직감에 의해 비행기를 이착륙시킬 수밖에 없었다. 본국 해안에서 4,000킬로미터나 떨어진 조약돌만 한 섬에 착륙하기 위해 죽음을 무릅쓰고 항로를 더듬어야 했던 조종사들을 생각해보라. 그 시절의 칠레 비행기는 루프트한자 항공사에서 구매한 중고 비행기에 대충 페인트를 칠한 것들이었다.

   칠레 하면 떠오르는 것이 하나 더 있다. 산티아고에 내려 택시를 탔을 때 차창으로 내다보이던 도심의 보병들. 무릎을 굽히지 않는 그들 특유의 걸음걸이. 택시가 신호를 받아 두세 번쯤 멈추어 서는 동안 금발 머리를 땋아 내린 소녀들과 위풍도 당당하게 장바구니를 들고 걸어가는 아낙네들을 보면서 나는 티롤 지방(*오스트리아 서부 및 이탈리아 북부의 산악지대)에 뚝 떨어진 것 같은 느낌을 받지 않을 수 없었다.

나는 산티아고의 크리용 호텔에 묵었다. 호텔 로고가 새겨진 편지지가 준비되어 있는 안락한 고급 호텔이었다. 대통령 선거 다음날, 쿠바 대표인단이 호텔에 도착했다. 분위기가 얼마나 떠들썩하던지. 주머니에 단돈 1달러도 가지고 있지 않은 그들의 가방 속에는 시가가 가득했다. 그들이 들이닥치자 이틀 전만 해도 우리에게 비굴할 정도로 친절하게 굴던 호텔 직원이 '인민의 자유'를 들먹이며 열쇠를 얼굴에 내던지는 것이 아닌가. 정치적인 동요와는 전혀 상관이 없는, 평화롭기만 한 이스터 섬사람들과 함께 화기애애한 분위기 속에서 지내다 온 나로서는 감당하기 힘든 충격이었다.

그때 외국인들은 호텔 밖으로 나오지 않았던 것으로 기억하고 있다. 그 중 일부는 해가 지자마자 음모자들의 수뇌부에 뇌물을 쥐어주고 유복한 칠레 사람들을 앞세워 야반도주를 했다. 고속도로를 달려 국경으로. 멘도사를 지나 가파른 고개를 넘어 아르헨티나 국경을 건넜을 그들. 당시의 변화무쌍했던 닷새, 그리고 제정신이 아니었던 밤 시간들이 아직도 나의 기억에 남아 있다.

여기서 잠깐, 호텔 직원의 태도가 보다 부드러워졌다는 말을 하고 지나가야겠다. 예를 들어, 열쇠를 좀더 약하게 던지는 식으로. 나는 그것을 주변에 팽배했던 긴장이 다소나마 풀어진 증거로 받아들였다. 그러던 어느 날 저녁, 호텔 고객 몇 명이 레스토랑으로 내려왔다. 최근 마르크시즘-레니즘을 신봉하기 시작한, 그러나 사업적인 감각은 잃지 않은 소믈리에가 우리를 안내했다. 조끼 호주머니에 찔러 준

지폐 덕분에, 우리는 횃불을 밝힌 지하 포도주 저장고에서 칠레의 가장 훌륭한 포도주들을 고를 수 있었다. 고급 호텔의 포도주 저장고에서 바라본 정권 교체는 한 편의 코미디였다. 나는 포도주의 힘을 빌려 쿠바 대표인단과 열띤 토론을 벌였다. 물론 그들의 사상에 관심이 있어서가 아니라 가죽 소파에 몸을 묻은 채 그들의 혁명을 비웃으며 기가 막힌 시가를 얻어 피울 수 있는 기회를 놓치기 싫어서였다. 닷새 동안 나는 몬테크리스토 시가와 보엠 크리스털 잔에 담긴 갈색 술을 음미하면서 프롤레타리아 혁명을 논했다. 카버네 쇼비뇽에 잔뜩 취해 나팔수처럼 코를 고는 카스트로 추종자들에 둘러싸인 뜨내기의 추억이었다.

나는 사회주의 사상을 산티아고 공항에 남겨두고 유럽으로 돌아왔다. 이후로 가끔 바다를 통해 칠레를 다시 찾았다. 특히 지난 몇 년 동안은 '탈라사' 경주대회에 참가하는 등의 기회를 통해 마치 빨랫줄처럼 4천 킬로미터에 걸쳐 길게 늘어진 이 나라를 좀더 자세히 알 수 있었다. 그간 이 나라는 놀라운 변화를 보여주었으나 어쩔 수 없는 전통을 버리지는 못한 것 같다. 그것은 〈죽음을 찬양하라〉(*페르난도 아나발 감독의 영화. 초현실주의 사도이즘의 대표작)로 대표되는 난해한 부분이다. 여자들의 이름에도 그런 흔적이 나타나 있다. 특히 고독이라는 의미를 가진 솔다드 같은 이름이 인상적이었다. 어쨌든 산이 깊은 동시에 바다에 면한 이 나라에는 뭔가 비극적인 것이 있다. 칠레를 여행하다 보면 적도에서부터 혼 곶에 이르기까지 다양한 기후대를 만나게 된다. 산티아고는 부에노스아이레스처럼 구획이 정리된 느낌이 강하게 풍기는 도시이다. 30년 전 파리의 오스만식 대로를 닮기도 했다.

나는 그리스를 닮은 극적이면서도 무자비한 칠레의 여러 면면들이 마음에 든다. 스페인 종교재판을 피해 머나먼 뱃길을 감행한 사연에서부터 안데스 산맥의 절경에 이르기까지. 칠레는 나의 마음을 뒤흔들어놓는다. 세상의 모든 항해사들은 항구와 높은 언덕이 함께 어우러진 칠레의 발파라이소를 동경한다.

솔직히 말하자면 요즈음의 발파라이소는 어쩐지 유령의 도시 같다는 느낌이 든다. 혼 곶을 떠난 배들이 잠시 머물 수 있는 대규모 항구(거의 유일한 기항지이다)인 발파라이소는 과거 한때 태평양의 내로라 하는 항구도시로 해양 문학에 큰 족적을 남긴 곳이기도 하다. 혼 곶을 떠난 항해사들은 거친 바다와 싸우며 발파라이소가 나타나기를 간절히 바랐다. 이 지역을 항해한 이들은 하나같이 "다시는 이곳에 들어오지 않겠다!"고 다짐한다. 남쪽 바다는 그만큼 험하고 적대적이며 고약하다. 그런 상황에서 저 멀리로 발파라이소의 윤곽이 보이기 시작한다면! 드디어 문명세계로 돌아갈 수 있다는 행복감이 몰려드는 것이다. 살아 있는 자들의 세계로 돌아간다는 기쁨! 마침내 뼈가 시린 추위에서 벗어날 수 있다는 희망.

바다에 나가면 언제나 인간이 범접할 수 없는 세계의 이야기가 들린다. 나는 바다 위에서 이런 느낌을 자주 받았다. 이 세계에서는 모든 흔적이 지워질 것만 같다는 굉장히 낭만적이고도 터무니없고, 그러면서도 강력한 느낌. 단지 바람만이 그 흔적을 간직할 것 같다는 느낌, 바람만이 이 바다의 기분과 이 순간을 기억해 줄 것만 같은 느낌을 떨쳐버릴 수가 없다.

바다를 통해 발파라이소에 들어갈 때면, 나 역시 나도 모르게 태평양의 거친 파도를 헤치고 온 모든 항해사들과 똑같은 눈빛을 하고 있으리라.

발파라이소가 남긴 것은 무엇인가? 노래 한 곡조? 그럴지도 모른다. 그러나 뭐니 뭐니 해도 긴 항해에 지쳐갈 때, 반가이 들리는 "저 멀리 육지가 보인다!"라는 희망에 찬 외침이 아닐까. 조금만 참으면 희미한 윤곽이 진한 파랑색 혹은 짙은 초록색 선으로 나타나고 가까이 가면 갈수록 천천히, 아주 천천히 확대되어 마침내 다시 삶이 살아 숨쉬는 곳으로 되돌아가는 과정 말이다.

호주와 뉴질랜드

항해지도를 펼치면 절벽과 해구들의 모자이크가 펼쳐진다. 해류를 따라 읽어 내려가노라면 철끈으로 꿰맨 것 같은 해안선에 시선이 멈춘다.

2005년, 제로니모를 이끌고 참가한 호주 경주(17일 간의 항해였다)는 나를 황혼의 터널 속으로 던져 넣었던 카롤린의 죽음 이후 감내해야 했던 고통을 딛고 일어선 빛나는 모험이었다.

호주의 북서쪽에는 페넬롱, 뷔퐁, 보르다 등의 섬들과 암초가 무수히 흩어져 있다. 계몽주의 문명의 씨앗을 뿌리고자 하는 큰 뜻을 품은 이들이 남긴 프랑스 문화의 조각들이다. 고유명사로 이루어진 이 성좌는 적도라는 연옥에서 화석이 되었다.

2005년 7월 초, 내가 미리 하선한 팀원들에게 보냈던 글을 다시 들추어보았다. 항해 과정 하나하나가 자세히 기록된 글이었다. 이곳은 대학들이 가까이 모여 있는 파리 5구처럼 섬들이 오밀조밀 모여 있다. 집배원이 편지를 배달하는 데에도 전혀 어려움이 없을 만큼. 호주와 뉴기니 사이에 펼쳐진 너비 150마일의 토레스 해협에는 275개의 작은 섬들이 있다. 남위 8도의 이 해협은 서쪽의 아라푸라 해와 동쪽의 산호해를 이어주고 있다.

며칠째 바람의 세기와 방향이 과하다 싶을 만큼 변화무쌍하다. 육지의 바람과 바다의 흐름이 뒤섞였다. 바다 저 멀리 100마일 너머에서도 대륙의 냄새가 느껴진다. 그러나 뉴기니의 기름지고 무거운 공기 냄새는 아니다. 이틀 전, 호주 해안에서 120마일 떨어진 지점에 들어왔을 때부터 달구어진 돌 냄새가 난다. 바다는 터키석 색깔이고 공기는 건조하며 하늘은 맑고 청명한 푸른색이다. 구름은 한 점도 없다. 이 모든 것이 얼마나 가벼운지 마치 무중력 상태에서 항해를 하는 것만 같다. 이런 위대한 아름다움이 우리로서는 야릇하기만 하다. 아프리카나 아메리카, 혹은 오세아니아 적도 지방에서 본 빛과는 전혀 다르다. 이곳의 색깔은 너무나 독특하고도 선명해서 겁이 날 지경이다.

무수히 흩어져 있는 암초들을 처음 발견한 이들의 표정이 어떠했을까 생각해본다. 무엇인가를 발견한다는 것은 그것을 다른 것과 구별하고 고유한 이름을 부여하는 것이다. 이런 면에서 영국 사람들과 프랑스 사람들은 우위를 가리기 힘들 만큼 대단한 활약을 했다. 트라팔가 산과 워털루 산 옆에 몰리에르, 라신, 학사원 섬 등이 있는 식이다. 다크스에서 태어난 수학자 보르다의 이름은 여러 차례나 반복되어 사용되었다. 페넬롱, 뷔퐁, 포르벵, 예수회, 라마르크, 베르눌리, 투른느호르 옆에 뒤 게스클링이라니. 볼테르 해협과 라세페드 곶이 스네이크 아일랜드와 넬슨, 부겐빌, 브룬스윅 섬과 이웃하며 붉은 암초, 푸른 암초, 무지개 암초 건너에는 아르콜 섬이 있다. 만약 리얼리티 TV쇼 시대에 이 섬들이 발견되었다면? 스티비 해협, 로아나 만? 맙소사! 열대 지방 특유의 고요함과 건조한 공기. 이쪽 세상은 멈추어 있다. 아크릴 물감을 풀어놓은 듯 투명한 하늘 아래의 이곳은 자꾸만 머물고 싶어지는 곳이다. 태양빛이 강렬하다. 부표 위에는 겨울날 자동차 앞유리를 덮은 성에만큼이나 단단한 고운 소금 더께가 앉아 있다. 남위 13°에 동위 125°, 작열하는 태양빛 아래 세상이 환영처럼 보이는 곳이다. 태양이 폭발하고 바다는 불타오른다. 항해를 40년이나 했지만 이런 광경은 처음 보았다. 감미로우면서도 견디기 힘든 특권이다.

이 항해로 나는 마음을 가라앉힐 수 있었다. 4개월 전, 카롤린의 관을 뒤따르며 고통에 겨워 신음을 했었다. 배가 나의 기운을 북돋아주었다. 완전히 잃어버린 줄로만 알았던 힘이 되살아났다. 팀원들도 모두 항해하는 즐거움을 영혼의 양식으로 삼을 수 있었다. 하루가 지나면 어제보다 더 나은 하루가 밝았고 함께 살아간다는 것이 행복했다. 한 사람 한 사람이 각자의 본성과 결의를 되찾았다. 나는 그 기쁨을 마음껏 누리며 키를 돌려 배의 진로를 바꾸었다.

열대 지방의 공기가 헤어 드라이기에서 나오는 바람처럼 건조하다는 것은 참 드문 일이다. 보통 더운 지방의 공기에는 해변의 모래가 잔뜩 섞여 있다. 아프리카의 모리타니 해안에 부는 바람처럼. 홍해의 오르무스 해협만 해도, 언제나 먼지구름으로 뒤덮여 있지 않은가. 그러나 여기는 전혀 다르다. 태양빛이 북극 지방만큼이나 건조하고 투명하다.

바닷물은 어떤가? 벨벳 천에 아크릴 물감을 발라놓은 것 같다. 그것도 왕이 사랑하던 푸른색을. 아니면 아주 부드러운 터키석 색이라고 해도 좋겠다. 이브 클라인(*실험적인 예술 활동으로 이름이 높은 프랑스의 화가. 푸른 하늘, 깊은 바다의 색조를 즐겨 썼다)이 벌거벗은 몸에 푸른 물감을 칠해 토레스 해협이라는 캔버스 위를 굴렀던 걸까. 게다가 사막

에서 불어온 바람으로 한껏 부풀어 오른 무역풍은 잔인하기가 그지
없다!

　4~5초마다 5에서 7노트의 속력으로 불어오는 돌풍. 공기의 흐름은
혼돈 그 자체이다. 마치 가자미의 배처럼 평평한 바다 위를 달리다
보면 왕이라도 된 듯한 도취감에 휩싸인다. 이렇게 나는 삶으로 되돌
아온다.

　뉴질랜드는 중국 개 샤페이처럼 주름투성이이다. 이 땅에 가까이
가면, 마치 구긴 종이를 마주 대하는 듯한 인상을 받는다. 목축업자
와 선원들의 나라, 잠시 쉬어가는 나라, 그리고 만과 포구의 나라. 관
광객들에게 신선한 충격을 던져주는 신세계. 섬의 가운데는 볼록 솟
아 있고 바다에 면한 가장자리는 수천 킬로미터의 끈으로 꿰맨 것 같
다. 뉴질랜드의 남부는 노르웨이 해안과 좀 비슷하다. 피오르드가
주는 강렬한 아름다움 때문일까. 빙하가 바다 속으로 떨어지는 광경
이 장관이다. 사람들이 머리 위에 구름을 이고 다니는 이 나라는 바
람을 만들어내는 공장이다.

　이곳은 서쪽과 남쪽 기압골의 영향을 받는 지역이다. 남쪽 해안에
다가갈수록 기온이 뚝 떨어지는데 그 변화가 얼마나 급격한지 꼭 칼
로 베어놓은 것 같다. 이 지역을 통과하면 마치 문을 하나 열고 들어
가는 것처럼 거대한 바다의 사막이 펼쳐진다. 물과 그림자의 왕국이
시작되는 것이다. 사방이 올이 거친 모직물의 색깔을 띠며 부옇게 흐
려 있다. 돌풍이 불어닥치면 아일랜드의 분위기가 나기도 한다. 해
안선은 날이 무뎌진 재단기로 잘라놓은 듯 투박하다. 저 멀리 바다의
지옥으로 통하는 문이 열린다. 이곳의 주민들은 태어날 때부터 발에
고무장화를 신고 있다. 이들은 일이 없으면 견디지를 못하고 자기 배

를 고치고 돌보다가 쓰러져도 행복해한다. 뉴질랜드는 선원들을 낳아 온 세상으로 내보내는 요람이다. 이곳 사람들은 봄이 되면 꽃이 핀 사과나무를 베어 배를 만들고 항해를 하지 않을 때에는 바람 많은 한겨울 언덕에서 양을 친다. 자주 화를 내는 이곳의 하늘은 거무스름하다. 나는 광야의 나무딸기에 부는 바람에 넋을 잃는다. 정신이 몽롱하고 콧물이 흐른다.

라 페루즈를 두 번 죽이다

항해사라는 직업을 가진 덕분에 나는 놀라우리만치 훌륭한 성능의 배로 지구상의 모든 바다를 누빌 수 있었다. 어렸을 적부터, 나는 세상의 경계를 넓힌 탐험가들의 이야기를 너무나도 좋아했다. 쿡 선장(＊제임스 쿡, 1728~1779, 영국의 탐험가, 항해사, 지도제작자. 태평양을 남쪽 끝에서부터 북쪽 끝까지 탐험하여 영국의 식민지 개척에 크게 이바지함)이나 라 페루즈(＊La Pérouse, 1741~1788경, 프랑스의 해양탐험가, 태평양을 두루 탐험했다. 1797년 L. A. 밀레 뮈로가 4권으로 된 『라 페루즈의 세계 항해』를 출간)가 없었다면 우리는 결코 이런 종류의 항해를 하지 못했을 것이다. 이들은 미지의 땅에 각자 자신의 조국을 심어 싹트게 했다. 두 사람 모두 18세기 세계 지도 제작과 소식민지 개발을 위해 최선을 다했다. 그들의 탐험으로 지리적인 도표가 완성되었던 것이다. 나는 늘 이들의 모험이 과소평가되었다고 생각해왔다. 그 시절의 범선은 바람을 거슬러 올라가지 못했다. 해안에 바람이 거세다거나 일기가 나쁠 때, 그런 배를 15센티미터 굵기의 밧줄을 이용해 정박시킨다는 것은 그 자체가 이미 대단한 일이다. 그런 배에 설치된 돛대며 돛 따위의 장비들은 그것만으로도 무게가 어마어마하다. 거센 바람을 견딜 만큼 튼튼한 돛대가 얼마나 거대할지 상상해보라! 바다의 모험담을 들을 때에는 이런 사항들을 고려해야 하는 것이 옳다. 쿡 선장과 라 페루즈, 그리고 그들과 함께 했던 선원들은 초보적인 수준의 과학에 의존해 위험을 감수하며 모험에 뛰어들었다. 그들은 월급도 연금도 기대하지 않았다. 쿡 선장이나 부갱빌, 라 페루즈는 18세기 말엽 민족적, 과학적 발전에 광명을 비추어준 위인들이다.

그 여행은 어떠했을까? 한마디로 고통이었다. 그러나 현대인들은 이 험한 여행을 해낸 위인들을 까맣게 잊고 말았다. 역사적으로 모범이 될 만한 용기와 명민함을 갖춘 그들이었건만. 바다 밑바닥에 모래가 있는지, 자갈이 있는지, 혹은 진흙이 깔려 있는지 알아낼 수 있도록 기름을 바른 납으로 만들었던 그 시절의 측심기만 예로 들어 보아도 그들이 역사상 얼마나 중요한 위치를 차지해야 하는지 이해가 가리라고 본다. 육지를 발견하고 암초를 지나 거대한 배를 멈추고 해로를 확인하고 측심기로 측정을 하고 배에 다시 오르는 과정, 그리고 경우에 따라서는 만에 진입하여 쉴 곳을 찾아 배를 정박시키는 일들이 쉽지만은 않았으리라. "자, 용기를 내라고!" 이런 격려의 말과 함께 배와 씨름하던 그들의 모습이 눈에 보이는 것만 같다.

탐험 작업에는 보통 여덟 시간이 소요되었다고 한다. "르 보르넥 호의 보좌관이 서쪽 방향으로 탐험을 하러 나섰다가 해가 지도록 돌아오지 않았다. 우리는 예포를 쏘았다." 담력과 배짱이 두둑하지 않으면 엄두를 못 낼 일이지 않은가.

1787년 9월, 라 페루즈가 러시아의 캄차카 지방에 닻을 내렸을 때, 그 배에는 바르텔레미 드 레셉스가 타고 있었다. 그는 그로부터 50년 후 전대미문의 대사업, 즉 수에즈 운하 건설을 착상하고 루이 16세의 궁정에 첫 번째 공사의 결과물을 가져와 보고했던 페르디낭 드 레셉스의 삼촌이다. 당시 갓 스물이 넘었던 페르디낭은 개가 끄는 썰매에 우편물을 실어 시베리아를 건넜다. 프랑스 왕궁에 그 우편물이 도착하기까지는 일 년이 꼬박 걸렸다.

라 페루즈와 함께 했던 선원들 중에는 생 르낭이나 브레스트 출신이 많았다. 이들은 고향땅을 다시 밟지 못했다. 나는 당시의 장비들 그대로를 가지고 하는 항해를 재구성해보는 일에 무척 흥미를 느낀다. 그 시절의 밧줄, 같은 배의 골조, 같은 나무. 칠레와 중국과 호주 남부의 뉴사우스웨일즈를 다 돌아오려면 시간이 얼마나 걸릴까? 프랑스의 브레스트를 떠난 배들은 엉망진창으로 망가진 채로 모항에 돌아왔다. 침몰을 면한 것만 해도 천만다행이었다! 쓸 수 있는 것들은 모두 다 써버린 상태. 식량이며 식수를 구할 방법도 없었다. 40미터짜리 범선에는 선원이 보통 2백 명쯤 승선한다. 규율은 엄격하고 부당한 데다 소설 속에서처럼 채찍질도 난무한다. 등에는 낙인이 찍히고 피가 흐르고 상처에는 굵은 소금이 뿌려진다. 사내들은 이를 악물고 병사들은 구식 보병총으로 맞선다. 장교들의 모험담은 구구절절하다. 그러나 수병들의 이야기는 전해지지 않는다.

이들의 임무는 제국을 더욱 견고하게 하는 것이다. 남반구로 넘어가는 것은 거친 세계로 통하는 문을 열고 들어가는 것이다. 조타수의 헐떡이는 소리가 내 귀에 들리는 듯하다. 날이 갈수록 높아지는 선원들의 원성, 그리고 점점 더 열악해지는 위생환경. 선원들 사이에 전해 내려오는 격언이 있다. "인간은 모든 것을 두려워하며 살게 마련이다. 두려움 외에 남은 것은 근심뿐이다." 상부에서는 추호도 어긋남이 없는 정확한 항해를 원한다. 그러나 그 시절의 기록을 보면 글을 쓴 사람의 솔직한 심경은 헤아릴 수가 없다.

"우리는 이스터 섬이 보이는 지점에 도달했다. 스몰렌이 배가 빠져나갈 만한 수로가 있는지 알아보기 위해 암초 쪽으로 접근했다."

라 페루즈를 두 번 죽이다　211

감정이 철저히 배제된 글이다. 뼛속까지 건조하다. 몸서리날 만큼 현실적이다. 감상적인 구석이라곤 전혀 없다. 예외가 있다면 바운티 호의 반란을 기록한 부분이다. 상투적인 표현이란 표현은 모두 동원되었다. 반란을 일으킨 승무원들은 가증스럽고 탐욕스러운 인간으로 그려져 있고, 선원 전체는 술주정뱅이라고 표현되어 있으며, 폴리네시아 주민들은 항해사들을 유혹해서 임무를 저버리도록 만드는 호색적인 인종으로 폄하되어 있다. 그 외에도 해가 쨍쨍 내리쬐는 중에 방치된 시체라든가 개미떼에 뒤덮인 음식물에 대한 묘사도 눈에 띈다.

이런 참혹한 시련을 겪지 않은 선원들은 신의 섭리에 감사했다.

"귀환을 하며 우리는 성가 '테 데움(*Te Deum : 주 하느님을 찬미하자)'를 소리높이 합창했다. 우리를 너그러이 보아주신 신과 하늘의 능력에 감사를 드리기 위함이었다."

내가 아는 한 이 외에 다른 객설은 없다. 소설에서는 도저히 표현해낼 수 없는 고통을 정말로 자세하게 그려낸 부분이다. 가끔씩 아주 해학적인 대목이 눈에 뜨일 때도 있다. 예를 들어 아직 시드니라는 이름이 붙기도 전인 만에 처음 내린 영국 과학자가 오리너구리를 발견하고 입을 닭 똥구멍 모양으로 오므리는 장면 같은 것. 때는 1798년, 과학자는 정성을 다해 편지를 써서 런던으로 보냈다. 런던에서는 다들 그 이야기를 허풍으로 여기고 과학자가 제정신이 아니라고 생각했다. 럼주와 태양볕에 그의 뇌가 타버린 것이라고. 과학자가 오리너구리를 묘사한 대목이다.

"털과 비늘이 있는 동물로 꼬리는 납작하고 알을 낳는다."

런던 사람들은 과학자가 비버 입 부분에 오리 주둥이를 꿰매어 놓고 장난을 치는 것이라고 믿었다. 이 과학자가 남긴 작품은 해양부문에서나 과학부문에서 대단한 위치를 차지하고 있다. 그는 사람들을 데려가 식물을 채취하고 식물도감을 만들었다. 그리고 매번 같은 작업을 했다. 적당한 장소를 찾아 배를 정박시키고 보트를 띄우는 일. 신을 믿고 따르기. 바람이 방향을 바꾸면? 배는 곤란을 겪게 된다. 바람이 거세지면 닻이 지탱을 할 수가 없다. 〈피가로의 결혼〉에서 시작된 프랑스 혁명에 휩싸인 베르사유나 보마르셰에서 너무나 먼 곳. 그곳으로 떠난 항해사들은 진정한 영웅들이었다. 2세기가 지난 지금까지도 나는 이들의 이야기를 읽으며 감동에 젖는다.

탐험은 소요되는 비용으로 보나 과학적인 기여도면에서 보나 아무튼 엄청난 사건이었다. 그러나 요즘 사람들은 부갱빌을 기억하지 못한다. 기껏해야 부겐빌리아라는 꽃 이름에 그의 흔적이 남아 있을 뿐이다. 세계일주의 영웅이 겨우 꽃 이름으로 기억되다니. 통곡할 일이 아닌가. 한 가지, 주의를 기울여야 할 점은 쿡 선장과 부갱빌과 라 페루즈 백작이 탐험을 했던 시기가 각각 20년씩 차이가 난다는 사실이다. 나는 18세기 말의 이 탐험들이 세계라는 구조물의 대들보가 되었다고 확신한다. 1969년의 아폴로 우주선의 탐사가 그러하듯이.

이들이 이루어낸 독창적인 탐험이 남긴 것은 무엇일까? 불행하게도 그리 대단한 것은 없다. 18세기의 위대한 인물들이 잊혀졌다는 점이 나로서는 얼마나 안타까운지 모른다. 우리 사회 지식인들의 교양이 얼마나 부족한지를 잔인할 정도로 여실히 드러내 보여준 라 페루즈 백작도 예외는 아니다. 여기 그 증거가 있다. 3년 전, 나는 시드니에 있는 프랑스 영사관에 초청을 받았다. 1788년, 두 척의 범선 수리를 위해 보터니 만에 정박했다가 1791년 공식적으로 실종이 인정된 라 페루즈 백작을 기리기 위한 자리였다. 모인 사람들끼리 많은 이야기를 나누었다. 언제나 그렇듯 즐거운 시간이었다.

나는 잠시 기회를 보아 아주 심각하게 라 페루즈 백작이 풀을 주원료로 한 식전주를 개발한 사람이라고 주장했다. 왜 있지 않은가, 식전주로 흔히 마시는 라 페루즈 아페로. 2초 가량 침묵이 흐르는가 싶더니 다들 모르고 있었다며 프랑스의 멋지고도 새로운 면을 알게 되었다고 좋아했다. 내 옆좌석에 앉아 있던 프랑스를 너무너무 동경한다는 보그 잡지 스타일의 아름다운 호주 여자는 정말로 기발한 지적이었다고 나를 추켜세우더니 사실 탐험가들이 수하 선원들에게 인심을 쓴다는 의미로 가끔씩 럼주를 곱빼기로 부어주었다는 이야기를 어디선가 들었다고 했다. 그러더니 그게 다 관련이 있는 이야기였다며 즐거워 어쩔 줄을 모르는 것이었다.

이 유치한 농담은 주변으로 꽤 빨리 퍼졌다. 아마도 손님들에게 제공된 음료 덕분에 기분들이 들떴기 때문이리라. 말을 너무 많이 해서 피곤해진 나는 여자가 친구들과 이야기를 나누도록 자리를 피해주었다. "그 얘기 들었어요? 어쩜 그럴 수가! 못 들었다고요? 라 페루즈가 식전주를 개발했대요! 프랑스 사람들은 정말 멋져!"

라 페루즈는 우리 항해사들 사이에서는 무모함과 까다로움의 대명사로 일컬어진다.

그는 3년 동안 4만 마일을 항해했다. 달리 말하면 1788년 실종될 때까지 한 해에 1만3천 마일을 다녔던 것이다. 그것도 끊임없이 수리를 해주어야 하는 배를 이끌고 노동을 마다 않으며. 분명 식수와 식량을 조달하기도 쉽지 않았을 것이다. 라 페루즈는 대서양을 따라 내려가 카나리아 제도에 잠시 머물렀다가 혼 곶을 돌아 발파라이소 해안 쪽으로 다시 올라와 이스터 섬에 배를 정박시켰다. 거기에서부터 하와이 쪽으로 기수를 돌린 그는 알류산 열도로 올라갔다가 아메리카 해안을 따라 내려와 다시 하와이 앞바다를 거쳐 마셜 제도를 지나 마카오로 갔다. 거기서부터 일본 북쪽의 해협으로 올라가 그 해협에 라 페루즈라는 이름을 남겼다.

나 역시 그가 지났던 흔적을 따라가 보았다. 도저히 '연결' 지을 수 없는 바다들이었다. 게다가 라 페루즈는 일본에서 호주의 보터니 만까지 항해를 했고 결국 그가 탄 배는 바누아투에서 북쪽으로 4만 킬로미터 떨어진 바니코로에서 사라져버렸다. 서양에서는 등장인물을, 아시아와 오세아니아에서는 무대배경을 제공한 한 편의 대작 드라마였다. 그들은 2세기가 지난 지금까지도 우리에게 존경받아 마땅한 인물로 남아 있다.

그러나 당시 상황을 그린 이야기를 읽어보면 백인들이 그려낸 토착민들의 모습은 현실과 거리가 멀다. 당시는 계몽주의 시대가 끝나갈 무렵이었고 그들은 3년 동안 엄청난 공포를 겪었다. 쿡 선장이나 부갱빌 선장은 의지와 용기가 남달랐고 놀라우리만큼 대담한 인물들이었다. 그러나 쿡 선장은 이제 항공사의 브로슈어나 여행자수표에서 만나볼 수 있을 뿐이다. 그나마 부갱빌 선장은 역사의 상업화라는 덫을 피해갔으니 다행이라고 해야 할까. 탐험대를 파견한 루이 16세가 단두대에 오르기 전에 부갱빌의 안부를 물었다는 유명한 일화가 있다. 그는 세계 지도 제작에 큰 역할을 했고 이국의 꽃과 풀을 본국에 전파했다. 무엇보다 얼마나 넓은 바다를 누빈 인물인가! 생각해보면 그저 황홀할 따름이다.

나는 라 페루즈 백작의 범선보다 열 배는 성능이 좋은 배로 그가 갔던 길을 따라 항해를 했다. 식수와 식량을 조달하고 괴혈병을 피하기 위해 쏟아 부었을 그의 노력을 생각해보았다. 육분의가 존재하지

않던 시절이라 아스트롤라베(＊별의 위치, 시각, 경위 등을 관찰하던 과거의
천문기계)에 의존했을 그때의 상황도 상상해보았다. 라 페루즈 백작은
입구가 넓지 않은 브레스트 항에서 출발을 했다. 그러나 맞바람이 부
는 상황에서는 앞으로 나아갈 수가 없었다. 동풍을 기다려야 했던 것
이다. 모든 악조건에도 불구하고 포기할 줄을 몰랐던 그의 배와 선원
들. 이 모든 것이 너무나도 먼 옛일이 되었고 까맣게 잊혀 먼지 속에
파묻혀 있다니. 바람이, 지기압이, 혹은 잔잔한 기류가, 혹은 이런 모
든 조건들이 배에게는 너무나도 무서운 적임을 안다면 그들이 겪었
던 세계를 이해할 수 있을 텐데. 해협마다 이들의 이름이 붙어 있는
것은 당연하고도 마땅한 일이다. 그들에게는 그럴 자격이 충분히 있
다. 라 페루즈, 쿡, 부갱빌, 이들은 세상 지식의 정점에 위치하는 위
대한 인물들이다.

남아프리카와 로베르 드 케르소종

내가 케이프타운에 갔을 때는 극단적인 인종차별정책 아파르트헤이트가 극성을 부리던 시절이었다. 피부색이 검다고 그 사람이 나와 다를 것이라는 생각을 1초도 해 보지 않은 나로서는 어색할 따름이었다. 케이프타운의 항구에서 70년대 영국의 광산 도시 변두리에서 흔히 볼 수 있는 아이스크림 판매대와 비슷한 작은 트럭을 만난 우리 일행은 샌드위치를 사기 위해 줄을 섰다.

백인과 흑인이 따로 줄을 서 있었다. 같은 샌드위치를 사기 위해 두 줄을 서야 하다니. 그도 모자라 중앙에 짐받이 판에서 뜯어낸 판자를 세워 두 줄을 완전히 분리해 놓은 것을 보고 나는 곱절로 충격을 받았다. 화장실도 마찬가지였다. 백인용 화장실, 흑인용 화장실. 우리 팀원들은 이런 구별이 말이 되느냐며 분개를 했다. 내가 흑인들과 함께 샌드위치 트럭 앞에 줄을 서자 샌드위치 장수가 그런 일은 불법이니 어서 백인 줄로 옮기라고 경고를 하는 것이었다. 우리는 샌드위치 장수의 고함 소리와 사람들의 웃음소리를 배경삼아 분리대를 넘어 다니며 장난을 쳤다.

백인은 이쪽에서, 흑인은 저쪽에서 샌드위치를 우물거리는 그 광경이라니. 그렇게 어리석을 수가. 어이가 없기는 화장실도 마찬가지

였다. 유럽의 화장실 사용료를 받는 관리인 비슷한 제복 차림의 남자
가 피부색에 따라 볼일 보러 온 사람들을 구분짓고 있었다. 당신은
백인이니까 이쪽, 넌 흑인이니까 저쪽. 물론 우리 팀원들은 그런 명
령을 완전히 무시하고 화장실 벽에 한 손을 짚은 채 낄낄거리는 흑인
부두 노동자들과 나란히 서서 앞섶을 내림으로써 백인 감시인의 화
를 돋웠다.

그로부터 몇 년 후, 나는 남아프리카공화국에 다시 갔다. 유색인종
에 대한 차별이 얼마나 뿌리 깊게 자리 잡았던지 흑인 손님들만 받던
레스토랑에서는 우리 같은 백인들이 문을 열고 들어가면 당황하여
어쩔 줄을 몰라 했다. 뭔가 불편했던 것일 테지만 맥주를 한 잔씩 돌
리자 곧 분위기가 살아났다. 나는 남아프리카에 대해 남다른 애정을
가지고 있다. 내가 그 나라를 편애하는 이유는 구름으로 덮인 고원과
7~8도의 온도를 유지하는 바다가 있는 케이프타운이 정말로 아름답
기 때문이며 또 하나, 나의 종조부가 묻혀 있는 곳이기 때문이다.

1970년대 초반에 작고한 로베르 드 케르소종은 20세기 초에 끝난
보어 전쟁 참전용사였다. 내가 알기로 이분은 후사(後嗣)를 남기지 않
았다. 꽤나 특이한 생애를 살다 가신 분이다. 프랑스 브레스트에서
태어나 예수회 교육을 받고 자란 로베르는 과부인 어머니와 함께 미
국 캘리포니아로 떠나 로스앤젤레스 대학에서 학업을 계속하다가
영국 점령에 항거하는 남아프리카 트란스발 전투에 참전하기 위해
프랑스로 돌아왔다. 어떤 대학 교수가 전쟁 연대기를 기록한 저서에
서 로베르의 생애를 집중 조명한 적이 있다. 그 책에 따르면 로베르
드 케르소종은 보어 전투에 참여해 눈부신 활약을 했다고 되어 있다.

수 년 전 잔다르크 호로 항해를 하던 나의 큰형이 케이프타운에 기항하여 종조부를 만났다. 이미 나이를 많이 드신 때였다. 그로부터 얼마 후 나는 그곳을 찾았다가 종조부가 이미 작고하셨다는 소식을 들었다.

종조부의 묘소에는 언제나 꽃이 놓여 있고 사진을 찍으려는 사람들의 발길이 끊이지 않는다는 이야기도 들었다. 그가 그곳에 자리 잡은 이유가 영국인들을 상대로 한 싸움을 계속하고 싶어서였다는 사실을 나는 알고 있다. 그들과 맞서는 것이 얼마나 힘든 일인지도. 사명감을 저버리고 싶지 않았던 종조부는 1914년 프랑스-미국 연합군의 일원으로 아르곤 전선으로 달려나갔다. 전쟁이 끝나자 남아프리카공화국에서 여생을 보낸 분이다. 희망봉에서 그리 멀지 않은 곳에 채소밭을 꾸미셨다고 한다. 자신의 신념을 위해 투쟁한 영웅, 금이 간 벽에 등을 기댄 채 오래도록 바다를 바라보며 남은 생을 살다 간 자연인으로 나의 종조부 로베르 드 케르소종은 내 기억의 한편을 차지하고 있다.

이만하면 됐다!

내가 살아온 이유는 딱 하나뿐이다. 세상을 누비고 다니는 것. 그 이유가 무엇이냐고 묻는다면, 내가 생각하는 세계 일주란 아무리 퍼내도 비는 법이 없는 모험의 창고를 뒤지는 것 같기 때문이라고 대답하겠다.

인간의 사고가 넘지 못하는 육지라는 한계를 벗어나 바다로 떠나는 기쁨, 그 가치를 어떻게 헤아릴 수 있으랴.

나는 1970년대 중반부터 이런 생각으로 일에 임해왔다. 돛을 달고 세계를 다니며 땅의 생김생김을 자세히 살펴보았고 한 마리 고양이처럼 균형을 잡고 세상의 모든 처마 위를 누볐다. 내게 중요한 것은 단 한 가지, 바다 위에 있다는 기쁨뿐이다.

내가 이 직업을 선택한 이유는 내가 할 수 있는 일이, 나의 노력을 모두 쏟아 부을 수 있는 것이 이것밖에 없어서였다. 세계를 누비고 다니는 것처럼 문학의 세계를 탐험한다면? 호메로스를 이해하면 끝이 날 터이니 재미가 없다. 그렇다면 그림이나 영화는? 동포에 대한 사랑은? 그런 것도 '일주'가 가능할까? 성 프란체스코나 성 뱅상이 아닌 나로서는 불가능하다. 성 베드로와는 거리가 더더욱 멀고. 그럼 고통은? 하, 세계 일주를 한 번 해 보면 안다. 그중 사분의 일이 고통이다.

  결론적으로 나라는 인간은 예술방면을 누비기에는 재능이 부족하고 뭔가를 이룩하기 위해 갖추어야 하는 것을 배우기에는 너무 오만하다. 나는 40년 이상 바다의 등에 올라타 곡예를 부렸다. 그만큼 성격도 투박하고 힘도 좋다. 남들은 내가 말주변이 없다고, 하는 말마다 고양이 오줌처럼 시시하다고들 한다. 원래 그렇게 생겨먹었으니 어쩔 수 없는 일이다. 나는 삶이 나를 육지에 매어두지 못하도록 애를 쓰며 살았다. 바다에 뛰어들어 바라보는 안데스 산맥의 장관을 놓치지 않도록, 한밤중에 조용히 살바도르 드 바이아 만으로 들어가는, 혹은 벨렘(*브라질 북부 아마존 강의 지류인 파라 강 연안에 있는 항구도시)의 심장을 뛰게 만드는 누런 피 같은 아마존 강을 거슬러 올라가는 기쁨을 놓쳤다는 후회를 하지 않도록.

  이 세상이 내게 베풀어 준 것을 정중히 돌려주지 않고서는 떠나지 못할 것 같다. 그러나 '돌려준다' 는 것에 목을 매지는 않는다. 역사적으로 어떤 기록을 남기고 싶은 생각도 없다. 나는 그저 한 사람의 여행자에 불과하다. 태어날 때부터 그랬는지도 모른다. 사실, 이런 표현이 마음에 들지는 않지만, 못할 것도 없지 않은가? 나는 사나운 바다를 헤쳐가며 세상을 누비는 동시에 세상에서 멀어져가는 사람이다. 이상해도 한참 이상한 직업이 아닌가. 그렇다고 해서 험한 세상에 맞서지 못하고 도피를 하는 것은 아니다. 항구에서 눈물을 흘리며 이별의 아쉬움을 나누는 유치한 드라마를 연출한 적도 없다. 나의 모험은 서랍 안에 차곡차곡 정리되어 있다. 불행인지 다행인지, 모험 하나가 끝나면 서둘러 다른 모험에 뛰어들었다. 단독으로든 팀으로든 세계의 바다를 누비는 것은 역시 즐겁다. 거친 본능과 세련된 악의를 동시에 지닌 바다를 느낄 수 있기 때문이다.

내가 바다를 마음껏 누비는 것은 그곳이 나의 본거지이기 때문이다. 벽난로 앞에 놓인 팔걸이의자에 앉아 양 발이 시리지 않도록 엎드린 개의 배 아래에 넣고 피에르 로티(*프랑스 해군 장교이자 소설가)를 다시 읽으며 금색 딱지가 둘러진 시가를 피우는 것보다 바다에 나가는 편이 더 마음이 편하다. 세계 일주는 훌륭한 지리 수업인 동시에 기상학적, 기후적 지식을 총동원해야 하는 모험이기도 하다. 어느 지점에서 출발하여 그 지점으로 돌아오려면 모든 조건이 완벽하고도 순조로워야 한다. 두 달 동안 배가 만족하리만큼 훌륭하게 임무를 완수해주면 작품 하나가 완성된다. 그러면 그 추억을 병에 담아 선반 위에 정리해 둔다. 기록을 세우는 것이 그저 즐거운 것만은 아니다. 새로운 기록을 세움으로써 선장과 팀원들은 물 위에서 가장 빠른 사나이들이라는 예명을 얻는다. 그러나 그 위치에 올라가기 위해 열악한 조건과 기후에 맞서 얼마나 처절한 투쟁을 벌였는지에 대한 이야기는 거의 거론되지 않는다.

항해사들은 절대적인 물리학의 법칙에 따라야 한다. 물론 기상예측이 초보단계였던 때와는 조건이 확연하게 달라졌다. 우리는 응용과학의 혜택을 누리는 세대다. 경주에 참가하는 모든 경쟁자들은 열 명이 넘는 최고 전문가들이 분석하는 일기예보를 참고한다. 그러나 막상 바다 위에 나가면 변수가 많아도 너무나 많다. 그럴 때, 신속하고 이성적인 결정을 내릴 수 있어야 유능한 선장이라는 소리를 듣는다. 항해를 할 때, 나는 공예학교 출신자처럼 처신하려고 노력하는 편이다. 기술적으로는 완벽하게, 작업 진행은 소규모 아틀리에 분위기에서. 이런 태도를 유지하다 보니 자연스레 자동차에 대한 애정이 생겨났다. 나는 르망에 있는 자동차박물관에 갈 때마다 교훈을 하나씩 얻어가지고 온다. 자동차에는 인류의 지식이 총망라되어 있다.

나는 와이퍼를 발명한 사람을 정말로 존경한다. 와이퍼 발명가를 이토록 존경하는 항해사는 아마 나 하나뿐일 것이다. 기어박스 발명가를 기념하기 위한 기념물 건립에 발벗고 나서고 싶은 마음도 있다. 농담이 아니다. 항해는 일종의 모터스포츠이다. 스포츠 전문지《레키프(L'Équipe)》가 항해와 자동차 경주 기사를 같은 면에 싣는 데에는 다 그럴 만한 이유가 있다.

1989년 10월, 나는 '또 다른 시선' 호를 타고 필립 모네 단독 항해에서 기록을 세웠다. 경주 내내 고장난 조종 장치와 불안한 위치, 끊임없이 말썽을 부리는 장비들, 종잡을 수 없는 기상과 싸워가며 개미처럼 부지런히 움직였다.

출발한 지 몇 주 만에 내가 혼자서 세상을 떠돌고 있다는 것을 실감했다. 남극해에서는 15일 동안이나 짙은 안개에 갇혀 있기도 했다. 15일 만에 겨우 별을 하나 볼 수 있었다. 그 순간, 더 이상 외롭지가 않았다! 별 하나! 어찌 보면 하찮은 것일 수도 있었다. 그러나 바다에 있다는 기쁨도, 하늘의 색깔도 모조리 앗아가 버린 끝이 보이지 않던 흰 솜털 같은 안개에 싸여 15일을 보낸 후에 나타난 그 별은 그냥 별이 아니었다. 그 별이 보이던 순간이 생생하게 기억난다. "아! 저기 누군가가 있구나!" 이런 외침은 "저기 누군가가 있을까?"라는 의문과 확연히 다르다. '드디어 눈앞에 보이는 것이 나타났다!'는 의미인 것이다.

그 순간, 나는 다시 살아났다. 세포 하나하나까지. 내 자신이 너무나 약하고 작고 하찮게 느껴졌다. 타인에 대해 본능적으로 무관심하던 나였는데, 그 순간만큼은 누군가가 너무나도 그리웠다. 그러나 그 후로도 여전히 나는 그런 내색을 전혀 하지 않고 있다. 앞으로 20년 정도 더 그렇게 살 것 같기도 하다.

혼자서 고생을 하며 시간을 보내다 보니 나의 내면이 들여다보이기 시작했다. 나의 본모습이 보였다. 장점과 단점이 모두. 나는 언제나 나 자신을 상대로 대화를 한다. 또 다른 나는 나를 가차없이 몰아붙인다. 나는 나대로 그건 나를 잘못 본 것이라고 대꾸한다. 상대는 내게 진실에 눈을 뜨라고 다그친다. 나 역시 퉁명스럽게 쏘아붙인다. 그러나 상대의 말이 옳다는 것이 보인다. 내가 얼마나 못났는지 철저하게 깨닫게 되는 것이다. 몽파르나스행 94번 버스에 오르는 찌그러진 모자를 쓴 남자가 등장하는 꿈에 대한 해석도 필요 없고, 긴 소파도, 어머니에 대한 고백을 '음,음' 거리며 듣는 상담가도 없는 새로운 종류의 심리분석이다.

내 자신이 얼마나 보잘것없는 존재인지를 깨달으면서 처음에는 솔직히 당황스러웠다. 그러나 이제는 더 이상 놀랍지 않다. 1989년 10월, 항해를 끝내고 땅을 디디며 나는 닫혀 있던 문의 빗장을 열었다. 사람은 누구나 혼자 죽게 마련이라는 것을 인정하게 된 것이다. 그러나 태어날 때와 죽을 때만이 홀로여야 한다는 법은 없지 않은가? 나는 혼자 사는 것이 좋다. 혼자 살다가 혼자 죽는 것, 그것이 나의 길이다. 죽음의 공포와 싸울 때, 누군가가 내 손을 잡아준다면 힘이 될 것 같기는 하다. 그러나 환상은 품지 않는다. 나는 혼자 죽을 것이다. 나는 고독에 익숙하다. 물론 친구가 전혀 없다는 뜻은 아니다. 그러나 항해가 나의 기쁨이듯, 고독 역시 나의 즐거움이다. 혼자라는 것이 사실 위로가 되지는 않지만, 고독은 내 자신과 끊임없는 협상을 벌일 자리를 마련해준다.

나는 단 한 번도 고독한 이 생활에 싫증을 내 본 적이 없다. 오히려

이 고독한 상태에서 벗어나는 것이 힘들다. 혼자 있음으로 해서 나 자신과 온전히 대면할 수 있고 침묵에 도취할 수 있다. 밤나무 아래에 놓인 벤치에 앉아 세 시간이고 네 시간이고 내 자신을 상대로 이야기를 나눌 수 있다. 지루하기는커녕 나중에는 거의 환희의 순간을 경험하게 된다. 혼자서 지칠 때까지 움직이고 혼잣말에 생각을 쏟아내는 것, 그것이 나의 주특기이다. 단독으로 사용하는 훈증 소독 작업장에 들어갔다가 나오는 것쯤으로 표현할 수 있겠다. 혼자 있으면 여러 가지 이미지와 생각과 무모한 꿈들과 말이 안 되지만 풍부한 상상들이 현기증이 날 정도의 빠른 속도로 지나간다. 그리고 나의 삶도 한 편의 영화가 되어 펼쳐진다. 그렇게 나는 나의 꿈과 고통의 기슭에서 반나절을 머물 수 있다. 내 자신에게로 돌아가는 것이다. 내일은 무엇을 할까? 다음 번 목표는 어떤 것이 될까? 나는 홀로 나의 의식과 온전히 마주선다. 그렇게 둘이서 우리는 괴팍한 늙은 쌍둥이가 되어 서로에게 욕을 퍼붓다가 부루퉁하니 토라진다. 혼자서 나는 나의 영혼을 정화시킨다. 자아도취에 빠져서라거나 남을 무시해서가 아니다. 혼자 있을 때에야 나의 생을 명확하게 되짚어 볼 수 있기 때문이다.

내가 무척 좋아하는 말이 있다. 신은 인간이 지켜야 할 계명을 내렸으나 인간은 신의 뜻을 온전히 따르지 못했다. 그럼에도 불구하고 신은 '긍휼'을 베풀었다. '긍휼'은 타인의 무능함을 감싸는 따뜻한 마음이다.

미제레레 노비스(＊Miserere nobis, 주여 우리를 불쌍히 여기소서)는 사랑의 표현이다. 내가 나이를 먹어서 그런지, 혹은 신앙이 깊어져서 그런 건 아니겠지만, 가끔씩 어릴 적에 그랬던 것처럼 무릎을 꿇고 기도하고 싶은 마음이 들 때가 있다. 저세상으로 간 사람들 앞에 서면

더욱 그 마음이 간절해진다. 긍휼은 게으름과 의심과 어리석음에 굴
복하기를 원하지 않는 사람들이 따라야 할 원칙이다. 긍휼은 인간이
라는 나무를 다시 푸르게 하는 자양분이다. 그 말에서 나는 다시 떠
날 힘을 얻는다.

올리비에 드 케르소종의 항해 기록

1967~1968

스쿠너 선 펜 듀익 III호(19미터)의 선장 에릭 타발리의 권유로 해군 복무. 로리앙 지방의 페리에르의 조선소에서 활동하다가 다음의 대양 횡단 경주대회의 호송업무를 담당하다.

스웨덴, 고틀랜드 레이스.

미들 시 레이스.

영국해협 레이스.

카우즈 윅.

영국, 패스넷 레이스.

스페인, 야무스―레쿠에이티오.

플라이머스―라로셸.

라로셸―베오데.

시드니―호바트.

로리앙―발티크 호송.

핀란드―영국.

시드니―누메아, 우베아―시드니.
직함 : 갑판장.

1969~1970

에릭 타발리 선장과 함께 스쿠너 선 펜 듀익 IV호(21미터)에 승선
하다.

로리앙.
스페인, 테네리페.
포르드프랑스.
미국, 샌디에이고.
샌프란시스코.
로스앤젤레스.
호놀룰루.
하와이―타히티―누메아.
직함 : 부선장.

경기대회에 참가할 때에는 타발리 선장의 요구로 천문학적인 숫자
의 안전장비와 구조장비를 갖추고 나갔다. 파리 라리부아지에르 병
원의 보르디에 교수가 자주 승선했는데 이분이 응급처지와 약 처치
방법에 대한 많은 가르침을 주었다.

1971~1972

에릭 타발리 선장과 함께 돛대가 두 개 장착된 범선 펜 듀익 III호로 항해하다.

로스앤젤레스—타히티.
케이프타운.
직함 : 갑판장.

리오—포르드프랑스 호송.
남극양 횡단경주.
탬파—마이애미—포르 로데르달 일주 경기.

오스타 3돛 경주대회에 참가하는 장-이브 테를렝을 위해 방드르디 13호 건조.
직함 : 선구, 기계, 전기 장비 담당.

뉴욕—라로셸 호송.
직함 : 부선장.

1973~1974

에릭 타발리 선장 휘하의 부선장으로 펜 듀익 VI호(23미터)를 물에 띄우다.

위드브레드 세계 일주 경기.

포츠머스-리우-케이프타운-시드니-리우-포츠머스 주항 이
후 범선 수리.
직함 : 의장 안전 책임자.

미국 버뮤다 경주 뉴포트-버뮤다.
버뮤다-플라이마우스 경주대회.
직함 : 부선장.

1975~1977

크리터 2호(25미터)의 선장이 되다.

《파이낸셜 타임즈》 주최 런던-시드니, 시드니-런던 클리퍼 선
경주대회.
아테네-영국 리밍턴 호송, 공사현장까지 장비운송.

1978~1980

셰르부르의 CMN사(社)에서 삼동선 크리터 IV호(23미터) 건조.

'럼(Rhum) 항로 경주대회' 단독 항해.

1981~1983

슬룹 선 크리터 6호의 선장이 되다.

북대서양 횡단경주.
단독 호송.
로리앙—버뮤다—로리앙 경주대회.

1983~1985

셰르부르의 CMN사(社)에서 삼동선 자크 리뷰렐(23미터) 건조.

'럼(Rhum) 항로 경주대회' 단독 항해.
앤틸리스 제도—브레스트 호송.
라로셸—뉴올리언스 경주대회, 호송.

직함 : 선장.

1985~1987

포르라포레에서 CDK사(社)의 삼동선 풀랭 호(23미터) 건조.

유럽 경주대회 : 네덜란드 슈베닝겐—독일 브리머하펜—아일랜드
던레러—프랑스 로리앙—포르투갈 빌라보라—스페인 바르셀로나—
이탈리아 산레모.
　직함 : 선장.

브레스트에서 출발하여 전세계 3대 곶을 지나 브레스트로 돌아오
는 단독 세계 일주 경기대회에서 신기록 수립.

1988~1992

포르라포레(피니스테르)에서 CDK사(社)의 삼동선 샤랄 호(27미
터) 건조.

브레스트—적도—앤틸리스 제도—브레스트 항해 신기록 수립.
항해훈련 : 적도—뉴욕—브레스트.

브레스트―케이프타운―브레스트.
직함 : 선장.

1993~1995

쥘 베른 경주대회 트로피 수상, 다선체 선박으로 세계 신기록 수립
직함 : 리요네즈데조 호 선장.

1996~1998

쥘 베른 경주대회 트로피 수상, 기항(寄港) 없이 연속 항해, 보조 없
이 단독 항해를 감행하여 세계 신기록 수립.
직함 : 다선체 스포텔렉 호 선장.

1999~2000

모터를 탑재한 삼동선 대양의 연금술사(18미터) 호 건조, 모터는
캐터필러 800HC.

생 말로—푸엥트아피트르, 브레스트로 귀환.

브레스트—북극—로포텐 섬, 스코틀랜드—아일랜드—브레스트
항로를 이용하여 귀환.

직함 : 선장.

2000~2002

삼동선 제로니모 호(33미터) 건조.

브레스트—적도—아소르—브레스트(2회).

영국 섬 일주 : 리저드 곶, 파드칼레, 세틀랜드 군도, 스코틀랜드 서
해안, 아일랜드 서해안 리저드 곶(2회).

직함 : 선장.

2003~2006

쥘 베른 트로피 수상(2회).

카타르 도하 호송.

카타르—퍼스, 퍼스—시드니.

태평양 트로피.

무기항(無寄港) 호주 일주 기록 수립.

시드니―타히티 신기록 수립.

타히티―산디에고 호송.

로스앤젤레스―호놀룰루 신기록 수립.

호놀룰루―샌디에이고 신기록 수립.

샌디에이고―샌프란시스코 호송.

무기항(無寄港) 샌프란시스코―하와이―오사카 신기록 수립.

오사카―샌프란시스코 신기록 수립.

샌프란시스코―샌디에이고 호송.

2007~2008

제로니모 호송.

샌디에이고―파나카―푸엥트아피트르―브레스트.

'대양의 연금술사' 호로 항해.

브레스트, 아소르, 푸엥트아피트르, 브레스트, 카나리아 제도, 베르데 곶, 생루이, 포르탈레자, 바이아, 리우, 파라티, 브라추이, 이슬라 그란데, 부에노스 아이레스, 마젤란 해협, 푼타아레나스, 칠로에, 발파라이소, 갬비어 서해, 투아모투 제도, 레아오, 푸카, 타엔가, 파카라바, 아파타키, 랑기로아, 보라보라, 라에아테아, 모레아, 타히티.

□ 옮긴이의 말

저 먼 대양의 아름다운 노래

우리나라에는 거의 알려지지 않았지만, 프랑스 사람들에게 '올리비에 드 케르소종'을 아느냐고 물어보면 십중팔구는 당연히 알고 있다는 대답을 한다. 정말 '특이한' 사람이라는 부연설명과 함께. 케르소종은 프랑스의 전설적인 항해사 에릭 타발리의 제자로서 수많은 항해기록을 세운 위대한 항해사이다. 그는 우연한 기회에 프랑스의 TV 버라이어티 쇼와 라디오 프로그램에 출연하여 특유의 툭툭 던지는 듯한 화법과 강한 개성으로 시청자들 사이에서 큰 호응을 얻었다. 아마 그런 기회들을 통해 대중과 친숙하게 된 모양이다.

그리고 삼동선 '대양의 연금술사' 호에 올라 '럼(Rhum) 항로'를 항해하는 모습이 전세계 TV에 방영되면서 그는 다시 한 번 대중에게 얼굴을 알렸다. 브레스트 항구를 떠나 타히티 곶에 이르는 2008년의 항해에는 프랑스 3 TV와 프랑스 5 TV 방송국의 기자들이 동행했다. 프랑스 TV 채널 5에서는 다큐멘터리 〈발자국〉 시리즈를 기획하여 프랑스 역사에 큰 족적을 남긴 인물들을 소개해왔다. 그 프로그램에서 올리비에 드 케르소종은 땅 위에 흔적을 남긴 것이 아니라 드넓은 바다 위를 누비고 다닌 인물로 소개되었다.

항해하는 틈틈이 쓴 그의 글들 또한 독자들의 큰 환영을 받았다.

『늙은 대양』(1997), 『세상의 모든 바다』(1997), 『하늘에서 내려다본 브르타뉴 해변』(1998), 『항구로 돌아가다』(2002), 『바다에서 바라본 브르타뉴』(2003)의 호평에 이어, 2008년에는 『대양의 노래』 출간으로 위대한 바다 사나이의 일면목을 다시 한 번 보여주었고 서점가에서 큰 인기를 끌었다. 이후 2010년에는 『버려진 섬들의 지도』를 펴내 다시 한 번 주목을 받고 있다. 그런데 그의 글에는 강직한 외모와 무뚝뚝한 말투에서 풍기는 거친 분위기와는 다르게 섬세하고도 고독한 그의 내면이 고스란히 드러난다.

이 책은 바다의 사나이, 영원한 뱃사람, 올리비에 드 케르소종이 40년 간의 항해생활을 기록한 에세이이다. 바다를 닮은 파란 눈으로 검푸른 바다를 바라보며 고독을 음미하는 그에게 고독이라는 감정은 혼자이기에 슬픈 공허함이 아니다. 자유인 케르소종에게 고독은 미지의 바다, 미지의 땅을 발견하는 최초의 인간이 되는 기쁨이다.

바다에 대한 묘사와 매 순간의 감정을 표현하는 그의 문장은 한 편의 시처럼 아름다웠다. 그가 경험한 바다와 발을 디딘 땅에 관한 이야기를 번역하는 내내 나는 먼 여행을 떠나온 느낌을 받았다. 낯선 지명(주로 태평양 한가운데에 떠 있는 섬들)이 나올 때마다 손때 묻은 지도책을 펼쳐보고 낡은 지구본을 돌려보았다. 1991년에 발행된 나의 지도책에는 러시아가 소련으로 표시되어 있다. 개인적으로 지도를 자주 들여다보는 편이지만 주로 나라와 도시를 중심으로 들여다보았지 바다를 본 적은 거의 없었다는 사실을 깨달았다. 대륙의 상황에 관한 한, 이제 이 헌 지도책은 정확한 정보를 줄 수 없다. USSR도 존재하지 않고 도로 상황도 달라졌다. 그러나 사람들의 아귀다툼과 상관없는 바다의 지도에는 별반 달라진 것이 없을 것이다. 올리비에 드 케르소종의 마음을 사로잡은 것 역시 그러한 점이 아니었을까. 땅에 내리면 빈 바구니를 들고 계산대에 줄을 서 있는 사람처럼 바보같이 느껴진다는 위대한 항해사. 그에게 바다는 영원한 연인이자 언제나 돌아가고 싶은 고향이다.

작가는 본문에서 현실적으로 먼 여행을 떠날 수 없는 사람들을 대신해 항해를 한다는 사명감을 가지고 있다고 밝혔다. 한 번쯤 멀리 떠나보고 싶은 분들, 모험을 동경하는 분들께 올리비에 드 케르소종이 들려주는 저 먼 대양의 아름다운 노래에 귀를 기울여 보라고 권하고 싶다.

허 지 은

본문 중에 태평양의 파도를
묘사하는 부분에서
인용되었던 일본의 판화.
"태평양을 생각하면 그
성마른 바다를 뾰족뾰족
하게 표현해낸 일본의 판
화가 떠오른다. 태평양의
진면목을 잘 잡아낸 그림
이었다. 그렇다. 태평양
은 뾰족한 바다이다. 깡
통따개의 이빨 같은 파도
를 만들어내는 해류의 영
향 때문이다."

60
120
180
ARCTIC OCEAN
R U S S I A
60
NORTH
PACIFIC
OCEAN
30
EST.
LAT.
LITH.
BELARUS
UKRAINE
ROM.
BULG.
GREECE
TURKEY
GEO.
ARM. AZER.
TURKM.
KAZAKHSTAN
MONGOLIA
UZB.
KYRGYZSTAN
TAJIKISTAN
N. KOREA
S. KOREA
JAPAN
LEB.
SYRIA
ISRAEL
IRAQ
JOR.
IRAN
AFG.
CHINA
EGYPT
KUWAIT
QATAR
U.A.E.
PAKISTAN
NEPAL
BHU.
BANGL.
Taiwan
SAUDI
ARABIA
OMAN
INDIA
BURMA
LAOS
PHILIPPINES
SUDAN
ERITRIA
YEMEN
DJIBOUTI
THAILAND
VIETNAM
CAMBODIA
C.A.R.
ETHIOPIA
MALDIVES
SRI
LANKA
BRUNEI
MALAYSIA
UGANDA
KENYA
SOMALIA
Equator
Equator
0
SINGAPORE
DEM. REP.
OF THE
CONGO
RWANDA
BURUNDI
TANZANIA
SEYCHELLES
I N D O N E S I A
PAPUA
NEW GUINEA
SOLOMON
ISLANDS
ANGOLA
MALAWI
COMOROS
SAMOA
ZAMBIA
MOZAMBIQUE
FIJI
ZIMBABWE
BOTSWANA
MADAGASCAR
INDIAN
OCEAN
AUSTRALIA
30
LESOTHO
SWAZILAND
SOUTH
AFRICA
NEW
ZEALAND
Antarctica
60
60
120
180

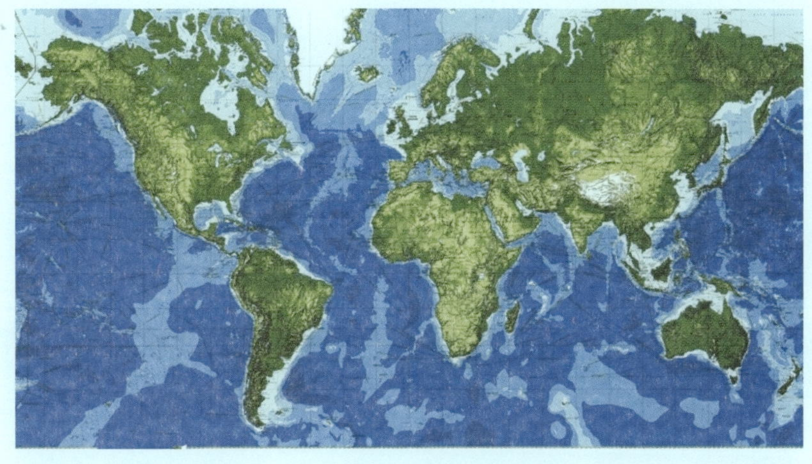